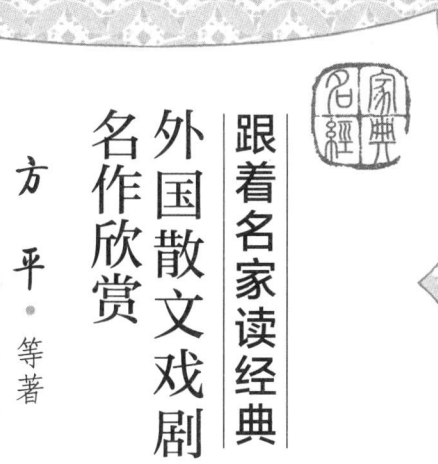

跟着名家读经典

外国散文戏剧名作欣赏

方平 等著

北京大学出版社

图书在版编目(CIP)数据

外国散文戏剧名作欣赏/方平等著. —北京：北京大学出版社，2017.9
（跟着名家读经典）

ISBN 978-7-301-28478-0

Ⅰ.①外… Ⅱ.①方… Ⅲ.①散文—文学欣赏—世界 ②戏剧文学—文学欣赏—世界 Ⅳ.①I106

中国版本图书馆CIP数据核字(2017)第153836号

书　　　名	外国散文戏剧名作欣赏
	WAIGUO SANWEN XIJU MINGZUO XINSHANG
著作责任者	方　平　等著
丛书策划	王林冲　周雁翎
丛书主持	邹艳霞
责任编辑	邹艳霞
标准书号	ISBN 978-7-301-28478-0
出版发行	北京大学出版社
地　　　址	北京市海淀区成府路205号　100871
网　　　址	http://www.pup.cn　新浪微博：@北京大学出版社
微信公众号	科学与艺术之声（微信号：sartspku）
电子信箱	zyl@pup.pku.edu.cn
电　　　话	邮购部62752015　发行部62750672　编辑部62767857
印　刷　者	北京中科印刷有限公司
经　销　者	新华书店
	787毫米×1092毫米　32开本　13.5印张　218千字
	2017年9月第1版　2017年9月第1次印刷
定　　　价	48.00元

未经许可，不得以任何方式复制或抄袭本书之部分或全部内容。
版权所有，侵权必究
举报电话：010-62752024　电子信箱：fd@pup.pku.edu.cn
图书如有印装质量问题，请与出版部联系，电话：010-62756370

序

中华民族历来重视阅读经典。从春秋时期孔子增删"六经",到秦吕不韦组织编纂《吕氏春秋》,从南梁萧统组织编选《昭明文选》到清人吴楚材、吴调侯编选《古文观止》……这些经得住时间考验的伟大作品,大浪淘沙,洗尽铅华,传承着中华民族最弥足珍贵的思想感情,被一代代人记诵。这些作品刻在了我们民族的"心版"上,丰富和滋养了我们的民族精神。

意大利知名作家卡尔维诺说:"经典是那些你经常听人家说'我正在重读',而不是'我正在读'的书。"经典之所以成为经典,必是以其经得住咀嚼的内涵,有益于读者的。著名美学家朱光潜先生谈到读书时，说："读书并不在多，最重要的是选得精，读得彻底。与其读十部无关轻重的书，不如用读十部书的精力去读一部真正值得读的书；与其十部书都只能泛览一遍，不如取一部书读十遍。"中外两位先哲谈到的都是经典的精读，谈的都是如何让阅读"心版"上的印痕更深。

而经典的精读实在不是一件容易的事。经典也意味着过往，过往就与正在读书之人有时空之隔膜。

那么，什么样的方法能让我们更容易、更有效地阅读经典？从黛玉教香菱作诗的故事中，我们可以体会出，跟着名家读经典、读名作可谓是一条读书捷径。

名家是大读书人，他们的阅读体验值得借鉴。在浩如烟海的书籍中踽踽独行，摸索读书之路，难免进入狭窄的胡同，名家的读书导引就是我们不见面的名师的教诲。阅读经典时遇到的许多难点，也许就是阻碍读书人的一层窗户纸，一经名家点破，便会有豁然开朗之感。

20世纪80年代，大型文学鉴赏杂志《名作欣赏》的创刊，正是暗合了当时人们澎湃的阅读经典的热情。一批闻名遐迩的名作家、名学者、名艺术家们推荐名作、赏析名作，古今中外的名作经典，经萧军、施蛰存、李健吾、程千帆、王瑶等名家的点化，高格调的名作和高质量的析文相得益彰、水乳交融，极大地浇灌了如饥似渴的刚刚走出文化禁锢的读书人的心田。《名作欣赏》也由此成为中国名刊。几十年来，我们一直坚持这一办刊传统，力邀全国名家，精析经典名作，为中国人的文学阅读尽了一份力，发了一份热。

《名作欣赏》创刊三十周年庆典大会上，新老办刊人和新老读者都觉得将《名作欣赏》三十余年的文章精编出版，是一件有益于读者的大事。编选工作十分浩繁，我们也知难而上，未敢懈怠。经取精提纯、镕裁加工、分类结集、有序合成，2012年"《名作欣赏》精华读本"丛书由北京大学出版社出版。出版五年来，重印数次，为读者所珍爱，这是我们喜出望外的。细细想来，也正是经典的魅力、名作的魅力。

民族的自信源自文化的自信，时下，中央电视台的两档节目《中国诗词大会》《朗读者》出人意料地受到人们的欢迎。这实际是民族文化自觉和经典的浴火重生，也是中华民族经典的光辉照映。沐浴着天时、地利、人和的春风，北京大学出版社对"《名作欣赏》精华读本"进行修订改版，并增加了插图，丛书名改为"跟着名家读经典"，更好地契合了这套书的本意，更具有文化品位。这既是对国家阅读战略的呼应，也是对亿万读者阅读经典的有效补充，必然会被更多的读书人发现和珍视。

让我们一起来加入"全民阅读"的阵营，拥抱文化复兴的春天。

赵学文

《名作欣赏》杂志社总编辑

目录

高 健	天地有大美 英美游记三则	1
刘西普	寓庄于谐　启发人被障蔽的良知 加德纳《论雨伞道德》赏析	15
李素梅	在天堂和人间穿行的心灵 读罗素《我为什么活着》	23
钱 虹	"热爱生命"的一曲赞美诗 《记住我》导读	31
陈义海	相得益彰　相映成趣 培根的《谈读书》与王佐良的译文	37
高 健	小中见大　尺幅千里 简析华盛顿·欧文《见闻录·作者自叙》	53

高　健	慷慨陈词　滔滔雄辩 读亨利的演说词《诉诸武力！》	61
高彦梅	一枚晶莹的生命之珠 伍尔夫《飞蛾之死》赏析	71
钱　虹	条分缕析　丝丝入扣 读《父母与孩子之间的爱》	81
王智量	如"裸体的美人"般纯朴真实 屠格涅夫散文诗《乡村》赏析	87
谷　羽	一支撩拨俄罗斯心弦的乐曲 屠格涅夫的随笔《歌手》赏析	99
曾思艺	和谐宁静的俄罗斯乡村风景风情画 读屠格涅夫散文诗《乡村》	107
周启超	妙语连珠　无拘无束 《俄罗斯女作家苔菲其人其文谈》序	121
朱宪生	俄罗斯艺术散文的一颗颗珍珠 从柯罗连科的《火光》谈起	131
钱　虹	言简意赅而又丰盈饱满 读蒙田随笔《热爱生命》	155
张唯嘉	直抒胸臆　恣肆飞扬 解读雨果《巴尔扎克葬词》	161

邝夏渝	朴素无华　感人至深	177
	简析托尔斯泰散文《世间最美的坟墓》	
程代熙	真理是不怕重复的	183
	读《歌德的格言和感想集》	
黎跃进	悲自比中出　恨从比中生	193
	谈莎士比亚《奥瑟罗》的对比艺术	
何焕群	心潮如海连天涌	203
	莎剧《裘力斯·恺撒》人物内心的矛盾冲突	
方　平	命运是不露面的角色	217
	谈《罗密欧与朱丽叶》	
方　平	笔底自有万顷波涛	237
	莎士比亚《暴风雨》（两章）赏析	
孙艺风	正常和疯癫之间	247
	哈姆雷特的复杂性格与自杀倾向	
方　平	我是谁？	265
	理查二世的失落感	
余凤高	人文主义和时代偏见的交织	277
	莎士比亚的《威尼斯商人》	
陈瘦竹	庸人自扰一场空	291
	关于霍顿的独幕喜剧《亲爱的死者》	

方 平	无情最可怕 纵情胜无情 莎翁悲剧《安东尼与克莉奥佩特拉》	305
仵从巨	是故弄玄虚,还是暗含禅机? 评贝克特的《等待戈多》	323
程继田	莫里哀的"伪君子" 答丢夫形象简析	333
余凤高	细微刻画女性心理的变化 拉辛写《费德尔》	345
陈瘦竹	诙谐幽默 妙趣横生 谈契诃夫的《求婚》	359
方 平	伟大的天才 渺小的悲剧 介绍《莫扎特之死》	369
陈瘦竹	无边欲海中的追求与幻灭 谈奥尼尔《榆树下的欲望》	385
余凤高	"少数派往往是正确的" 易卜生写《人民公敌》	401
曾宪文	幻想比"真理"更为重要 读易卜生《野鸭》	415

天地有大美

英美游记三则

高 健

作者介绍

高健(1929—2013),天津静海人,资深翻译家。1951年毕业于北京辅仁大学外语系。1956年起任教于山西大学。曾出版过译著《英美散文六十家》、《圣安妮斯之夜》、《英诗揽胜》、《伊利亚随笔》、《培根论说文集》、《翻译与鉴赏》等。

推荐词

这是几篇各具风格的美文。特别是译文很美,传达了原作的特色。

记游文字在我国久有传统，其中脍炙人口的佳作，指不胜屈，至今仍以其不可掩抑的姿媚强烈地吸引着众多新旧读者，在他们心中唤起无限的情思与追忆。英美文字在这方面也不逊色，有着它自己可观的成就与值得赞美的长处。这里所介绍的英美作家的游记三则，都是为人传诵的名篇，选自我为商务印书馆所编《英美散文选》上册古典散文部分。这几篇文字可说各具风格，各有胜致：梭罗的一段篇幅不长，但文章写得清韵脱俗、气格高妙；怀特的《假日记游》文笔优美典丽而外，造语工细，情景兼胜，同时又是遣怀寄慨的佳笔；马克·吐温的一篇则笔触轻快，庄谐间出，而观察精到微妙，描写与抒情本领极强，其中一些佳句秀段更是游记当中不可多得的华美文字，属绮丽体一派。总之，这些文章的好处是明显的，这里仅作简要提示，以期与读者共赏。

秋天的日落

[美]亨利·大卫·梭罗

本篇出自作者的《散文集》(*Essays*)中的《散步篇》(*Walking*)。

梭罗(1817—1862),美国散文作家与自然爱好者,著名哲学家兼诗人爱默生的挚友。素性独立高洁,浑朴天真,一生憎恶强权暴政,同情贫苦大众。青年时曾著论为被害黑人起义领袖约翰·布朗抗声辩护,对当日吏治的腐败与蓄奴虐政进行过猛烈抨击,正声铮铮,博得世人很大崇敬。后因拒向政府与教堂缴租而一度避居山林,自筑茅屋,求得与大自然之歆合。这在他讲,是为了身体力行爱默生的自力主张,而实际上乃是19世纪初期浪漫主义的流风余绪在新大陆作家身上的再度显现。

梭罗是一位有名的孤芳自赏的作家。他表面的愤世嫉俗行径和遁世哲学不过是他的理想志行悒郁不得伸的一种消极表现而已。他的许多以田野景物为题材的杂文散记虽不属于美国文学的主流,但这在当日唯知以实际为重的新文明中却无异是一掬最爽冽的清泉。他的散文天机活泼,疏朗清俊,体格高妙,读后可以想见其为人。《瓦尔登湖》一书公认为是他的代表作，文字亦玄远冷峻，处处吐放着山野气息与林间幽韵。

落日的余晖正以它全部的灿烂与辉煌，并不分城市还是其他，甚至以往日也少见的艳丽，尽情斜映在一带境远地僻的草地之上；这里没有一间房舍——茫茫之中只瞥见一头孤零零的沼鹰，背羽上染尽了金黄，一只麝香鼠正探头穴外，另外在沼泽之间望见了一股水色黝黑的小溪，蜿蜒曲折，绕行于一堆残株败根之旁。我们漫步于其中的光照，是这样的纯美与熠耀，满目衰草木叶，一片金黄，晃晃之中又是这般柔和恬静，没有一丝涟漪，一息咽鸣。我想我从来不曾沐浴于这么优美的金色光汛之中。西望林薮丘岗之际，彩焕烂然，恍若仙境边陲一般，而我们背后的秋阳，仿佛一个慈祥的牧人，正趁薄暮时分，赶送我们归去。

我们在踯躅于圣地的历程当中也是这样。总有一天，太阳的光辉会照耀得更加妍丽，会照射进我们的心扉灵府之中，会使我们的生涯注满了更大彻悟的奇妙光照，其温煦、恬澹与金光熠耀，恰似一个秋日的岸边那样。

假日纪游

[英]威廉·赫尔·怀特

本篇出自作者1885年出版的自传性作品《马克·路特福特的拯救》第九章,马克·路特福特系作者的笔名。

怀特(1831—1913),书商之子,按其父志愿,原准备作独立教派牧师,后认识改变,进入政府部门工作,曾擢升为海军部承包局副局长等职。怀特于业务之余,撰作过小说、散文与自传多种。并出版过班扬研究与斯宾诺莎的翻译。与乔治·吉星相似,他也是物质文明的憎恶者,面对资本主义社会的种种丑恶罪孽,他采取了逃避现实的消极态度,主张返璞归真,从大自然与精神世界中寻真理、讨生活。因此他的作品中悲观的情调比较浓厚,是当时思想界与社会上动荡不安与精神痛苦的一种表现。本篇所选的一段,以城市的污浊与海边的澄鲜相对比,也可反映出他这种希冀从自然界寻找心灵平静、解忧消愁的苦闷心理。他的散文自然清新,饶有诗意,缺点是文语与抽象词汇的成分偏重,写景抒情之中过多的议论推理也影响到文中应有的气氛。

某礼拜日我们决定出游。这事在我们颇是一番壮举,但是我们决心不变。那天适有游览客车通往哈斯丁斯，于是埃伦、玛丽和我自己一清早即去了伦敦桥车站。那是六月中旬的一个可爱的夏日。由于天气炎热，尘土飞扬，一路上并不舒服，但是我们对此也并不在意，一心只盼看到大海。我们抵达哈斯丁斯时为十一点左右，遂漫步向西，前去白克斯希尔，此行之乐，可谓妙极。散步于清浅的海滩之上——此中的快乐，除了困居城内的伦敦人外，又有谁知！景色之佳姑且不说，仅仅这事本身已是多么欣快！伦敦郊外的垃圾污秽、断篱残砖、破烂招贴，乃至半由投机营造人侵占践踏的大片草地，至此都一概抛在脑后，而代之以光洁无瑕的岸滩。步履其中，清风习习，不杂一丝烟气。这里不再是烟尘笼罩，晦暝凄其，而是天明气清，一望无际，沉埋在远处地平线下的船只，桅樯矗立，历历可见——看到这一切真是很大的幸福。也许这还够不上诗意般的幸福；然而这里的海天之情，至少也和海上的种种同样诱人一点，则也是个事实，因而可说不虚此行。一天到晚，自朝至暮，其间的递嬗变化，唯有乡居才最能察觉，因此一天的时间在这里才显示出它的真正的长度。我们携带着食物，坐卧在滩边悬崖的阴影之下。一团凝重的白色阵云低垂在地平线处,迄不稍动,云的顶端和露出部分都沉浸在阳光之中。坦荡乳白的水面,如若不是由于几乎难辨的喘动,简直如席地一般。在我们的脚下碎作丝丝涟漪。大海是多么沉着,海中一切又是那么寂静无哗,拂激着海滩的细浪微波显得更加纯净潋滟,宛如出自远洋深底一般,午后一时许,离我们可一里处,一长队海豚骤浮水面,翻舞嬉戏,颇为好看,半小时后才离开费尔莱特,向深海游去。眼前不远,渔舟三五,凝滞不前,樯影斜映在水上,仿佛睡去,偶尔微见颤动,似又未尝熟睡,恍若惊梦。天上晴光炽烈,灼灼之下,砾岩卵石,纹理悉见,在我们伦敦人看来,几乎非尘世所有。伦敦的太阳只授人热而不给人光,光热分隔,到了这种程度,就连玛丽都觉察到了,她说:那里一切仿佛尽是"镜中窥物"。而这里则一切无不完美。这不仅见之于景物的佳妍,上自天上的丽日,下至岩上金蝇的微羽,无一不觉和谐。万类噫气,其魂则一。玛丽嬉游在一旁;埃伦与我则默坐其地,一事不做。此时我们于物无求,于愿无期;没有珍奇瑰丽的事物可观,特殊的佳胜之境可去,没有"行动计划"须待执行，而伦敦乃得暂时去怀。它坐落于我们的西北，背后有悬崖阻隔，足使我们对之屏虑。往事未来，两不相扰；眼前之景于我已足，其余则无暇葸葸过虑了。

勃朗峰

[美] 马克·吐温

本篇出自作者的《海外浪汉》（1889），内容记叙了他旅游欧洲时的种种趣闻逸事。

马克·吐温（1835—1910）原名Samuel Langhorne Clemens，生于密苏里的一个小城镇。父业律师，十二岁父死后外出谋生，从事过排字、印刷、文书、舵手等多种行业，并于业余习作短篇故事。1867年他以《跳蛙》成名，不久又为一家报馆聘为旅欧记者。1873—1888年间为他创作的极盛时期：《镀金时代》（1873）、《汤姆·莎耶》（1876）、《哈克贝莉·芬》（1884）等名著均出于此时。他一生游踪极广，遍历国内外许多地区，对社会各个阶层都很了解，作品中所反映题材的深广是他以前美国作家中所未有过的；他也是新大陆上最早打破传统局限，为普通人民写作通俗小说的第一个现实主义重要作家。通过他充满辛辣的讽刺与健康的幽默的作品，他为美国在全世界各个角落赢得了空前众多的读者。

马克·吐温是散文艺术的大师，他的语言有清通易读的特点，有报章体的浅近流畅而没有它的庸俗陈套，是将新闻与文学语言冶于一炉的强有力的艺术表现工具。其次，他的文字具有繁复的多重性格，清浅平易的叙述中伴随以深沉雅驯的表达，风发踔厉的斩截笔调之中又充满着抒情诗般的幽馨韵致。而贯穿和渗透在他全部作品的基调则是他那饱含哲学意味的爽朗的幽默。这种幽默并非仅是文字上的，而是他整个文风之所寄，是他全部生活与性格的结晶，是他的艺术中最为人喜爱的宝贵品质。

赴勃朗峰的途中，我们先搭火车去了马蒂尼。翌晨八时许即徒步出发。路上伴侣很多——乘车骑骡的旅客和尘土一般多。队伍前前后后，络绎不绝，长可一哩左右。路为上坡——一路上坡——而且也较陡峻。天气又复灼热，乘坐于骡背或车中的男男女女，蠕蠕而前，焦炙于炎阳之下，真是其状可悯。我们尚能祛避暑热于林薮之间，广得阴凉，但是那些人却办不到。他们既花钱坐车，是舍不得因耽搁而轻耗盘缠的。

我们取道黑首而前，抵高地后，沿途景物，颇不乏胜致。途中一处须下经山底隧道；俯瞰下面峡谷，有清流激湍其间；环视左右，石如扶垛，丘岗蓊郁，景色殊幽，整个黑首道上，到处瀑布鸣溅，连绵不绝。

抵达阿冉提村前半小时顷，雪岭一座，巍然在望，日熠其上，光晶耀眼，顶作V形，无异壮峨山门。这时我们乃亲睹了勃朗峰，诨号"阿尔卑斯之王"。我们拾级而上。这座尊严的雪岭也随之而愈升愈高，矗入蓝天，渐而夺据整个苍穹。

环顾邻近诸峰——一例光突陡峭，色作浅棕——奇形怪态，不可名状。有的顶端绝峭，复作微倾，宛如美人纤指一般；另一怪峰，状若塔糖，又类主教角冠；巉岩峭拔，雪不能积，仅于分野之处见之。

当我们仍高踞山巅，尚未下至阿冉提村之前，我们曾引领遥望附近一座山峰，那里棱镜虹霓般的丽采，璀璨缤纷，戏舞于白云之旁，而白云也玲珑要眇，仿佛游丝蛛网一般。那里软红稚绿，灼灼青青，异常妩媚；没有一种色泽过于凝重，一切都作浅淡，萦绕交织，迷人心意。于是我们遂取坐观，饱览奇景。这一天彩幻，仅作片晌驻留,旋即消逸,变幻交融,一时几于无见;俄而又五色繁会,轻柔氤氲的晴光,瞬息万变,聚散无定,纷至沓来,熠耀于缥缈云端,把冉冉白云幻作霓裳羽衣,精工绝伦,足堪向飞仙捧供。

半晌,方悟刚才所见的种种瑰丽色彩,无穷变幻,原是我们在一只肥皂泡中所常见的,皂泡所过之处,种种色泽变幻,无不尽摄其中。天下最美丽最妙造的事物实在无过皂泡:适才的一天华彩、云锦天衣,恰似碎裂在阳光之下的美丽皂泡一样。我想世上皂泡如其可求,其价值将不知几何。

马蒂尼至阿冉提之行,计历时八时许。一切车骑,尽抛身后;这事我们也仅偶一为之。俯缘河谷而下,前往沙蒙尼途中,雇得敞篷行李马车一辆,继以一小时之余裕,从容进餐,这给了车夫以取醉工夫。车夫有友人一起同行,于是这个朋友也得暇小酌一番。

起身后,车夫说我们用饭之际,旅客都已赶到和赶在前面了;"但是,"[1]他神气十足地说,"不必为此烦

---

[1] 在这一段对话以及下文一段对话中,原作者故意将车夫的法语句句直译成英语,以产生滑稽效果。这些在汉语译文中则无法传达,仅能以稍带生硬的语句与词汇表示之。

恼——安心静坐吧——不用不安——他们已扬尘远去了，但不久就会消失在我们背后。劝您安心静坐吧，一切都瞧我的——我乃是车夫之王。看吧！"

鞭梢一振，车遂辚辚而前。颠簸之巨，为平生所未有。最近的暴雨把有些地方的路面整个冲掉了，但我们也一概不顾，轮不稍停，车不减速，乱石废物，溪谷原野，飞掠而过——时而尚有两轮一轮着陆，大部时间则几乎轮不匝地，凌空骧腾。每隔一会，这位镇定慈祥的狂人则必一副尊容，掉转头来对我们讲："观看到了吧？我一点也不虚说——我的确是车夫之王。"每次我们几乎险遭不测之后，他总是面不改色，喜幸有加地对我们说，"只当它个乐子吧！先生们，这种事很不经见，很不寻常——能坐上车夫之王的车，要算是机会难得啊——请注意吧，我一点也不虚说，我哪就是他啊。"

他讲的是法语，说话时不断打嗝儿，有类标点。他的友人也是法人，但操德语——所用的标点系统则完全相同。友人自称为"勃朗队长"，要求我们和他一道登山。他说他登山的回数比谁都多——四十七次——他的兄弟则是三十七次。他兄弟是世上最好的向导，除了他本人——但是他,是的,请别忘记——他乃是"勃朗队长"——这个尊号别人是觊觎不得的。

这位"车主"果然不爽前言——像一阵疾风一般,他的确赶上而且超过了那长长的旅客车队。其结果是,抵达沙蒙尼旅馆时我们遂住进了讲究的房间。如果这位王爷的车艺稍欠敏捷——或者说如果他在离开阿冉提之前不是多亏天意,已经颇为酩酊,这将是不可能的。

寓庄于谐 启发人被障蔽的良知

加德纳《论雨伞道德》赏析

刘西普

作者介绍

刘西普,有译作《钢铁是怎样炼成的》等出版。

推荐词

果戈理的《钦差大臣》,写一个骗子利用人们的权势崇拜和奴性心理,冒充沙皇的钦差大臣行骗而屡屡得逞的故事,当观众为剧中人的上当受骗而大笑不止的时候,演员转身对着观众喊:"笑你们自己!"——因为他们同样崇拜权势,也同样可能在现实中受"钦差大臣"的骗。这篇散文对于读者来说,便有这样一种"笑你们自己"的效果。

阿尔弗雷德·乔治·加德纳（1865—1946），是英国著名散文作家。他的散文寓庄于谐，以一种幽默风趣的行文风格，于平凡的生活事件中谈出哲理。

《论雨伞道德》是加德纳散文中有代表性的一篇。这篇散文，要论主题和其中所寓的劝惩，其实很简单："勿以恶小而为之。"但是它的讽刺艺术却是大有讲究的。

讽刺，由于对讽刺对象的不同态度，大抵可以分为这样两类：一类是无情的撕破，对于讽刺对象，"使他们登场，撕掉了假面具，阔衣装，终于拉住耳朵，指给大家道'看哪，这是蛆虫'"；另一类是温厚的讽喻，对于讽刺对象，"虽然使他们登场，虽然也揭发一点隐蔽，但并不加上结论，却从容地说道'想一想罢，这到底是些什么呢？'"，从而给他们留下"回家去想的余裕"（鲁迅《南腔北调集·论语一年》）。第一类讽刺适用于"满嘴仁义道德，满肚子男盗女娼"的假道学，骨子里阴险酷毒、卑鄙邪恶但却扮演着社会上的"好人物"的权势者和正人君子，讽刺的目的是将他们的臭架子打得粉碎，或撕开其"包装"、抖搂出里面烂肉的腐臭；第二类讽刺适用于大体上不失为好人的众生，他们灵魂上生了些小的瑕疵和斑点，在生活中偶有失德之行，讽刺的目的是启发他们被障蔽的良知，开出一条反省的路，从而知错改过。

这篇散文的讽刺对象，便决定了它的讽刺属于第二类——温厚的讽喻。它讽刺的是这样一种人："他们不会把手伸进别人的口袋——即使有机会；他绝不会伪造支票，或是撬开别人的钱箱。"这是那种一般说来为人清白诚实、注重道德自律的人。不过他们有时也有失德之举：在理发馆内的伞架上错拿了别人的雨伞，借了他人或公共图书馆的书不归还，等等。但是当他们这样做的时候，总有种种原因和理由：雨伞是一时疏忽拿错的，那么多伞放在一起谁能管保拿不错？书是因研究的需要而没按时归还，诸如此类。客观情况也确乎如此。总之，他绝不让别人抓住把柄，也绝不让别人怀疑到自己为人的清白正派；不但不让别人，而且不让自己抓住自己的把柄和怀疑自己的清白。他"跟自己的良心捉着迷藏"。这就提供了一种可供讽刺的"隐情":一方面,他错拿了别人的好雨伞确确实实是出于自私贪欲;另一方面,就他明确的意识层次而言,他又确确实实认为他是一时疏忽拿错的。维护自己的面子、人格的强烈情感驱使他对事实真相进行了一种误认,进行了一种他自己意识不到的自欺。之所以需要误认和自欺,是因为他一旦意识到自己的行为是不道德的,负疚感、自责感便时时折磨着他的良心。与对待那种黑了良心的人不同,对这种人,自然用不着无情的撕破和嬉笑怒骂,只消说出真实,只消揭穿"隐情",揭穿他的误认和自欺,便可以唤回他的被障蔽的良知,达到讽刺的劝善惩恶的目的。所以,作者极平实又极逼真、词微旨婉又洞悉幽隐地揭示了他们在错拿雨伞时的种种心理活动,直至最隐秘的自私动机(这是一篇极好的讽刺文章,把一个顶要脸面、下意识里又想占便宜的人的心思做派写绝了):你固然是匆忙地一伸手从伞架上取走一把伞,你固然走出很远后也没正眼看一眼那把雨伞,你固然发现之后大吃一惊想给人家送回;但是在此之前你毕竟闪过这样的念头:不管怎么着随便一抓抓来的雨伞绝不会比自己原来的更坏!朋友,你的为人可不像你自己认为的那样正派啊!——任何一个类似的"缺乏雨伞道德"的人都会在这张精密准确的"心理图谱"上照见自己的灵魂,而感到一种隐私被示众被曝光的自惭形秽和羞愧难当,而这时,"自以为一向为人正直的深刻信念便出面指导一切了",即良心、公德代替自私来支配他的行动了,就像一个一向自以为干净、也确实干净的人,忽然从一面镜子里照见自己脸上有一摊鸟屎,忙不迭地要擦去一样。

讽刺还可分为"有我之境"与"无我之境"。"无我之境"即作者超然做局外人,自以为与所讽刺的弊恶、缺点绝无关系,嬉笑怒骂都是对着别人的;"有我之境",即作者并不自以为高人一等,不但讽刺别人,同时也把自己作为讽刺的对象。这篇散文的讽刺显然属于"有我之境",作者先是为别人拿走了自己的优质丝绸雨伞而愤愤,但接下来又跟读者"交底":原来,"那把丝绸雨伞也根本不是我的",像别人错拿了我的一样,我也是错拿的别人的,"我希望我可不是存心,可这谁又说得准呢?"作者承认自己与别人一样也有他所讽刺、所指摘的这种缺点,同时表现了一种"共同忏悔之心",所以扬善去恶的感情便来得十分真挚而动人。更重要的是,因为作者所讽刺的缺点是一种"常见病"，具有一种群体性的"均沾性"，所以作者的讽刺便具备了一种普遍的适应性、对症性的疗效。只要你不是六根清净、只善养浩然之气的圣贤（天知道到底有没有这样的圣贤），你就免不了有私欲；只要你还有水平线上的良知、公德意识和自尊心，那么你的私欲便与你的良心捉着迷藏。如果是这样，那么你就会觉得，作品对那种既想保住面子和道德上良好的自我感觉又想满足点儿私欲的内心隐情的剔抉，仿佛不是针对别人而是针对自己的。果戈理的《钦差大臣》，写一个骗子利用人们的权势崇拜和奴性心理，冒充沙皇的钦差大臣行骗而屡屡得逞的故事，当观众为剧中人的上当受骗而大笑不止的时候，演员转身对着观众喊："笑你们自己！"——因为他们同样崇拜权势也同样可能在现实中受"钦差大臣"的骗。这篇散文对于读者来说，便有这样一种"笑你们自己"的效果。讽刺文章只有写到这一步，只有当它使读者觉得不是在讽刺别人而恰恰是在讽刺自己时，只有当它激起了读者的"共同忏悔之心"时，才能真正有益于世道人心。

在天堂和人间穿行的心灵

读罗素《我为什么活着》

李素梅

作者介绍

李素梅,河北邯郸师范专科学校中文系教师。

推荐词

"三种单纯然而极其强烈的激情支配着我的一生,那就是对于爱情的渴望,对于知识的追求,以及对于人类苦难痛彻肺腑的怜悯。"当我第一次阅读这些文字时,我被罗素这种朴实深沉的叙述深深感动。

"一种单纯然而极其强烈的激情支配着我的一生,那就是对于爱情的渴望,对于知识的追求,以及对于人类苦难痛彻肺腑的怜悯。"当我第一次阅读这些文字时,我被罗素这种朴实深沉的叙述深深感动,感动我的不仅仅是文章的行文质朴、语言的掷地有声,更是作者那一颗至诚至爱的博大心灵,它使读者能在瞬间摆脱世俗的琐屑,精神境界因之而净化与升华。

这篇文章是《罗素自传》的前言部分,罗素用简洁的语言概括了自己一生中所追求的三件事情,即爱情、知识和对人类命运的关注。读完文章,这种平凡而又伟大、单纯而又强烈的愿望给了我们太多的感动。首先,这感动来自罗素的那一颗坦诚而热烈的心灵,来自于他生活中对爱情的不懈的追求和文章中对爱情意义的真诚而热烈的表述与歌颂,他对爱情的经验阐释使无数诗人的歌唱失去了光芒。他把爱情看做人生最重要的事情之一，并且作为自己的人生第一追求，他把自己渴望爱情的心态，以及爱情给自己带来的天国般的幸福表述得如此坦诚和淋漓尽致，"我追求爱情，首先因为它叫我销魂，爱情使人销魂的魅力使我常常乐意为了几小时这样的快乐而牺牲生活中的其他一切，我追求爱情，又因为它减轻孤独感——那种一个颤抖的灵魂望着世界边缘之外冰冷而无生命的无底深渊时所感到的可怕的孤独。我追求爱情，还因为爱的结合使我在一种神秘的缩影中提前看到了圣者和诗人曾经想象过的天堂，这就是我所追求的，尽管人的生活似乎还不配享有它，但它毕竟是我终于找到的东西。"罗素在爱情生活中是一个极富情感的人，婚姻中曾经四次结合与离异，为后人留下了很多的谈话资料。罗素的行为我们不一定要赞成，但我们无法怀疑他对爱情的真诚。也许，我们被中国文化的蕴藉含蓄之风浸润得太久，对这种爱情至上的袒露表白不太适应，我们太多地强调了人的生命中的社会价值和社会意义，我们不能容忍一个人把爱情的价值放在这些意义之上，对罗素心仪已久的徐志摩在对完美的爱的追求中，屡遭社会非议并时时碰壁，作为文化先驱的鲁迅，也没有勇气向世人如此公开地袒露自己爱的心迹，难以冲出中国传统文化的藩篱。我们曾经经历了羞于谈爱情和不准谈爱情的特殊时期，当自由到来时，我们已经不愿再谈爱情，因为爱情在生活中已经附加了太多太多的东西。罗素一生都生活在对爱的不懈追求中，并且享受着爱情带来的天国般的幸福，他把自己为爱情燃烧的心灵彻底地展示给公众，这在早已不谈爱情的今天给了我们太多的启示与感动。

其次，这是一颗智慧而谦逊的心灵。罗素曾经这样说过："高尚的生活是由爱激励并由知识导引的生活。"因此，支配他人生的第二种愿望是"我以同样的热情追求知识，我想理解人类的心灵，我想了解星辰为何灿烂，我还试图弄懂毕达哥拉斯学说的力量。我在这方面略有成就，但不多"。有人说，回顾20世纪的一百年，在学术思想界有两个人物最为显著，一个是爱因斯坦，一个是罗素。罗素的一生涉猎哲学、数学、社会学、政治、历史、宗教等诸方面，有"百科全书"式的思想家之称，并在许多方面获得成功。首先，作为哲学家的罗素，他改变了西方哲学的进程，他从数理逻辑出发，建立逻辑原子论与新实在论，从而成为现代分析哲学创始人之一。1950年他的哲学巨著《西方哲学史》被授予诺贝尔文学奖。同时，他又是一个有卓越建树的数理逻辑学家，他的巨著《数学原理》（与怀特海合著），提出了"数学与逻辑是同一的"命题，认为数学是逻辑的一个分支，以此为前提构筑了庞大的符号公式体系，具有划时代的意义，因为它用新的观点看待数学知识的地方，推动了数理逻辑的发展，为20世纪计算机的广泛运用和空前发展奠定了基础。1950年的诺贝尔文学奖颁奖辞曾高度评价了罗素的成就："半个世纪以来，由于罗素个人思想的高超，使他一直成为全球瞩目与争辩的中心，他自己除了不懈的写作与研究，也随时准备迎接任何战斗，未曾一日懈怠，在人类知识和数理逻辑方面他的研究成果可以和牛顿在力学方面的成就相媲美。"知识的追求，使他更加理解了人类的心灵，知识的力量又使他感觉在无常的命运之上自己常常高踞于主宰地位，深邃的思想和广博的学问同爱情一样，成为罗素一生的激情所在，幸福所在，因为二者时时把他的心灵导向天堂。

再次，这是一颗悲悯仁慈的心灵。这悲悯来自于他对人类苦难的关注。罗素的可贵之处在于他不是一个学院派的书斋式学者，而是一个足迹遍及世界各国，关心人类前途，为人类的幸福和生存不懈奋斗和奔波的社会活动家。第一次世界大战期间，罗素反对英国参战，被控以反战宣传罪而判刑六个月。"二战"期间,放弃早先的和平主义立场,主张用武力阻止法西斯的威胁。在1950年荣获诺贝尔文学奖之后,他频繁地参加社会活动,他抗议氢弹试验,发表了著名的"罗素—爱因斯坦宣言"。1961年,因主持反战静坐示威,89岁的罗素和他的妻子被判两个月的监禁。他支持希腊和巴勒斯坦人民的解放运动,反对美国侵略越南的战争。1966年与萨特等人组织"国际战犯审判法庭",1967年5月在瑞典首都斯德哥尔摩开庭,传讯美国总统约翰逊。1968年,发表声明抗议苏联入侵捷克斯洛伐克。1970年初逝世前还抗议以色列发动的中东战争。罗素为人类的无休止的战争而愤懑,为战争给人类带来的灾难而痛苦,他呼吁和强调人类行为的理性化,尽管他的理性主义思想在两次世界大战期间没有能受到很大的欢迎,但他依然是满怀自信,以乐观坚决的态度力排众议,不阿谀时俗,不随波逐流,言人所不敢言,不顾一切地讲出自己的真心话。所以,瑞典文学院常任秘书安德斯·奥斯特林在授奖时曾说,诺贝尔奖推崇他,奖励他,不仅仅因为他在学术思想方面的杰出成就,"而是因为他能把精湛的哲学思想成功地介绍给大众,并用来关心大众。他一生的事业皆在于热诚地为公众的良知辩护"。还因为他是"当代理性主义和人道主义的代言人,以及西方思想解放与言论自由的巨擘"。这巨大的荣誉,罗素是当之无愧的。

就是这样的一个心灵,爱情的获得和知识的追求使他体验到了如在天堂般的幸福,但世界上触目皆是的战争、疾病、贫困和孤独又使他从圣洁的天堂回到现实的人间。他为整个人类的苦难和人类的前途悲悯、痛苦,并且试图改变这种痛苦,使自己的一生都处在不懈的奋斗奔波中。但他又清楚地明白,自己为人类命运的奔走呼告在人类无理性的贪婪面前显得那样的微不足道,于是他只得深沉而又无奈地感叹:"我渴望能减少罪恶,可我做不到,于是,我感到痛苦。"这颗智慧而悲悯的心灵不得不在天堂和人间来往与穿行。

这就是罗素的一生,这更是一个担当起"伟大"二字的心灵与生命。

注:罗素此文翻译的版本很多,高中语文课本中的题目是"我为何而生",笔者采用的这个译本译者佚名。

"热爱生命"的一曲赞美诗

《记住我》导读

钱 虹

作者介绍

钱虹,上海同济大学文法学院教授,文学博士。

推荐词

生前就将"我"的一切:从眼睛、心脏、鲜血、肾脏到"大脑的每一个角落",从"每一根骨头,每一束肌肉,每一丝纤维",到每一粒细胞,以致对自己的整具遗体乃至旁人根本无从得知的隐秘的罪恶和灵魂等等都一一分割殆尽,并交代得如此清晰和富有诗意与激情的,却实在是世上罕见。

《记住我》是一篇十分奇特而又别致的类似于"遗嘱"性质的抒情散文,也是一曲对于人世间无私奉献精神的赞美诗。作者泰斯特,从现有所能查找到的资料中,我们只知道他是一位英国作家,但并不像19世纪的狄更斯,20世纪的艾略特、毛姆等那样出名,比那位塑造了比利时大侦探波洛的女作家克里斯多娜的知名度更是差远了,连国内颇有名望的英国文学研究专家,也不十分清楚这位名叫泰斯特的作者的生卒年月及其代表作品是什么。但这并不妨碍我们对于这篇散文名作《记住我》的解读,以及对于能够展示如此高尚、美丽的心灵和精神境界的作者的深深敬意与钦佩之情。

大凡人在得知自己的生命来日无多之际,便会想到留下一纸"遗嘱",尤其是那些有些家产而继承人又不止一个的富人,更是会在"遗嘱"中将身后之事早些作出安排,以免后患无穷。但一般人留下"遗嘱"的目的大都在于明确遗产的分割和财产的继承，而像《记住我》这样在作者生前就将"我"的一切：从眼睛、心脏、鲜血、肾脏到"大脑的每一个角落"，从"每一根骨头，每一束肌肉，每一丝纤维"，到每一粒细胞，以致对自己的整具遗体乃至旁人根本无从得知的隐秘的罪恶和灵魂等等都一一分割殆尽，并交代得如此清晰和富有诗意与激情的，却实在是世上罕见。16世纪法国思想家和散文家蒙田，曾经写过一篇名为"热爱生命"的随笔，其中历数生命之"值得称颂，富有乐趣"，却又坦率直言："我却随时准备告别人生，毫不惋惜。"因为在蒙田看来，"生之本质在于死"，"眼看生命的时光无多，我就愈想增加生命的分量"。只有对生命大彻大悟、将生死看得如此坦然和明晰的智者，才能真正做到"热爱生命"。这篇《记住我》，犹如是对《热爱生命》的另一种意义上的诗意阐释，它显得境界更高尚，精神更感人。

一开头，作者就别具一格地假设了"我"的生命旅程行将结束的一个特殊场景。面对这一不以人的主观意志为转移的生死之隔，从来就是考验人的灵魂和人格的试金石。"当这一刻来临时"，作者首先想到并告知人们的是，"请不必在我身上安置起搏器，人为地延长我的生命"，"请把我的躯体从这张生命之床上拿走，去帮助他人过上更加美好的生活"。中国古代曾有一则"割股疗亲"的故事，说的是有位孝子为了给母亲治病而割下身上的一块肉煮成药汤给母亲喝。不过孝子割股的目的主要是为了治母亲的病，如果献给别人，孝子或许就不会心甘情愿了。但《记住我》的作者，却是甘愿将自己身体上的所有器官统统捐献出去，"去帮助他人过上更加美好的生活"。他要把双眼捐献给盲人；将心脏捐献给心脏病人；将鲜血注入需要输血的伤员；将肾脏移植给需要换肾的患者，除了这些，他还愿意为"能使跛脚小孩重新行走自如"而献出"身上每一根骨头，每一束肌肉，每一丝纤维"；将遗体中余下的部分，从大脑到细胞都无偿地赠给医疗研究机构，"以便有朝一日"能造福于更多不幸的患者。而剩下的躯壳也不浪费，"将我身上的其余一切燃成灰烬。将这些灰烬迎风散去，化为肥料，滋润百花"。能如此理智而又达观地处理自己遗体的人，人们怎会不"记住"他？！

人生在世，当然不会都是优点。作为一篇交代身后之事的"遗嘱"，作者还明智地意识到人死后总有一些东西要被埋葬,"就请埋葬我的缺点、我的胆怯和我对待同伴们的所有偏见吧";"把我的罪恶送给魔鬼,把我的灵魂交付上帝"。至此,"我"已毫无保留、一无遮掩地完成了对自己全部生命的"分割",他的灵魂可以无牵无挂地离开这个世界,升入极乐天堂了。读到这里,你还会忘记"我"这样一个人吗?"如果你想记住我,那么就请你用善良的言行去帮助那些需要得到帮助的人们吧,假如你的所作所为无负我心,我将与世长存。"作为结尾的点睛之笔,就是"记住我"的最美丽最动人的"安魂曲"了。

相得益彰 相映成趣

培根的《谈读书》与王佐良的译文

陈义海

作者介绍

陈义海,江苏盐城师范学院中文系副教授,文学博士。

推荐词

培根的《谈读书》数百年来一直那么有魅力,许多读书人依然能从他的这篇短文中获得启示。

自古以来，关于书的故事总是迷人的；同样，关于读书的哲理总是跟理智紧紧地联系在一起。读书之道中西虽异，但培根的《谈读书》数百年来却一直那么有魅力，许多读书人依然能从他的这篇短文中获得启示。

一、名家

提起培根，我们总是将他跟那句 "知识就是力量" (Knowledge is power)的名言联系在一起。不过，在托夫勒的《第三次浪潮》(*The Third Ware*, 1981)之后，人们越来越相信"信息就是力量"(Information is power)。在农耕时代，那些掌握了最好的耕作技巧和先进的耕作技术的人是最成功的；在工业时代，那些拥有最好的生产设备和最多的资金的人是最成功的；而在信息时代拥有最多的信息的人才是最成功的。所以人们坚信，在当今社会，任何人只要掌握了获取信息的手段和整合信息的能力，他就是最有力量的。这样一来，很多人便觉得，培根的"知识就是力量"的理念已经过时。其实，这是一种误解。因为信息本身并不是知识，它只是一种客观存在；在被人接受之前，它只是客观地、以不同的方式存在着。坐拥书城并不说明真的拥有知识；"信息爆炸"时代，知识贫血症仍然到处可见。信息只有在被有效掌握之后才可以被称作知识。一句话，只有在你对信息这个对象"知道"了、认识了、掌握了，你才拥有了知识；"知识"这个词的英文"knowledge"的构词形式也体现了这个特点；要获得"知识"，首先得know（知道、了解）。所以，我们认为，强调信息的重要性跟强调知识的力量两者并不矛盾。从这个意义上说，托夫勒和培根是一致的；强调信息与强调知识实际上是一个问题的两个方面。对于许多年轻人来说，他们缺少的不是信息而是知识。因此，今天我们再读培根的《谈读书》并不过时。

弗朗西斯·培根（Francis Bacon, 1561—1626）是莎士比亚（Shakespeare, 1564—1616）的同代人，他们都是文艺复兴时期的英国文学的骄傲。莎士比亚用他的戏剧叙说人世的悲欢，培根则用他的哲学和论说文追诘人生的哲理。对于一般读者来说，培根的哲学可能了解不多，但他的哲学有助于我们认识他的论说文。在培根之前，源自古希腊的唯理主义哲学十分盛行，学者们强调的是符合理性的思辨而忽视实践。培根则强调知识应建立在对客观事实的观察和积累上；他强调了实践在获得知识上的重要性。从这种哲学观出发，培根的论说文多是根植现实的。

培根的《新工具》《新大西岛》在普通读者中似乎很少有人问津，倒是他的《论说文集》拥有广泛的读者。今天我们读到的《论说文集》是逐渐充实而成的。其初版1597年收入论说文10篇，1612年版收入论说文38篇，1625年版收入58篇。现在通行的就是最后这个版本。散文在西方文学中并不是一个强大的传统；西方文学的传统主要是史诗和戏剧。培根之前，致力于散文或随笔这种文体创作的且影响较大的恐怕只有法国的蒙田（Michel de Montaigne，1533—1592）。据说，官至波尔多市长的蒙田在38岁时突然隐退回家，过起了"采菊东篱下"的"自由、平静、悠闲"的乡绅生活，躲进蒙田城堡的塔楼，研读古希腊、罗马的经典，且边读边记下心得。不知不觉在九年当中写成了几大卷文学。1580年，他把它们拿去出版时，不知该给它们取个什么名字好，因为以前的文学中几乎从未有过这种"随随便便"写成的东西，于是他干脆就取书名为"Essais"。"essai"一词在法语里本来是"试验""尝试"的意思；体育比赛中的试举、试跳、试掷，用法语说都叫essai。看来，蒙田出版他的书跟胡适当初出版中国第一本新诗集《尝试集》时的心情是相似的。大概是在蒙田出版了这两卷书之后，法语的essai始有"随笔""散文"之意；今天，我们便把他的书译为"随笔集"了。培根所写的《论说文集》英文叫"Essay"，这个英文词跟法语的"essai"是有关系的。可以说，培根写《论说文集》在一定程度上也是受到了蒙田的影响；只是我们没有把他的Essay翻译成"随笔集"，而是将之译成"论说文集"。

《论说文集》中的文章皆是短小精悍的小品文，主题涉及生活的各个方面。培根一生的经历非常丰富，他的许多论说文一方面是一个哲人的思考，同时也是他的经验之谈。概括起来，它们主要涉及人与世界、人与自身、人与上帝之关系。《谈真理》《谈死亡》《谈迷信》《谈野心》《谈虚荣》《谈美》《谈谣言》，一事一议，见解独到，鞭辟入里，雅俗共赏。所以，斯韦顿（Sweaton）说："培根的《论说文集》可说是少数的'世界书'的一部，这种书不是为一国而作，乃是为万国而作的；不是为一个时代，而是为一切时代的。"

二、名作

《谈读书》更是其中最有影响的一篇。这篇译成中文不足七百字的短文，闪烁着一位哲人的真知灼见。

文章的第一部分重点谈到跟读书相关的一些基本问题：读书之目的、读书之作用、读书与运用，以及如何读书。文章首先高度概括了古今之人读书之目的：读书可以"怡情""傅彩""长才"，并指出了这三种读书姿态在生活当中的具体表现。其次，作者又指出了读书的作用，并洞明了读书与经验之间的关系。在他看来，读书可以"补天然之不足"，并形象地指出，读书之于天性，犹如修剪之于花草。在这里，培根睿智地点明了"读书""天然"与"经验"之间的辩证关系，即读书可以补天然之不足，经验又补读书之不足；其实用主义的哲学理念从字里行间见出。文章第一部分中给读者印象最深的恐怕是培根谈读书方法的那几句："书有可尝者，有可吞食者，少数则须咀嚼消化。"这里，培根再次用形象的语言将几种不同的读书方式区别开来。在信息爆炸的时代,更多情况下我们缺少的恐怕不是信息,而是如何处理信息;我们缺少的恐怕不是书籍,而是如何高效地去吸收书本知识、整合前人的知识。从这个意义上看,培根的这种对各种书籍的区别对待的阅读方式,在今天仍然值得我们借鉴。当然,这里有一点需要说明,培根认为,有的书"亦可请人代读"。这里所说的"代读",在培根那个时代的贵族当中是常见的,但在今天,作为普通读者则很难做到。不过,今天有的人还是有请人"代读"的机会的;不过,硕导、博导们让自己的弟子代为收集整理资料,那是一般读者没法享受的福分。现在的出版社所出的一些经典名作的简写本、提要也可算是为普通读者提供了一种代读。可是,这种"代读"太多了,自然也会养成一种浮躁的习气;作品毕竟还是原汁原味的好,正如培根所说:"书经提炼犹如水经蒸馏,淡而无味矣。"

《谈读书》的第一部分已简略地提到了读书之作用,认为读书可以补"天然之不足"。文章的第二部分则重点就这一点展开讨论。同时,这一部分也是这篇文章论述特别有力、逻辑特别严谨的一部分,也是显出作者作为伟大的哲学家和思想家的睿智的一部分。这里既有格言式的精辟，又有符合情理的推演。一开始，作者便以格言警句的方式写道："读书使人充实，讨论使人机智，笔记使人准确。""读书→充实""讨论→机智""笔记→准确"形成三重关系；接着，作者又用辩证的方式对自己提出的判断进行诘难，或作反向推演：即若不做笔记、不参与讨论、不读书将是如何。其中说到若不读书，则"须欺世有术，始能无知而显有知"；如果说对于不做笔记的补救办法尚可为人们接受的话，那么，从作者在反推当中所提出的应对不读书的办法来看，实际上他是说不读书无论如何是错误的。从"读书""讨论""笔记"这一层面，作者进而专门探讨"读书"一项。换言之，作者这里是紧扣住读书这个主题展开讨论；或者说，是要明确回答为什么"读书使人充实"。跟以上三重关系相对应，作者提出以下几重关系："读史→明智""读诗→灵秀""数学→深刻""伦理学→庄重""逻辑修辞→善辩"；论至此，一句"凡有所学，皆成性格"，大有水到渠成、瓜熟蒂落之感。值得注意的是，培根在他的《学术的进步》中也表达了相近的观点："专心学问者，性格也受陶冶。"

如果以上属于正面论述，以下作者则对自己的关于读书的论点进行反论：即前一层次作者强调的是读不同的书可以使人怎样，接下来则是要回答人缺少了什么样的素质可以用什么样的学问来弥补。培根认为，"智力不集中"者，可用数学来弥补；"不能辨异"者，可用经院哲学来弥补，诸如此类。总之，"头脑中凡有缺陷，皆有特药可医"；而这药便是书籍。还需注意的是，为了引出他的这一层的论点，培根采用了譬喻的手法。用各种运动与身体的关系来譬喻读书对于人的精神的关系，十分贴切。

培根的《谈读书》又很自然会令我们想起荀子的《劝学篇》。无论从劝人读书这一点上，还是在强调读书对于人天性的改进上，或是在文章的论述方式上，两位哲人都有着惊人的相似。这从以下可以见出：

首先，在学问或书籍对于人的精神世界的养成这一点上，荀子和培根无疑是一致的。荀子认为："木受绳则直，金就砺则利，君子博学而日参省乎己，则知明而行无过矣。"培根则坚信："天生才干犹如自然花草，读书然后知如何修剪移接。"表述虽异，其理却一。其次，在肯定书籍的工具功能方面，虽然荀子没有写出培根《新工具》那样的著作，但荀子却深深地意识到书籍对于"君子"的工具作用:"假舆马者,非利足也,而致千里;假舟楫者,非能水也,而绝江河。"培根作为近代思想的先驱,在《谈读书》中已明确强调了书籍的工具功能,他不仅仅认识到读不同的书籍可以养成不同的性格,同时也认识到,缺少什么样的素质则应该读什么样的书籍或做什么样的学问来弥补,虽然他在这里对工具功能的强调不如他在自己的著作《新工具》中来得那样明显。总之,无论是荀子还是培根,皆认为"君子""善假于物也"。再次,从文章学的角度看,《劝学》和《谈读书》亦堪称"姊妹篇"。两位哲人在时间上虽相距十多个世纪,但在劝人求学、催人上进方面,却是心有灵犀;在鞭辟入里、纵横捭阖的气势上,亦是难分伯仲。荀子的《劝学》以设喻见长,培根之《谈读书》亦善将抽象之哲理与事理连类。在设喻上都善于从正反两个方面入手。总之《劝学》和《谈读书》,我们可以看到中西方在诗心文心上的相通,在探究指善之理上的遥契;正如钱锺书所说:"东海西海,心理攸同;南学北学,道术未裂。"

三、名译

名作有如阳光,它必定不受时空的阻隔而撒向千秋万代;但隔着语言之栅栏的名作,其流传又有赖于翻译。好马需有好鞍配,他种语言中的名作需要优秀的译笔来再现。对于原作与译文之间的关系人们历来总是持怀疑态度;人们总是怀疑,译作能在多大程度上体现了原作的风貌和精髓。法国人甚至说,翻译像女人——忠实的不美丽,美丽的不忠实。这更加使人们对译文不放心了。所以,当我们在阅读并赏析培根的《谈读书》的时候,或许就有读者发问:你所赏析的是培根的《谈读书》,还是王佐良的译文《谈读书》。我们的回答是:既是培根的,也是王先生的。我们认为,王先生的译文《谈读书》已经在最大程度上再现了培根的"Of Studies"的精神。

培根的《论说文集》20世纪以来在中国已经有了很多的译本,或全译,或选译。每有译家翻译《论说文集》,《谈读书》一篇总是不会放过的。王佐良先生虽然并没有致力于《论说文集》的翻译,但就他所译的少数几篇,尤其是这几篇当中的《谈读书》,是翻译界公认的难以逾越的"高山"。圈内人士甚至认为,就《谈读书》这一篇,王佐良先生以前的译文,虽各有千秋,但在文字上总觉火候不到;之后的译文,人们总觉得是对王先生译文的诠释。现在我们来看看王先生是如何处理培氏的"Of Studies"的。

首先，语体风格上的契合。培根的"Of Studies"在行文风格上跟今天的英语已经颇不一样。英语也跟中国的文学语言一样有着时代"断层"的现象。乔叟虽然是英国的民族作家，但他的著作今天出版时，为了让普通读者读懂，也需"翻译"成现代英语。与莎士比亚同时代的培根所生活的时期虽然要晚于乔叟，但他所用的英语跟今天英国人所使用的英语也已经有很大的差别；对于今天的英国读者来说，他的语言至少也可以说是半文半白了。所以，王佐良先生的译文最大特点便是把握住了原作的语言风格，以半文半白的汉语来翻译《谈读书》。"读书足以怡情，足以傅彩，足以长才。"徐徐品来，一股古雅之风拂面而来。顺便提一下，王先生用三个"足"来译原作中的三个"for"既贴切，又体现了原作在细节上的特点。

其次，语言节奏的把握。培根的《谈读书》语言洗练，哲理深邃，可谓妙语连珠，格言处处。不过，如果一篇文字通篇都是格言警句，它反而难给读者留下深刻的印象；《谈读书》的一大特点在于作者将这些精彩的、闪光的部分有机地镶嵌在文章的各个部分；语言节奏也是时缓时急；这一特点就像中国古文中常见的骈散结合。在处理这些特点时,王佐良先生做得恰到好处。纵观整个译文,我们发现,译文的语言节奏和原作的语言节奏几乎是合拍的;原作中凡是具有格言警句的语句,在中文当中基本上都得到了再现。从以下的例证我们可以看出王先生的这种努力:

Some books are to be tasted, Others to be swallowed, Some few are to chewed and digested.

书有可浅尝者,有可吞食者,少数则须咀嚼消化。

在谈到各种书籍对人的精神的不同功用时,培根这样写道: Histories make men wise; poet witty; the mathematics subtile; natural philosophy deep; moral grave; logic and rhetoric able to contend. 王佐良先生则相应地译成:"读史使人明智,读诗使人灵秀,数学使人周密,科学使人深刻,伦理学使人庄重,逻辑修辞使人善辩。"

再次,"归化"与"化境"。"归化"与"异化"是翻译中常面临的两种选择。所谓"归化",是指在翻译过程中尽可能用本民族的方式去表现外来的作品;"异化"则相反,认为既然是翻译,就得译出外国的味儿。钱锺书相应地称这两种情形叫"汉化"与"欧化"。然而,从读者的角度看，他们还是希望能读到流畅的译文，希望译家能"归化"外国的作品。当然，"归化"并不是指篡改原作的精神，"归化"实际上是要译者具有两种语言的深厚功力；一些译者之所以采用"异化"的方式，是因为他们自己的母语功夫并不到家。王佐良先生译《谈读书》走的是"归化"的道路。仅从篇名看，王先生并没有拘泥于原文。培根的原题是"Of Studies"，一般的译家都较为直接地将之译为"论学问"或"谈学问"。这当然不错。但王先生更多的是从文章的主要精神出发来翻译的。"studies"在英文中的意思颇为丰富，兼有"学问""研究""读书"等义；但就这篇文章看，培根重点讨论的是读书问题，所以译之为"谈读书"。颇为适切。更主要的是，在行文之间，王先生能用最为地道的汉语来表达，所以读来毫无"隔"的感觉。比如开头的这一句：the general counsels, and the plots and marshalling of affairs, come best from those that are learned。其后半截很多人会处理成："纵观统筹、全局策划，最好是由有学问者来做。"因为，他们一见到文中的come best from就立刻想到"最"这个字眼；而王佐良先生则巧妙地处理为"舍……莫属"这一句式，妙极！译文中多处体现了王先生在措辞上的匠心，像"怡情"（for delight）"傅彩"（for ornament）"练达之士"（expert men）"好学深思者"（those that are learned）"条文"（rules）"学究故态"（humour of a scholar）"寻章摘句"（find talk and discourse），这些都不是靠查英汉词典得来的语汇，而是译者在吃透原作后的精心处理，是真正的、中国人写出来的典型的汉语语汇；同时，通观全文，通篇也是典型的汉语句式。当然，译者在追求"归化"时，又避免沉湎于母语表达的快感当中，在使用文白相间的汉语时，没有偏向使用过于生涩的辞藻，从而很好地把握了一个语言的"度"。因此，我们认为，这样的译文真正地进入了一种"化境"：理解和表达上的水乳交融。

名作出自名家，名作配以名译：相得益彰、相映成趣！

小中见大　尺幅千里

简析华盛顿·欧文《见闻录·作者自叙》

高　健

推荐词

这篇文字并不很长,虽然作为序言而置诸篇首,但在分量上却是较次要的,现译成汉语后也不过近两千字,比起他那文集中任何一篇文章来都算短的。但由于它的自身价位与质量关系,它却如精金美玉一样,以少胜多,长期享有着名文的地位。

华盛顿·欧文（1783—1859）对我国的广大读者来说已不是一个很陌生的名字。早自1907年翻译家林纾（琴南）第一次把他的几部著作（《拊掌录》《大食故宫余载》《旅行述异》）介绍给我们以来，我们听到他的大名已有七十余年了。欧文出生之际，离美十三州宣布独立还不久。他的父亲仰慕华盛顿的为人，遂给他取了这个名字。他幼年学过法律，也和他哥哥一起经过商，并以余暇从事写作；后经商失败，即以卖文为生，其间也曾因私事公务而多次旅居并出使国外，遍历英法西意诸国。1842年他再度以公使衔驻西班牙，晚年退居哈得逊湾家中著述至终。欧文生当美国建国初期，他个人生涯与当日政治有过一定的关系，但这一切在他的作品中却绝无一字的涉及，仿佛他自身是个孤云野鹤似的一介隐士，这不能不说是他文学生涯中的一件奇事。他一生著作很多，散文与故事而外，还写过一些传记、轶事与历史著作。对西班牙的文物与传奇，他的耽慕更深。但是他最经久的作品恐怕仍推他的那部《见闻录》（林纾曾名之为"拊掌录"），这书自初次在美国出版后即迅速传遍欧陆。当时正是英、法、德各国在文坛上竞相争荣、才俊并出的繁荣时期，但他却以自己出众的文才而获得了普遍的承认。诗人拜伦便曾熟读此书，以后萨克雷与狄更斯也给过它极盛情的赞美。因此欧文确实是美国作家当中第一个取得世界声誉的人——尽管这个声誉还不很大，而他的这部《见闻录》也至今仍是美国文学中最为人广泛喜爱的瑰宝之一。这里所译的《作者自叙》即为这部名著的第一篇，实也即是全书的一篇序言。

作者本人既经交代，下面就准备就这篇文章的艺术价值及其风格特色等谈点个人看法。首先，这篇文字并不很长，虽然作为序言而置诸篇首，但在分量上却是较次要的，现译成汉语后也不过近两千字，比起他那文集中任何一篇文章来都算短的。但由于它的自身价位与质量关系，它却如精金美玉一样，以少胜多，长期享有着名文的地位。经过反复阅读领会，我以为这篇文章至少有以下四个特点：第一，主题单纯而内容繁复。文章既为游记序言，当然重点是在记游。但是从一"游"字出发，文章一路写去，触处成趣，横翻出无限波澜，引出来许多事物：童年的回忆，青春的理想，美国的壮丽风光，欧洲的典章文物，哲人之妄，雅人之俗，伧夫之鄙，乡愿之陋，一般游记的虚夸无聊，外国游客的妄自尊大，小人物的受压与痛苦，乃至作者自己的爱憎、癖嗜、襟怀、寄托，等等，这一切都在作者的一支妙笔下被写得趣味盎然，极有风情。因此确实做到了以一驭多，寓繁于简，表面看来主题思想简单，而实际内容绝不简单。另外这么繁多而丰富的内容却又层次分明，不蔓不支，意思起得好而转得快，铺得开而收得拢，文章极具吞吐伸缩，缩放开阖之妙。而这一切又都是在一个极小的篇章之内进行的，因此确实是既单纯而又复杂，既简练而又繁复，小中见大，尺幅千里。第二，情调曲折，手法多样。这篇序言的整个情调与所用手法也是较独特的。先谈情调。文中提到的"漂泊的热望"似乎应当是这篇短序的中心情调了吧？但实际情形确远较这个复杂得多。稍稍细读之后，我们不难发现，与篇中这个最主要的基调相平行或相交替的好像还有一些较次要的或较隐晦的情调，而这些是怨？是慕？是誉？是讽？是诙谐？是正经？还是亦此亦彼，兼而有之？作者想到欧洲去果真是为了去"瞻仰瞻仰伟人","一睹其风采"吗?但他不是马上又提出了这些伟人的"退化论"来,并借机将他们嘲弄了一番吗?可见他之想去旅欧绝非为了这个。再如,一方面他说他自幼便好向当地或邻村的"圣贤"去讨教,而间时却又处处在嘲弄和揶揄这些"乡愿"、"伧夫"的可笑鄙陋,并进一步从城市里找出这些"乡愿"、"伧夫"的对应物来,甚至更进一步指出,这类人物如果隔岸相望的话,还能从整个欧陆(包括英吉利)找到不少,并说这些伟人之于美国伟人"大概也犹如阿尔卑斯山的高峰之于哈得逊河边的高地那样"(即我国的"泰山之于培塿"的话);接着又拉了英国的旅游者"优越神情"、"倨傲态度"来相参证;最后突然猛戳一枪——其实这些人在其本国"也不过是凡庸之辈而已"!通观全篇,类似这种正言若反、庄谐杂出的情形实在非止一处。欧文平生为人天真正直,最看不惯人们的妄自尊大,矫揉造作。一说起他所熟悉的那些国内国外的"大人物"、"伟人"的丑态来,便不免要勾起种种积怨与牢骚,非把他们讥刺几句不可。因此从修辞的角度来讲,幽默、机智、揶揄、讽刺等各种手法在文中往往轮番出现,使用得极为广泛。第三,文章写得非常优美。尤其是文中的第二、第三与第四段更是写得情致绰约、妩媚华美。第三段的结构较特别。自"试想那银波荡漾……"至"灿烂天空"一段，那么丰富与生动的写景文字竟只靠一连串的名词短语来支撑，其中连一个谓语动词也没有（"试想"两字纯系出于翻译上照顾汉语习惯的需要而加上去的，为原文所无），而效果还如此之好，不能不说是一件奇事。欧文在文章上以英人约瑟夫·艾狄生（1672—1719）为楷模，但清丽与妩媚处往往超过他的这位前辈。例如他们两人都写过作者自叙的文字，但相比之下，欧文的文章显然更胜一筹。实际上欧文在这里未必没有存心取胜的意思。另一个著名的例子是他们同以惠斯敏斯大寺为题写过文章，也是欧文远胜于前者。最后一个特点我认为是篇中民族意识进一步的觉醒。美国文学在欧文那时尚在襁褓期，还没有更多的东西足以抗衡英人和睥睨一世；另外在其遣词用语乃至文字拼法上面也还是十足英国式的，但从欧文这篇文字中所流露的一般情绪与所坚持的意识来看，我们却有理由认为已经是美国的了；甚至连文中那爽朗的幽默与欢快的气氛也都更带美国的味道了。

慷慨陈词 滔滔雄辩

读亨利的演说词《诉诸武力！》

高 健

推荐词

1765年英国又在殖民地宣布了"印花税法",要求殖民地居民对各类契约文件乃至报纸、扑克、骰子等一概购买印花张贴,借以榨取更多的税收。这种更加露骨的掠夺行为气疯了殖民地的居民。佩特瑞克·亨利等人挺身而出,到处著文演讲,痛斥其妄,并积极唤起群众,与其他各州一道共同抵御,迅速使这项法令完全陷于失败。

外国散文戏剧名作欣赏

为了更好地理解和欣赏这篇有名的演说词，现将作者以及这篇演说产生的背景稍作一点介绍。佩特瑞克·亨利（1736—1799）是美国独立战争时期与建国初期的政治家与演说家，曾两度任过弗吉尼亚州州长。他生长于弗吉尼亚州，其先世为苏格兰的移民。他幼年在父亲的严格教授下，语言的根基很好；青年时经过商，并办过农场，但均不成功，后改习法律。1765年他以律师资格当选为弗吉尼亚议员；同年他便因发表演说反对"印花税法"而在该地议会中崭露头角。以后他更多次鼓吹十三个殖民地独立于英国国会而自己立法。这项斗争他在本地议会中进行了十余年，即从1765年他初入议会起，至这里的议会也公开与英宣战为止。由于他上述杰出的贡献，他一向被美国人尊为伟大的爱国者。

这篇有名的演说是他于1775年3月23日在他家乡弗吉尼亚州议会上做的。为了弄清演说的历史背景，我们有必要把时间稍向前推进一些。从今天看,英国与它在美洲殖民地的矛盾冲突乃至最后失掉其十三州乃是历史发展的必然结果。在整个18世纪里,英国的野心一直是要建立一个在经济上自给自足的大帝国,并为达此目的而更进一步加紧了对其所拥有和控制的殖民地的掠夺,包括对美洲这个尤其重要的地区在内。从物资上讲,英国有大量原料需要仰给于美洲殖民地,其中像木材、矿藏、大米、小麦、烟草、蔗糖等尤为大宗。大量的海外剥削养肥了英帝国主义,但十三州的移民所受到的压榨则是相当厉害的。而当日英政府的许多法令与规定也确实苛刻,例如殖民地的物资不准售卖给英国以外的国家;殖民地不准制造种种工业品,即使是单纯为了自己的需要而并不外销也不许可,而必须一切从英国那里订购。这种廉价收购原料、高价出售商品的做法引起了殖民极大的不满。此外英国的法令还规定,殖民地不论进口或出口商品都不准使用或租借外国船只。总之许多限制规定不能谓不苛刻。

对于这些,殖民地的居民在起初还比较能够容忍,但随着那里生产与财力的日益增长扩大,那里人们的独立意识与反抗情绪也必然空前高涨,于是种种反对与抵制英国法令的情形时有发生。英国为了强制推行这些律令,遂屡次增派军队来帮助镇压,这更加剧了原有的矛盾。1765年英国又在殖民地宣布了"印花税法",要求殖民地居民对各类契约文件乃至报纸、扑克、骰子等一概购买印花张贴,借以榨取更多的税收。这种更加露骨的掠夺行为气疯了殖民地的居民。佩特瑞克·亨利等人挺身而出,到处著文演讲,痛斥其妄,并积极唤起群众,与其他各州一道共同抵御,迅速使这项法令完全陷于失败。

早在这篇演讲发表之前,美洲与其宗主国之间已经进行了历时十年之久的谈判而迄无结果。1773年波士顿的爱国群众为了抵制英商的茶叶入口而潜入港外的英船上将茶叶全部倾入海里。为了惩罚波士顿,英军封锁了该港口;同年三月英军队在这里的街道上制造了屠杀市民的暴行,这预示着更大规模的血腥镇压即将到来。为此,弗吉尼亚向第二次大陆会议派出代表团而开了大会。会上亨利提出了三项议案,要求立即组织民兵,保卫人民的权利与自由,并宣布该州进入战时状态。他同时在会上作了这篇震撼人心的著名演说,指出沉湎于和平的幻想乃是自绝之路。只有坚决地拿起武器与英政府周旋到底,才有光明前途。他的演说结束后,一时群情激愤,"拿起武器!拿起武器!"的呼喊声响彻议会,三项议案迅即得到通过。反英运动也至此而推向一个高潮。

下面我准备就这篇名作在文学上的价值谈点个人体会。通过阅读与翻译,我深深感到这篇演说确实不愧为一篇名作,它具有多方面的文学长处。

首先是文章的逻辑性很强,说理深透而有力量,这在一般论说文中当然是一个重要的特点与优点。如前所说,打破和丢掉幻想,准备战斗是全篇的宗旨或主题思想。丢掉幻想是当时最主要的思想任务,而准备战斗则是结论与目的。只要幻想打破和丢掉了,一切也就好办了。所以打破幻想在当时尤为重要。但这项任务在文中是如何完成的呢?文章从一开头便提出了这个问题,警告人们不可"沉溺于虚妄的希冀",而必须睁开眼睛,"面对现实"。并从希腊神话与圣经引出例证来说明了解"全部真相"与"做好思想准备"的必要性。接着作者将过去十年来所经过的具体事实以及与英政府谈判的沉痛经验作了回顾,指出一切祈求哀告、申诉抗辩乃至任何委曲求全的做法都是无效的,甚至不仅无效,反而招来了更多的污辱与压迫、束缚与奴役,因而结论只有一条——拿起武器,准备战斗。但是有的人虽然同意了却又畏首畏尾,顾虑重重,怕这怕那,担心自己的力量不够强,有的甚至想逃开这场斗争，一溜了事，个别人也可能还准备投降敌人，觍颜苟活。对这一切幻想、迷惘、犹豫、顾虑乃至退却逃避，更不必说个别人的投敌思想，作者绝不客气，而是寸步不让，跟踪追击，直至把妨碍和影响斗争开展的一切错误认识完全围歼扫灭、俘获净尽为止。这里顽强有力的逻辑也给文章的表达带来了生动与气势，读来但觉议论一步紧逼一步，文情一阵高似一阵，强弓劲弩，响箭嚆矢，四面八方，纷至沓来，形成一种其势不可抵挡的层层夹攻局面。处在这样一种强大的攻势面前，被围的人自不免会感到理屈词穷，心劳日拙，除了举手投降，再无别的办法。因此随着意思与逻辑的层层深入、节节进逼，文气也必然大振，真是轩昂激越，淋漓酣畅之至。更何况，作者非常懂得演说所最爱使用的修辞技巧，非常懂得根据不同的意思与内容而有效地发挥这些技巧。这里姑举一二例。例如在"我们递过申请，提过抗辩，作过祈求……"之后，接着逐一交代申请如何了，抗辩如何了，祈求又如何了……——这种带着整齐对应性的排比手法在人听来或读来自然是很动人的，在实际演说场合中尤易奏效。再如，文中较复杂与较长串的排比写法也是特别有力量的："等到我们全军一齐解甲，家家户户都由英军来驻守吗？难道迟疑不决、因循坐误……便是最好的却敌之策吗？"

其次是好用修辞问句（"试问……？""难道……？"等等），这也是在讲演中非常容易产生效果的一种修辞手段——远远胜过一般的陈述方法。实际上，通篇讲演的开展主要即是靠这种方法（修辞问句）进行的。所以说作者是非常善于根据文章的发展与辩论的需要而有选择地使用修辞技巧的，借以产生理想的艺术效果。

再次，演说的整个表达语气的采用、发展与变化上也是别具匠心的。一开始时还是相当礼貌和客气的；但继而便渐渐有所批评指摘，继而更提出质问、反诘、追询、责难；最后几乎发出严厉的指控（"请问一些先生们到底怀着什么目的？"）大有警告叛徒的味道；临了更呼吁上帝制止这种行为，一语煞住，雷霆万钧！另外讲演为了彻底说服听众也使用了各种方法，进行了各种申诉，堵截了一切退路。举凡全部是非道理、责任义务、天理良心、时局形势、利害得失、后果前途，没有一项不明明白白摆在听众的面前，使听的人无从规避。所以就文章艺术而言，确实也极见技巧。

最后，亨利在风格上的一个突出的特点则是它的语言的自然性与"现成性"。他常常不是事先写好讲稿,然后到时候照念或照背一下了事,而是事先只有个大致的腹稿,一切多根据当时的环境场合与气氛情绪而随机应变,临时创作。"我往往是一头扎进一段讲演之中,起句时还不知应如何结句。"但是他讲演的生动与感人之处也大概正在这里。

一枚晶莹的生命之珠

伍尔夫《飞蛾之死》赏析

高彦梅

作者介绍

高彦梅,北京大学外国语学院英语系教授。主编有《新编英语教程》。

推荐词

尽管散文创作在伍尔夫作品中所占篇幅较少,但这篇《飞蛾之死》却以其细腻的笔法、脱俗玄妙的对比,尤其是其独特创新的"一枚晶莹的生命之珠"的比喻在西方文坛享有盛誉。

一只干草色细小飞蛾出现在女作家面前的窗棂上,它沿着窗玻璃飞舞跳跃。不久,它跳累了,停在窗边的光影里。过了一会儿,它试着重新开始飞舞。但是,几次尝试以后,它摔倒了,很快就死掉了。这就是英国女作家弗吉尼亚·伍尔夫著名散文《飞蛾之死》的整个情节。女作家从一只小小的飞蛾的死向我们展示了生命的真谛。

弗吉尼亚·伍尔夫(1882—1941)是英国著名现代派小说家、文学评论家和散文作家,是著名的意识流大师。她曾经是英美两国许多重要报纸杂志的特约撰稿人。伍尔夫一生共写了九部长篇小说,三百五十多篇文艺评论、随笔和散文,一个剧本,一部传记,还有若干篇短篇小说。

弗吉尼亚出身于书香门第,祖上几代为达官显贵。父亲雷斯利·斯蒂芬是著名的伦理学家、散文家、文艺评论家和传记家。母亲是朱莉亚·德克沃斯。弗吉尼亚从小深受父母熏陶。一方面，她继承了母亲热爱生命和生活的本能和热情，父亲高超的智力、颖异的悟性和洞察力；但另一方面，她也继承了母亲悲观厌世的倾向。这两方面便构成了弗吉尼亚复合性格的基调：乐生、理智与随缘的本性加孤傲、高洁、敏感、厌世的情绪。弗吉尼亚自幼受到了良好的家庭教育。她父亲生前交往的大都是文化名流，如小说家哈代、麦瑞迪思、亨利·詹姆斯等。这使她有机会接触到当时文学界的权威人物。父亲在家中有大量藏书，因此弗吉尼亚在青少年时期就博览群书，读遍柏拉图、索福克勒斯同斯宾诺莎等所著文史哲经典著作，从而打下了深湛的文化基础。她没有进过正规学校，而是在父亲的教导下，以自修为主。这就使她在后来的创作中摒弃了英国学术界的学究气和清规戒律。又受到父亲自由主义倾向的影响，培养起我行我素的风格，为她日后发展自己强调主观真实的文艺理论准备了条件。

弗吉尼亚·伍尔夫一生中一直伴随着一个可怕的阴影。她的身体状况对她的文学创作及整个人生产生着极大的消极影响。弗吉尼亚自小赢弱。从少年时代开始直至去世，她一直受到精神忧郁症的侵扰，屡次濒于精神分裂。在创作生涯中，几乎每完成一部著作，病魔便来纠缠，使她身心交瘁，两次世界大战也给弗吉尼亚的精神造成了极度伤害。第一次世界大战几乎使她精神崩溃,第二次世界大战便夺去了她的生命。1941年,伦敦遭受空袭之时,弗吉尼亚痼疾发作,投河自尽。

《飞蛾之死》收在《飞蛾之死及其他》随笔集中,于1932年由霍加斯出版社出版。尽管散文创作在伍尔夫作品中所占篇幅较少,但这篇《飞蛾之死》却以其细腻的笔法、脱俗玄妙的对比,尤其是其独特创新的"一枚晶莹的生命之珠"的比喻在西方文坛享有盛誉。

关于《飞蛾之死》,首先值得注意的是作者随意而独具匠心的开篇布局,以及那脱俗玄妙的对比。文章开头,作者好像要向我们发表有关飞蛾分类比较的议论。但轻轻点过之后,作者马上收住笔,直切正题,让我们看到了眼前这只作为主角的飞蛾——一只有着干草色翅膀,翅膀周围又有一圈干草色流苏状细条的普普通通、毫不浪漫的飞蛾。并特意向读者点明,尽管它很细小,很普通,但它自己对生活很满意。写到这里,作者似乎刚刚想起忘记交代必要的背景。于是,放下飞蛾,又去介绍时间、气候、窗外风景,然后随意引出那股自然界的巨大活力。其实,就在这随意自然的一笔之间，作者为下面平静无声的生死搏斗引出了另一位主角，为后面平静无声但却激烈震撼的抗争做了铺垫。看似无关的两件事——一面是细小的不引人注目的飞蛾，另一面是自然界无限巨大的自然活力——似乎风马牛不相及，实际上却是两个力量相差极为悬殊的对手。使我们联想到远处隆隆驶来的压路机与路面上奔波忙碌的蚂蚁。悬殊得使我们麻痹了生死对抗意识，忘记了这种蛮力与飞蛾应该有的那一线含而未露的联系。直到最后的抗争进行中，我们才意识到这种对抗太不公平，可是又什么都来不及了，使读者不由得随着作者的思绪去深深体味那种无可奈何。

"一枚晶莹的生命之珠"是伍尔夫作品中有关生命主题的灵魂。这一比喻向我们揭示了生命之美好、纯洁，而又极其脆弱、易损。使我们体味到了作者对生命的热爱、珍惜，却又无能为力，无可奈何。正如上面所提到的，病魔的困扰直接影响着伍尔夫的生活和创作，所以在几乎所有关于生死主题的作品中，都流露着作者对生命的热爱、珍惜，同时又透露出无奈、悲观和消极。在这里，女作家以自己特有的细腻笔触、敏锐的观察，展示给我们一系列有关生命的精巧别致的图画。

一开始，依靠女作家的传神之笔，我们眼前便一下子出现了那只细小纤弱而又生机勃勃的飞蛾。它那纤细脆弱的身体，那种在有限的时间和空间内尽情享受"除它之外任何人都不会珍视也不期望拥有的那份小小的生命"的热情，深深地唤起了我们的同情。相对于偌大的自然力而言，人自己又何尝不是如此呢？

接下去，作者描绘它简单的行动——从窗玻璃的一角飞到另一角，然后第三角，最后第四角，然后是它跌落窗棂时的挫折感、那想重新振作起来的顽强努力，以及最后壮丽的拼死的一搏奇迹般地翻正了身体。在我们心中一次次引起了波动，引起震颤，令我们生出无限的怜悯。

正如作者所说：我们的同情总是倾向于生命一边的。看着它掠过窗玻璃，我们也想象出那一线生命之光变得清晰可见了。那枚晶莹的生命之珠，被人用细羽茸毛精心装扮，在我们面前舞蹈、曲行，向我们展示生命本质之怪诞、之不可抗拒。是啊，生命被装扮得如此精美，却又如此娇嫩、脆弱，连自己都不胜重负，又怎能与那巨大的自然力去抗争、去搏斗呢？

与飞蛾相对的，是那股象征死神和命运的自然蛮力。

作者并没有像其他作家如梅尔维尔、海明威那样具体塑造某一实物来象征自然、社会中某种巨大的人类的对立面，而是直接诉诸感受！将大自然的巨大蛮力——这种所有人都能感觉到、却又无从把握的自然力——直接指代为命运、死神本身。将生命、自然蛮力与作者自己的感受及读者的感受有机地连接起来。读者几乎来不及意识到作者的笔法、意图，便已将自己安置在作者一边，开动自己的脑筋，顺着作者的铅笔，徒劳地去尽力拯救那只濒死的飞蛾，那生命本身。当飞蛾死去时，我们自己也似乎失去了自己的一部分，生出一种怅然若失却又无可奈何的感觉。这里的搏斗虽没有艾哈伯与大白鲨两败俱伤后的浩叹悲恸，也没有圣地亚哥托回来大鱼架给人留下的激动遐想。但是在那看似平静、安宁的描述后面，作者却传达给我们一种心灵的震撼。生命相对于死神而言是多么纤弱、多少渺小，却又多么珍贵、多么顽强。

小小的飞蛾与自然蛮力之间的战斗以飞蛾之死宣告结束。从这里，作者清楚地表达了自己对生与死、生命与命运之间关系的看法。飞蛾死了，生命结束了。生命与死神的抗争以失败告终。而那股象征命运和死亡的自然蛮力依然存在，并不因为一只飞蛾的死，抑或是一座城市的毁灭、人类群体的消失而稍稍改变自己的运动方式。与它相比,生命是太脆弱、太细小了。自然界巨大蛮力仍以自己洪流之势滚滚向前,依然激励着各种生命形式尽情享受属于它们的那份生命。作者对生命是怜悯的。她对生命的力量是无奈的、悲观的。但正如她借飞蛾尸体的端正晓谕人们的:死神的力量比我(生命)大多了,但我是有尊严的。

条分缕析 丝丝入扣

读《父母与孩子之间的爱》

钱 虹

作者介绍

"爱并非是一种任何人都可轻易体会的情感,不管他在人格上已多么成熟";"人必须竭尽全力促成自己完善的人格,形成创造性的心理倾向,否则他追求爱的种种努力注定要付之东流。"

《父母与孩子之间的爱》出自著名的心理学家E.弗罗姆的《爱的艺术》一书。在这部名著的"前言"中，作者写下了这样的话："爱并非是一种任何人都可轻易体会的情感，不管他在人格上已多么成熟"；"人必须竭尽全力促成自己完善的人格，形成创造性的心理倾向，否则他追求爱的种种努力注定要付之东流"。作者在这部名著中所要探讨和研究的，就是爱的艺术、爱的理论、爱的蜕变和爱的实践等哲学问题。本篇即是其中第二章"爱的理论"中的一节。它也是一篇见解新颖独特、分析丝丝入扣的议论性散文。

一般而言，议论性散文的特点在于作者列举充分的理论依据，阐述自己所要告诉读者的观点和道理。如果说，抒情散文是以情动人的话，那么，议论散文就应当是以"理"服人。本篇的中心论点即是其标题："父母与孩子之间的爱。"这本是一个相当难以条分缕析的棘手论题。许多人都能感觉到父母之爱，但母爱、父爱的内涵、性质究竟是什么，却说不出个所以然，更何况还要把它上升到理论的层面来加以阐述。然而，作者却列举出种种充分的理论依据，来阐明自己的"爱的艺术"之观点。

首先，从爱的观念和爱的能力上，作者明智地对儿童在不同的生长阶段所感受和表现出来的差异加以区分和辨析。婴儿出生时处在无意识阶段，孩子尚无法感受除了食物和温暖以外的母亲的爱；随着婴儿的生长、发育，孩子开始有了"被人爱"的意识，但这时最主要的"母爱的体验是一种消极的体验"，因为母爱的无私不需要儿女用努力来换取；八至十岁的孩子的"爱的观念"开始发生变化，由"被人爱"变为"通过自己的努力去唤起爱"，再变成"爱别人"，变成"创造爱"，但这爱的最初阶段发展到爱的成熟阶段将会持续很多年。

其次，在爱的对象和爱的性质上，作者理智地阐释孩子在不同的年龄阶段所需要和应当获取的母爱和父爱，其作用对孩子成长和人格的形成有着明显的差异：婴儿时代孩子与母亲的关系最为密切，而到六岁左右就需要父亲的权威和指引。作者进而论述了母爱与父爱在性质上有着根本区别：母爱无任何附加条件，因为"母亲是我们的故乡，是大自然、大地和海洋"；父爱则是"有条件的爱（作者在下面特意加了着重号）"，因为父亲"代表人类生存的另一个极端：即代表思想的世界，人所创造的法律、秩序和纪律等事物的世界"。而父母的这两种爱，对于孩子的成长及其健全的人格负有不可或缺的责任和使命。一个成熟和人格健全的人，应当"把母亲的良知建筑在他自己爱的能力上，把父亲的良知建筑在自己的理智和判断力上"。

最后，作者由此作出理论归纳，孩子与父母之间的理想关系应当是：从与母亲的亲密关系向同父亲的亲密关系发展，最后达到两者之综合，"这就是人的灵魂健康和达到成熟的基础"。你看，经过作者这么提纲挈领地解析，父母与孩子之间的爱，是不是让人明白了许多本来相当复杂深奥而今却很清楚明了的道理？

如"裸体的美人"般纯朴真实

屠格涅夫散文诗《乡村》赏析

王智量

作者介绍

王智量,别名智量,1928年生于陕西汉中,江苏江宁人,1952年毕业于北京大学俄语系,后进入中国社会科学院工作。1978年调入华东师范大学。中国作家协会会员,曾任上海比较文学会副会长。译著有《叶甫盖尼·奥涅金》《上尉的女儿》《安娜·卡列尼娜》等。著作有长篇小说《饥饿的山村》。

推荐词

纯朴真实,应是散文诗的美的秘诀,也是散文诗生命的要素。尽管天下散文诗家们风格各异,特点也人各不同,但我觉得,纯真这一点,似乎是一切美的散文诗所必备的条件。如果这个想法能够成立,那么,屠格涅夫的散文诗,实可以作为我们散文诗作家们的范本。

我们面前展现出一幅俄罗斯乡村的夏日美景:

……

均匀的青蓝色染满整个晴空;只有一片小云朵待在天上——不知是在飘浮呢,还是在消融。没有风,暖洋洋的……那空气——还冒着丝丝热气的鲜牛奶似的!

百灵鸟在脆声鸣啭;鼓着嗉子的鸽子在咕噜咕噜;燕子悄无声息地在天空翱翔;马儿喷着响鼻,嘴里嚼个不停;狗不叫,都站在那里,乖乖地摇着尾巴。

迎风飘来的像是烟味儿和青草味儿——还有少许松油味儿——少许皮革味儿。大麻已茎叶茂盛,散发出自己浓重的,但却是令人愉快的气息。

……

画面上还有峡谷、茅屋、新割的草料、打瞌睡的猫儿,小牛犊的哞叫,公鸡的啼鸣,田野里的燕麦……

而且,还有人:孩子、青年、年轻女人、老大娘、车夫、躺在峡谷边上的诗人自己……

所有这些,构成一幅细致、优美、诱人的图画,它是用文字叙述的,然而它却像用油彩绘制在画布上一样清晰而生动,好像那一个个人与物的形象部呈现在我们的眼前,连那些构成画面的色彩,红、黄、绿、蓝……都似乎像油画上的色彩般凸现出来。甚至,我们还仿佛闻到了从画中飘逸出来的青草味、松油味、牛奶味。

伟大的语言艺术家屠格涅夫,怀着对他的俄罗斯祖国的深深的爱,在自己届六十高龄时,在他已经远离家乡农村数十年之后,把这幅好似镌刻在他的灵魂中一样对他永远深刻、永远新鲜的祖国的图景,为我们描绘了下来。让我们随时打开他的《散文诗》的第一页,便能够领略到这番美景,并且,他也算用这幅语言构成的图画,多少排遣了一些他作为他乡游子、心头沉积的浓重的思乡之情。

这幅图画中的一草一木、一只小鸟、一朵白云……都共同组成一个俄罗斯大自然的形象。这是作家心坎里的俄罗斯祖国。这里有蓝天、白云、山川、溪流，鸟儿在歌唱，庄稼茂盛地生长……这是一个丰饶美丽的地方。俄罗斯人千百年来在这片土地上生育繁衍、劳动创造，他们怎能不爱这片富足的神仙境界啊。诗人的笔下如蜜一般流出对这片土地的恋情，体现着全俄罗斯民族的共同的情感。这是这篇作品一向令俄罗斯人心情激荡的一个主要的原因。

这幅图画中的人，他们的生活方式、风俗习惯，是典型的俄罗斯式的。看，他们那些松木垒成的农舍，那每家屋顶上高高竖起的挂着个椋鸟巢的竿子，那门廊上鬃毛突起的小铁马装饰……还有小伙子衬衣上勒得低低的腰带，靴口上的镶边，老大娘脖子上的串珠和头上黄色的头巾，以及存放牛奶的地窖，和每家栏里的小牛犊……这一切，都散发着浓郁的俄罗斯气息。

尤其值得一提的，是这些人身上所显现的俄罗斯性格。那位主人是机灵的、善于理财治家的，那些生长在俄罗斯大自然怀抱中的孩子活泼而顽皮，小伙子们在劳动之余，依在马车车辕上的倾谈，那个从屋里探出头来的年轻女人的爽朗笑声，那个打水女人两只壮实的能干的手臂，那位老大娘脸上好客的笑容和她向客人双手捧出的牛奶和面包，那位车夫在丰收的燕麦田边不禁脱口而出的赞叹……这一切,都共同显示出一种性格,一种俄罗斯人的民族性格。

屠格涅夫不只是热爱他的俄罗斯祖国,而且非常、非常熟悉她的山川景色和她的人民。他了解他们的思想、习惯,了解他们日常生活、劳动、休息中的每时每刻的每一个细节和特征。否则,他不可能如此细致入微,如此深入心灵地描绘出这样一幅俄罗斯的风俗画来。

这是一幅画,因为它把这一切直视般地、平面地推开在我们的眼前,好像为我们展开了一片没有时间意味的空间。正是这种仿佛是只有空间的展现而没有时间的延续与发展的描写方法,让我们感到这是一幅画。时间在这里似乎被忽略了,好像千百年来的俄罗斯都是如此没有变化似的。在这篇作品中作者把捕捉诗情画意的本领和他内心中对俄罗斯民族生活的深刻理解结合在一起,用他在瞬间捕捉到的一处俄罗斯乡村富有诗意的画面来表现俄罗斯民族那种长久形成、永恒不移的本质,当然,也是表现了他对他的这个俄罗斯祖国的永恒不移的爱情。

在展示这幅表现了俄罗斯永恒美的油画的画廊边,站立着我们的诗人屠格涅夫。听,他说话了,他在向我们不能自抑地倾吐他在这幅画面前自己心头的感受：

> 噢，俄罗斯自由乡村的富裕、安谧和丰足啊！噢，宁静和幸福啊！
>
> 我不禁忽然想到：即使是萨尔格勒圣索菲亚教堂圆顶上的十字架，还有我们城里人孜孜以求的一切，在这儿对我们又算得了什么呢？

结尾的这段热情洋溢的表白，是这篇散文诗的主题之所在，这是一段充满哲理的表白，在略略数语中，我们感觉到了屠格涅夫思想上的许多特点。在作家心目中，他的俄罗斯祖国是富裕、安谧、丰足、宁静和幸福的化身，他为他的祖国而骄傲，他在自己的记忆中长久地保存着自己祖国的这幅生动鲜明的图画，如今他生怕这幅图画会随他衰老病弱的躯体一同消失，便用他那生花之笔把它永远记录在这里。爱国主义是这篇散文诗的中心的主题，这毫无疑义。但是，作者从这幅给他以深刻感受的祖国画面上所概括和抽取出来的东西，还不仅是爱国主义思想而已。面对这幅美丽的图画，他又不禁想到，人世间的财富、声名、对上帝的崇拜，甚至人们——包括他自己——成年累月、孜孜以求、奋斗不息的那一切目标，似乎都没有多大意义了，似乎人们只要拿出全部心灵去热爱、去拥抱这种乡村美景中所体现的俄罗斯本质，便是达到了一切人生的目的，得到了一切愿望的满足……这幅俄罗斯大自然和俄罗斯人民生活劳动的图画所显示的俄罗斯，确是美丽、丰足、富饶的。然而，俄罗斯大地上的子民们是否都能享受到她的美丽、丰足、富饶呢？不能。屠格涅夫很知道这一点。他并且用自己的笔，跟许多仁人志士一同为使人民得到富足、美满的生活而斗争过。但是，到了他的晚年，他思想的天空中的阴云增多了，他已不像当年写《猎人笔记》《前夜》《父与子》时那样朝气蓬勃，立意于反抗、求新了，面对现实中种种的污秽和肮脏，他似乎采取了一种规避矛盾的态度，他只顾号召自己和他的读者，在俄罗斯永恒不移的美的面前醉心去拜倒、去自我满足，用这种方式消极地表现他自己对现实的不满和否定。他要求读者和他一同返回到俄罗斯的自由乡村的大自然怀抱中去，他告诉他们，这里有宁静、幸福，有美的理想。他拿俄罗斯大自然的美来和当时俄国的黑暗社会相对立，而把理想和安慰寄托在这种对祖国大自然和普通人的普通劳动生活的陶醉中。这里不能说没有某种进步性，但是，却又明明让我们品味到一种无可奈何的、柔弱无力的哀愁，这是晚年屠格涅夫的典型的思想状态。

从创作方法的角度看，这篇散文诗在主体上是现实主义的。作家如实画来，纤毫毕肖，没有幻想，没有象征手法，甚至连"好似"、"宛如"这样的直接的比喻都不多使用，表现出作家超人的描绘现实生活客观真实的艺术本领。而文章写到末尾，却心血来潮，通过那段表达作家主观思想感情的喟叹，流露出一种寄理想于自然的浪漫主义的哲理意味来。我们知道现实主义大师屠格涅夫同时也是一位主观性很强的浪漫主义者，他的这一特点在这篇文章中也难免要表现出来。

《乡村》的美，能在很大程度上典型地体现出屠格涅夫艺术风格的独特之处。它清新、淡雅、朴素无华，而又充满遐思，耐人寻味。这里有屠格涅夫简洁凝练的艺术功力，在短短一千多字的一篇散文诗里融进了那么多场景，人物的思想；这里有屠格涅夫敏锐细腻的观察本领，连猫耳朵在阳光下的透明感，和这位老妇人容颜中残留的当年的美人痕迹都不会遗漏；这里也有屠格涅夫真诚的艺术态度，不夸张、也不掩饰地尽情吐露出自己的心怀。这幅洋溢着浓郁的俄罗斯气息的描绘俄国农村生活的写生油画，从它问世开始、直到现在、今后将永远散发出沁人心脾的芳香。文学，是一种文字的艺术，和音乐、绘画、戏剧等比较起来，有它时空交织、内外皆及、笔之所至无所不容的优越性，但是也有它缺乏形象直感的缺陷，因为它必须通过文字这种已经是属于抽象概念范畴的符号性的手段来反映具体生动的事物，它在读者的接受过程中首先只能诉诸理性、诉诸概念而不能诉诸感性和直观的形象，这一特点，使得文学描写要做到生动感人，比起音乐、绘画、戏剧来，有更多一层的困难。公式化、概念化的庸劣作家往往是由于悟不出这一层道理，不下功夫去磨砺自己笔尖下的功夫，只知滥用文字、堆砌概念，因而不能动人，而伟大的语言艺术家屠格涅夫到底不同，他能够如此力透纸背，下笔如有神，把我们立即引进一个画一般的境界中。

散文诗是一种文学中特殊性很大的样式，有人说它是"裸体的美人"，因为它来不得半点外加的装饰。这样看来，纯朴真实，应是散文诗的美的秘诀，也是散文诗生命的要素。尽管天下散文诗家们风格各异，特点也人各不同，但我觉得，纯真这一点，似乎是一切美的散文诗所必备的条件。如果这个想法能够成立，那么，屠格涅夫的散文诗，实可以作为我们散文诗作家们的范本，而像《乡村》这样的纯真如诵的篇章，更不妨请大家来"临摹"一番，从中探取些奥妙，获取些教益。

一支撩拨俄罗斯心弦的乐曲

屠格涅夫的随笔《歌手》赏析

谷 羽

作者介绍

谷羽，1940年生。退休前为南开大学外语学院西语系教授，有译著《俄罗斯名诗300首》《普希金爱情诗全编》《伽姆扎托夫诗选》《克雷洛夫寓言九卷集》等出版。

推荐词

"我为《现代人》杂志的工作已告完毕，而且比我预期的还要好。这就是我为《猎人笔记》又增添了一个短篇，我稍加渲染地描写了两个月之前我亲眼所见的两个民歌手的比赛。所有民族的童年都是相似的，我的歌手使我想起了荷马。"

让屠格涅夫感到满意的这个短篇，就是《猎人笔记》中的《歌手》。

俄罗斯小说家屠格涅夫1850年10月26日在给他的朋友、法国歌唱家维亚尔多夫人的一封信中，写了这样一段文字："我为《现代人》杂志的工作已告完毕，而且比我预期的还要好。这就是我为《猎人笔记》又增添了一个短篇，我稍加渲染地描写了两个月之前我亲眼所见的两个民歌手的比赛。所有民族的童年都是相似的，我的歌手使我想起了荷马。"

让屠格涅夫感到满意的这个短篇，就是《猎人笔记》中的《歌手》。短篇的基本情节，正如作家所言，是两个民歌手的比赛。屠格涅夫是怎样"稍加渲染"地描写这次比赛的呢？他怎样用文字描摹歌声？这很有意思。值得我们认真揣摩和探讨。

像《猎人笔记》的其他作品一样，作家屠格涅夫以猎人的面目出现，用第一人称的口吻讲故事。作品的结构像一支乐曲一样，可以分为序曲、高潮、尾声三部分。在正式描写两个歌手赛歌之前，他用从容细腻的文字，有条有理地进行了一番铺垫：荒凉的山村、一家名叫"安乐居"的小酒店，首先进入我们的视野，这是赛歌的场所；随后，酒店老板、老板娘、"眨巴眼"、"唠叨鬼"依次出现，他们是赛歌的张罗者、见证人和听众；而面目威严、公牛一样健壮的"野老爷"则是赛歌的裁判者。唱歌比赛的两位歌手，一个是从外地来的、三十多岁的包工，另一个是外号叫"土耳其人"的小伙子雅科夫。对这些出场人物的音容笑貌、穿衣打扮、举止特征，乃至生活经历，作家都进行了绘声绘色的描述，一个个活灵活现地聚集在小酒店里。这些人物或精明，或滑稽，或委琐，或严厉，但有一个共同的特点，那就是对于音乐的爱好与痴迷。"这一带的人们的确对唱歌都很在行。"他们兴高采烈地期待着唱歌比赛，作为读者，我们也情不自禁受到感染，迫不及待地想听听这两位民间歌手怎样一展歌喉。

一般说来，用有形的语言符号，表现空灵的歌声是相当困难的。而要描写两个歌手比赛，区分他们歌声的细微差别，展示他们演唱的不同特色，那就难上加难。然而真正的艺术家却因难见巧，涉险称奇，在常人难以把握的领域，展现他们超乎寻常的艺术功力。

故事进入高潮，赛歌开始，外地来的包工首先演唱："包工走到前面，半闭起眼睛，开始用极高的假嗓子唱起来。他的嗓音十分甜美和悦耳，尽管有些沙哑；他的歌声云雀般婉转动听，灵活地不断地变换着高低音，声音响亮流畅，他竭尽全力憋住劲唱完最高音。他的歌声中断了一下，忽然又接着以前的曲调，用一种豪迈、雄浑的气魄唱起来。"包工的唱法，使内行的人获得快感，赢得了听众的热烈喝彩。就连雅科夫也发疯似的喊着："好极了！好极了！"

"第二个音符接着第一个音符唱出来，更加响亮，更加绵长，但是仍然明显地发着颤音，恰似一根竖琴琴弦突然被强有力的手拨响了，发出长长的、越来越低的颤动声；第三个音符接着第二个，声音越来越洪亮、急促，紧张的节奏终于形成了哀婉动人的旋律。"白描的手法糅进了比喻，使读者仿佛听见了雅科夫的歌声。接下来，作家又运用联想与通感的艺术手法，把听觉形象转换成视觉形象：日落时分，沙滩上一只白色大海鸥，丝绒般润滑的胸脯映着落日的红色余晖，舒展开它那长长的翅膀。在屠格涅夫的笔下，雅科夫的歌声不仅像人们熟悉的大草原一样广袤辽阔，而且像绘画一样色彩鲜明,像浮雕一样有立体的美感。用语言描绘歌声能表达到这种地步,可说是达到了艺术的极致。

包工唱歌一开始充满了自信,调门高亢有力;雅科夫开始唱歌相当紧张,声音微弱,有些发颤。包工的演唱给人以快感和喜悦;雅科夫的歌声却催人泪下。包工唱歌有表演和炫耀的成分,有意无意在迎合听众;雅可夫唱歌则异常投入,达到了物我两忘的境地。包工的歌声是花哨的,能为酒席助兴;雅可夫的歌声却质朴而忧伤,使人想起生活。他的歌声"饱含人间真情,青春和芬芳的气息,又有一种迷人、快活和凄婉的忧郁情调。歌声中一种真实和火焰般的精神,一种俄罗斯精神在散发,在回荡,它仿佛沁人心脾,撩拨了所有听歌的俄罗斯人的心弦"。屠格涅夫在描写赛歌的文字中处处隐含着对比。谁唱得更胜一筹,更激动人心?裁判者、听众、读者自然会得出一致的结论。

如果说短篇的高潮部分写得扣人心弦,那么尾声部分则耐人寻味。

当小酒店里的人们纷纷向雅科夫祝贺的时候,猎人悄悄地离开了那里,因为他怕破坏了赛歌留给他的美好印象。他愿意让民间歌手优美的歌声在耳畔久久回响。他知道,在赛歌那样一种特殊的艺术氛围里，歌手能充分展示他的才华与个性；但是在生活的常态当中，往往会受到周围环境的影响，迷失真纯而趋向堕落。不出猎人的预料，当他再次走近小酒店时，果然看到了一幕"虽然生动热烈，却令人不快的场面：所有的人都喝醉了——雅科夫和其他人都醉了。他袒露着胸脯，坐在板凳上，一边懒洋洋地拨动着吉他琴弦，胡乱演奏着，一边用粗嗓门哼着一支粗俗的舞曲。他那湿漉漉的头发一绺绺地贴在苍白可怕的脸上"。雅科夫前后的表现反差巨大，天才的歌手成了一个醉汉，简直像换了一个人似的。这情景既让人震惊，又引人深思。

屠格涅夫高度赞赏歌手雅科夫的天分与才华，正如在给朋友的信中所言，"所有民族的童年都是相似的，我的歌手使我想起了荷马"。作家深知，民歌是人民意识独特而古老的表现形式。"谁想简便地了解一个民族的风俗习惯，了解构成民族性和整个民族特征的基本要素"，那就要"倾听这一民族的歌曲"。雅可夫的歌声淳朴、高亢、深沉、忧伤，展现了俄罗斯民族的精神力量与内心世界的美。然而，卑微的社会地位与贫困、粗俗的社会环境，都阻碍了这位民间歌手歌唱才华的进一步发展，作家为此感到深深的惋惜。他希望俄罗斯人民能拥有一种与他们的精神世界相称的，更文明、更美好的生活环境与生活方式。屠格涅夫深切的人道主义关怀渗透在字里行间。

　　作品结尾处，那朦胧夜色中，一个男孩儿带着哭腔、拖着长音的呼喊，具有深刻的象征意义。安特罗普卡流落荒原，夜不归宿，意味着一种疏离，一种隔阂，一种危险。屠格涅夫的心与这呼声产生共鸣，他想呼唤沉溺在酒店里的雅科夫的灵魂，呼唤迷失在黑暗中的俄罗斯人的美丽的灵魂。屠格涅夫虽然出身于贵族，但是他从前所未有的角度接近了人民。他那一支优美抒情的笔所塑造的俄罗斯民间歌手的形象，将长留人间；而歌手那美妙动人的歌声也将在天地间久久回荡！

和谐宁静的俄罗斯乡村风景风情画

读屠格涅夫散文诗《乡村》

曾思艺

作者介绍

曾思艺，1962年生于湖南省邵阳市。文学博士，天津师范大学文学院教授、博士生导师，中国外国文学教学研究会理事。

推荐词

《乡村》观察细腻、文字优美，既有清新、宁静的俄罗斯乡村风景风情画，又有奠基于此的哲理思索，从而融哲理于散文诗中，使这首散文诗有情有理，而又洋溢着浓厚的诗情画意，自然而然地成了俄罗斯诗歌史乃至世界诗歌史上的一首百读不厌的名作。

对祖国的爱，永远是世界各国诗人诗歌创作永不枯竭的动力和源泉。在世界诗歌中，有不少歌颂祖国的名篇佳作，从不同的角度表达对祖国的热爱。诗人们或者直接赞颂祖国，如俄国19世纪天才诗人莱蒙托夫的《祖国》淋漓尽致地抒发了对祖国的热爱，蒙古现代诗人纳楚克道尔基的《我的祖国》歌颂了祖国自然风光的美丽，抒发了保卫祖国的豪情；或者身处异国和异乡，深情抒发对祖国和故乡的思念，形成世界诗歌中相当普遍的"乡愁诗"，如19世纪德国诗人海涅的《在可爱的故乡》，艾兴多尔夫的《思乡》、《月夜》，法国诗人拉马丁的《密利或家乡》，英国诗人华兹华斯的《我曾在海外的异乡漫游》，20世纪意大利诗人翁加雷蒂的《乡思》、夸西莫多的《岛》，等等。乡愁诗在中国古代尤为历史悠久而又历久常新，因为中国几千年来一直是个农业大国，人们热爱土地，安土重迁，重视亲情，感情深挚，再加上中国地域广大，交通不太发达，出门在外归家不易，联系不便。因而，几千年来，乡愁之歌不绝于耳，代有新曲。

最早奠定我国乡愁诗基础的，是《诗经》。如《卫风·河广》："谁谓河广？一苇杭之。谁谓宋远？跂予望之。"谁说黄河广阔，一束芦苇便可渡过。谁说宋国路远，踮起脚尖就能望见。这是一个客居卫国的宋人思念家国之作。以屈原为代表的楚辞，大部分融注了浓浓的乡怀乡愁，如《离骚》的结尾："陟升皇之赫戏兮，忽临睨夫旧乡；仆夫悲余马怀兮，蜷局顾而不行。"升到光明的高空，居高临下，忽然看到了故乡，随从的人们心中悲伤，我的马儿也浑身蜷缩，回头张望，不肯前行，表现了深深的迷恋家乡之情。班彪的《北征赋》写到"游子悲其故乡，心怆悢以伤怀"。张衡的《归田赋》更是公然大力倡导由思乡而还乡。这样，乡愁的主题在中国越来越受到重视，历代诗人都从不同角度加以抒写。或闻雁而思乡，如唐代韦应物的《闻雁》："故乡渺何处？归思方悠哉。淮南秋雨夜，高斋闻雁来。"或因音乐声而动思乡之情，如李白的《春夜洛城闻笛》："谁家玉笛暗飞声？散入春风满洛城。此夜曲中闻

《折柳》,何人不起故园情!"或因秋声或虫声引发思乡心绪,如宋代姜白石《湖上寓居杂咏》其一:"荷叶披披一浦凉,青芦奕奕夜吟商。平生最识江湖味,听得秋声忆故乡。"或见月而思乡,如李白《静夜思》之"举头望明月,低头思故乡"。

19世纪的俄罗斯也是一个地大物博的农业大国,具有浓厚的东方色彩,人们热爱大地母亲,热爱祖国,因此,对祖国和故乡,像中国人一样,有一种极其深厚的感情。著名作家屠格涅夫因其特殊的人生经历,对祖国的感情更深于绝大多数俄国人。

有突出成就的人的一生中,总有那么一个时间段是决定其命运的关键时期。对于屠格涅夫来说,1843年就是如此。这一年,有两个人改变了他以后的命运或者说生活历程。就在这一年,他出版了长诗《巴拉莎》,但大多数文章"对屠格涅夫的评价很勉强,甚至有些轻视",以致在德国柏林大学研究哲学并获得哲学硕士学位的屠格涅夫一度打算放弃文学创作,而努力成为莫斯科大学的哲学教师。恰在此时,当时大名鼎鼎而又令人生畏的批评家别林斯基在刊物上发表长篇评论文章,从思想、风格,甚至立意、取材等方面热情洋溢地高度评价了这首长诗，并认为其作者"具有敏锐的观察力，从俄罗斯生活的细微处提取深邃的思想，优雅而细腻的讽刺隐含着强烈的同情心"。从此两人交往甚密，建立了深厚的友谊，屠格涅夫也坚定了文学创作的信心，并终生把别林斯基视为自己的良师。这一年的11月1日，屠格涅夫认识了到彼得堡来巡回演出的法国女歌唱家波丽娜·维亚尔多，并且对她一见钟情，但她已有丈夫和孩子，而且夫妇感情甚笃，家庭生活幸福，不可能和屠格涅夫结合。而屠格涅夫多情而深情，且深情得痴情，为她长期侨居国外直至病死，为的是守在她的身边，每天见到她，哪怕他在"别人的安乐窝旁"凄凉寂寞甚至痛苦，他也不改初衷，只因为"她是我唯一爱过的而且将永远热爱的女人"。

居住在国外的屠格涅夫晚年身体多病，十分想念自己的祖国。1856年下半年，他在给好友鲍特金的一封信中说道："不管别人怎么说，俄罗斯对我来说重于世上的一切。只有在国外，我才深切地感到这一点。"1872年2月，诗人创作了著名的散文诗《乡村》，把自己深切的思乡之情和浓浓的爱国热情，用生动的形象显形出来，为我们描绘了一幅和谐宁静的俄罗斯乡村风景风情画。

首先,《乡村》描绘了一幅美丽动人的乡村风景画,主要从时间和空间两个方面来着笔。

时间,凝聚在"6月的最后一天"。这是俄罗斯刚刚辞别春天的初夏时节,自然风光正是十分美丽的时候。而且,每年的6月24日是俄罗斯人的桦树节,这个节日表示春天的逝去和夏天的开始。按照俄罗斯习俗,人们在桦树节里尽情歌颂家乡的美景和劳动的光荣。因此,诗人特意把时间选定在6月的最后一天,既指明了这是俄罗斯自然风光很美的时候,又暗示出自己将按俄罗斯人的习俗,来歌颂家乡的美景和人们的劳动生活。

空间,从远到近:从漫漫一千俄里之内的俄罗斯大地,到一个美丽的小乡村。诗人的眼光像电影中的镜头一样不断摇动,从天空到地面,再由近向远。先是典型的初夏的天空:"茫茫长空匀净地碧悠悠","只有一片白云——仿佛是在轻轻飘浮,又似乎是在袅袅融散",观察细致,表现细腻。然后由天空逐渐降到空中和地面:微风敛迹,天气暖洋洋的,空气像刚刚挤出的牛奶一样新鲜,云雀在歌唱,鸽子在叫唤,燕子在掠飞,大麻枝繁叶茂,郁郁青青。接着是一个特写镜头:一条坡度平缓的深深峡谷。两边的坡上长着几排爆竹柳，树冠似盖，枝叶婆娑；谷底潺潺流淌的小溪，波光粼粼、清澈见底的溪水底的小石子——诗人不直接写溪水如何清澈，而只用"似乎可见水底的小石子在微微颤动"一句，就含蓄而简洁地写出了溪水的清澈见底，其艺术手法和美学效果类似我国柳宗元《小石潭记》中的"潭中鱼可数百头，皆若空游无所依。日光下澈，影布石上"。最后，又由近向远，摇向天边的地平线："天地合一的地方，一条大河就像连接天地的一道蓝莹莹的花边。"这一段描写，艺术上不仅采用了类似电影镜头的移动方法，而且注重了颜色、气味和声音的表现。在颜色上，蓝、绿、白这些深沉和富于生命力的色彩占主导地位，有"碧悠悠"的天空，还有淡淡的白云，郁郁青青的大麻叶，绿盈盈的爆竹柳，白亮亮的小溪，和像"蓝莹莹的花边"一样连接天地的天边的大河；在气味上，则有像刚挤出的牛奶一样新鲜的清新空气，有夹杂着一丝焦油味与皮革味的烟火味和青草味，还有大麻发出的"一阵阵香烘烘、醉陶陶的气味"；在声音上，有云雀的悠扬歌唱，鸽子的咕咕叫唤，马儿喷的响鼻，小溪的潺潺流淌

在此清新动人、美丽多姿的自然风光的背景中，诗人着力描绘了一幅俄罗斯乡村的风情画。主要扣住乡村的生活方式、

风俗习惯和乡村的人来加以描写。

乡村的一切，房舍、装饰、生活和风俗习惯，都是典型的俄罗斯式的。房舍是木板铺顶的松木农舍，还有"整洁的小粮仓"和"双门紧闭的小库房"；装饰是"凹凸不平的窗玻璃"，"护窗板上信手涂画着一个个插满鲜花的带把高水罐"，"每一家的小门廊上都钉着一匹鬃毛直竖的小铁马"；生活和风俗习惯则表现为："每一家的屋顶上都高高竖着一根挂着椋鸟笼的竿子"，"每一间农舍前都端端正正地摆着一条完好无损的小长凳"，屋前是摊开的干草和一个个的干草堆，更表现为：亚麻色头发的小伙子"穿着干干净净、下摆上低低束着腰带的衬衣"，"蹬着笨重的镶边皮靴"，老大娘"身穿一件崭新的家织方格呢裙子，脚蹬一双新崭崭的厚靴子"，"系着一条带红点的黄头巾"，脖子上绕着"空心大珠子串成的一条项链"，她手里那罐牛奶是直接从地窖里取出来的、未脱脂的。就连各种动物都是俄罗斯乡村常见的：咕咕叫唤的鸽子，喷着响鼻的马儿，默默站着摇着尾巴的狗儿，自在嬉耍的小狗崽，羽毛蓬松的母鸡，咯咯大叫的公鸡，关在栏里的小牛犊，以及"像线团那样蜷缩在墙根附近的土台上"的一只只猫——俄罗斯人特别喜爱猫，认为猫有灵性，甚至有巫术，是巫师的化身，它那尖利的爪子能够打退魔鬼的攻击，并且和家神——相当于中国民间传说中的灶神——是好朋友，能把家神驮进新居；猫还象征着安逸舒适、治家有方、事事顺心，因而是家庭幸福的象征，俄罗斯谚语："爱猫的人也会爱妻子"、"猫和婆娘守家，爷们和狗在外"，说明了俄罗斯人对猫的看重，因此俄罗斯民间习俗有：乔迁新居时，第一个进屋的不是主人，而是猫。俄罗斯人让猫第一个跨进新居的门槛，希望它给家庭带来幸福和美满。至今，猫仍然是俄罗斯家庭的宠物。以上这一切，细腻入微而又生动形象地描画了俄罗斯乡村的生活方式和风俗习惯，构成了和谐宁静的俄罗斯乡村的生活方式和风俗画面。

诗人进而描写了俄罗斯乡村中的人，从而赋予这幅画面以灵魂和精神。这里的人是轻松自在的："孩子们那头发卷曲的小脑袋，从每一个干草堆里纷纷钻出来"；也是活泼欢快富于幽默感的：小伙子们"靠在一辆卸了马的大车上，在伶牙利舌地相互取笑"；妇女们也健壮而勤劳："一个少妇正用一双健壮有力的手，从井里提上来一只湿淋淋的大水桶。"更重要的是，这里的人保存着淳朴的古风，十分热情地把路过的陌生人当作客人招待——主动送来牛奶和面包，并且非常诚恳地请求："吃吧，随便吃点儿呀，过路的客人！"

这优美清新的自然风景画和淳朴宁静的乡村风情画完美地结合在一起，构成了一幅和谐宁静的俄罗斯乡村风景风情画，不仅表现了诗人心中汹涌的对祖国的热爱之情，而且也体现了诗人对俄罗斯大自然和俄罗斯人民的细致入微的了解，更显示了诗人把深厚的爱国之情形诸文字的出色的艺术才华。

但在柏林大学研究过多年哲学而且对人生有丰富的经验和深入思考的晚年屠格涅夫，并不仅仅满足于此。他在结尾进一步画龙点睛，让作品上升到更高的哲理层面。首先，他面对如此清新优美宁静和谐的俄罗斯乡村风景风情画，情不自禁地由衷地感叹："哦，自由自在的俄罗斯乡村生活，是多么富庶、安宁、丰饶啊！哦，它是多么的宁静和美满！"在此基础上，他画龙点睛，使这首散文诗上升到颇高的哲理层面："我不禁想到：皇城圣索菲亚大教堂圆顶上的十字架，还有我们城里人费尽心血所追求的一切，在这里又算得了什么呢？"皇城指君士坦丁堡，是东罗马帝国（又名拜占庭帝国）的首都，即今土耳其的伊斯坦布尔。城内圣索菲亚大教堂原为拜占庭帝国东正教的宫廷教堂，1453年土耳其人占领后改为伊斯兰教清真寺。此处指1878年的俄土战争，当年1月，俄军占领阿德里安堡后又准备进军君士坦丁堡，准备重新让东正教的十字架挂在圣索菲亚的大教堂上。这里隐喻着人们为了宗教而进行征战，甚至借宗教之名而力求建功立业的功名之心。而"城里人费尽心血所追求的一切"指的是财富和声名。城里人一般是比较开化的人，受文明熏陶尤其是西方文明熏陶较多的人，他们孜孜不倦地追求的是财富和声名，一生为名利而紧张劳碌。因此，城市是繁荣而又喧嚣的，它充满机会引发竞争，带给人们诸多物质方面的享受和扬名立威的可能，但也往往使人身陷物欲之中，失去自我失去本真，失去内心的和谐与宁静，失去人与人之间的温情与关爱。从童年到青年生长在美丽宁静和谐的俄国乡村斯巴科耶的屠格涅夫对乡村生活有真切的感受，后来因为维亚尔多夫人而出国，主要住在现代城市里，对城市生活又有了深刻的了解，因此，在本文中，他像个浪漫主义者一样，把乡村和城市作为自然与文明的代表，并且表明了自己推崇和谐宁静的自然生活而鄙弃追名逐利、紧张不已的城市生活的态度：乡村的生活是富庶、丰饶、宁静、美满也自由自在的，那追名逐利、紧张兮兮的城市生活跟它相比,又算得了什么呢?

《乡村》观察细腻(如猫儿在阳光下"竖起透明的耳朵"、看出七十来岁的老大娘"当年是一个美人儿"等等,最为突出),文字优美,既有清新、宁静的俄罗斯乡村风景风情画,又有奠基于此的哲理思索,从而融哲理于散文诗中,使这首散文诗有情有理,而又洋溢着浓厚的诗情画意,自然而然地成了俄罗斯诗歌史乃至世界诗歌史上的一首百读不厌的名作。

妙语连珠 无拘无束

《俄罗斯女作家苔菲其人其文谈》序

周启超

作者介绍

周启超,安徽无为人。1982年毕业于安徽师范大学外语系,后又毕业于中国社会科学院研究生院外文系,获硕士、博士学位。历任中国社科院外文所苏联文学室助理研究员,外文所《外国文学评论》编辑、副编审等。

推荐词

苔菲的同时代人、名作家库普林在评论其小说创作时曾经指出,苔菲的才性在于其纯正的俄罗斯语言、无拘无束的轻松氛围与人物话语的丰富多彩。在苔菲之后饮誉文坛的另一位幽默讽刺作家左琴科则认为,苔菲是他心目中一位最能引人入胜、最能把人给逗笑的女作家。

人固然是众生中的灵长，造化中的精英，然而，人无完人，诚如金无足赤。况且，在芸芸众生的行列里，颇有一些外表长得与人类似、相像的一种生物。倘若把这类生物也称之为人，那的确是对人这个伟大的称号的玷污与贬损。于是，俄罗斯女作家苔菲（1872—1952）在她的小说作品中，把这类与人相像的生物命名为"类人"。这位才华横溢、笔耕一生的女性在其三十部小说集约十大卷作品中，以其婉约精细的文笔，致力于人的身上"类人"品性的挖掘，将"类人"的众生相抖搂出来，显示出来，写出了一部袖珍版的"人间喜剧"，成为继契诃夫之后俄罗斯幽默文化中一颗十分精美的珍珠。

苔菲小说创作的基本主题是日常生活中一幕幕喜剧性的场景，普通平凡的但却引人发笑的情境。这位女作家拥有极为细腻极为敏锐的审美观察力与感受力。她善于把日常生活中的轶事与俄罗斯神话传说交织在一起,凸现现实的与似乎是现实的这两者之间的对立比照、反差与位移。"爱情幽默小品"是苔菲小说创作艺术个性特征的"缩微"与"剪影"。且看《神话与生活》这则小品。它的情节安排、结构剪裁、叙述口吻、主题思想等等,看上去寻常平淡,但细细品味,意趣盎然。如果说,"爱情乃是从自我牺牲的血液中孕生的"——这句"至理名言"是这则小品的主旋律,那么,神话中的"牺牲"与现实中的"牺牲"便是这一主旋律的两个变奏曲;如果说,神话人物为爱而殉情的故事乃是一种显而易见的艺术假定,那么,日常生活中"爱"的苟合之逸事则是被艺术地叙述出来的生活真实。现实生活中出于经济的(广义的经济,即是实用)考虑而"相爱"的情形,岂不犹如神话一样古老而常青!

女作家赋予这则小品文字的嘲讽意趣,还表现在主音符——"爱情乃是从自我牺牲的血液中孕生"——这句堪称至理名言的警句与小品所叙述的内容之滑稽荒唐,构成绝妙的反讽;再仔细琢磨现实生活中(库里柯夫)的爱情与神话传说中(王子)的爱情在内涵上的差异,比照一下日常生活中"人"之爱与神话传说中"人"之爱的"反差",体味一下现实的库里柯夫之类对浪漫的王子之类的人在爱情观上的"超越"与"进步",则不能不感受出这一则看上去是"温柔的悲哀"小品的字里行间透现着某种"伟大的悲哀"!诚然,爱情是给予,是奉献。唯其如此,爱情本是无代价的——因为青春、美丽与生命本来就是不可以用金钱来置换的。当爱被降格、被异化为铜板(即便是一大堆铜板)时,爱的主体——欲给予他人以爱亦欲得到爱的回报的人,岂不感到莫大的悲哀!而"哀莫过于心死"。于是,我们看到执着地追求着爱情的玛丽娅在答复库里柯夫之后,便溘然辞别人世。

《神话与生活》这则小品的幽默情趣,甚至可以从叙述文本中选词造句、语调起伏的层面去解析去感悟。它是经得起"细读法"式的推敲的。例如,叙述中重复出现的句子——"出于经济的考虑"而选用的烛光度很弱的电灯泡——就是颇有匠心的双关语。"经济"这个词简直是一针见血地点破库里柯夫式的爱情的动因,惟妙惟肖地活化出库里柯夫这种"类人"的性格。在某种意义上,我们可以称具有这种功能的词语为"文心"。诸如此类的细读,自然还可以展开下去。这样的文字确实是高度浓缩十分精致的艺术小品。行文简练,警句与格言妙语连珠,结构紧凑,情节富于戏剧性，叙述很有节奏感；每个词语甚至每个标点都经过反复斟酌，整个文本犹如一件微型浮雕——这一切构成了苔菲的幽默小品的基本的诗学个性。

苔菲正是以这样的文笔，在自己的短篇小说中勾画出千奇百怪的各色"类人"（吹牛大王、卖俏女郎、傻瓜蛋、失意者、虚伪做作的文人、拍马溜须的记者、傲慢自负的官吏、自以为是讲究风度的"绅士"、自认为最出类拔萃的"人尖"）的脸谱，以独具一格的女性视角，以丰富多样的喜剧表现手段，塑造出一系列笑声与泪水交融、幽默与反讽交织的情境，或引发你啼笑皆非，或逗得你忍俊不禁，给人以优美的快感。

这种快感之所以产生，乃是由于作家善于把我们对"类人"的鄙视溶化在笑声中，把我们对人身上的（先天或后天的、自然或变异的）弱点讥讽溶化在轻松轻蔑轻淡的笑声之中。凭借着这种笑声的"化解"，我们进入审美欣赏的境界，成为"不对号入座"的"看官"，超越了现实的紧张（对他人或自己身上的"类人"品性的现实的检点与反省），而暂时地获得某种从地面上升腾起来的自由感受，从作家对"类人"品性的挖掘过程之中，我们体味到某种兴奋与欢娱。对于这样一种审美机制的转换，可以《名作欣赏》中译介的另一则小品《绅士》为例，来进行一次欣赏试验。当你的内心不禁频频地涌动着笑声的时候，不妨回味一下这笑声来自何处。

苔菲的小说作品中，居主导地位的已经不是性格的喜剧性，而是情境的喜剧性、现实的日常生活琐事本身的幽默性，平凡的生活气息十分浓厚。正因为她的创作如此贴近"人间烟火"，如此直面"芸芸众生"，所以她的作品赢得了极其广大的读者经久不衰的喜爱。早在1910年左右，苔菲就成了当时俄国文坛上十分走红的女作家。她在彼得堡的各种大型报纸杂志上发表作品。她写诗写剧写小说，诗集《七色光》得到名诗人古米廖夫的好评，剧作《女性问题》得以在首都剧院上演；短篇小说集一本一本地被刊行，有的集子还多次再版。她的第一本短篇小说集在1910年一年内连出三版。她的二卷本《幽默小说集》在七年内竟再版了十多次。那些年月里，苔菲这个名字真是家喻户晓，有口皆碑，甚至当时的市场上都出现了"苔菲牌"糖果与"苔菲牌"香水。在1920至1940年这20年间，苔菲的名作在巴黎、柏林、华沙、上海、哈尔滨、里加、斯德哥尔摩、布拉格、纽约等地的俄语读者中也广受赞赏。在长达20年的岁月里，苔菲一直笔耕不辍，不间断地为报纸杂志撰写小说或小品，几乎每周都有新作品奉献给读者，这些作品结集成19部小说集。

苔菲的创作还赢得了革命导师列宁的欣赏。早在1905年大革命的月子里，苔菲就以非党员身份参加了布尔什维克第一份自由公开的报刊《新生活报》的工作。她在这家报纸上发表的诗《小蜜蜂》曾引起列宁的关注，这首诗后来在不少政治讽刺诗集或文选中被刊载，被人们在街头宣传台上朗诵。1920年，根据列宁的提议，《真理报》上登载了苔菲的两个小品文。在20年代的莫斯科，苔菲写俄国侨民心态的小品《怎么办？》曾十分流行。70年代里，莫斯科与巴黎的出版界再版了苔菲的小说。1989与1990年，莫斯科与列宁格勒的两大文学出版社则先后推出了两个《苔菲作品集》。这一切表明，苔菲的作品具有相当深厚的艺术魅力。

苔菲的文体，可以称之为"经济婉约"。当年，她的同时代人、名作家库普林在评论她的小说创作时曾经指出，苔菲的才性在于其纯正的俄罗斯语言、无拘无束的轻松氛围与人物话语的丰富多彩。在苔菲之后饮誉文坛的另一位幽默讽刺作家左琴科则认为，苔菲是他心目中一位最能引人入胜、最能把人给逗笑的女作家。他说，"在长途旅行时人们一定得随身带上她的一本小说集"。

苔菲的创作之所以取得众口交誉的成就，是与她所拥有的一系列先天与后天的因素分不开的。苔菲出身于文学世家，她们家五姐妹都与文学结下不解之缘，且都在文学创作中留下了自己的轨迹。苔菲的姐姐米娜·洛赫维茨卡娅是19世纪末20世纪初俄国文坛上一位名诗人，两度获得普希金大奖。苔菲本人自幼浸泡在文学名著的海洋之中。还在少年岁月里，她就埋头于文学阅读。"春天读屠格涅夫，夏天读托尔斯泰，冬天读狄更斯，秋天——则是加姆森。"苔菲的处女作是在契诃夫的影响下写成的，但她在这位短篇小说巨匠之后却能在自己的创作中成功地显示自己鲜明独特的个性风采。从俄罗斯幽默文学发展史的角度看，苔菲的幽默则是既不同于果戈理那样的写含泪的笑，也不同于契诃夫那样的写日常生活中的荒唐。苔菲式的幽默，更多地蕴藏着20世纪的文学家对人身上"类人"品性的新的挖掘。这是另一种类型的幽默，一种洗去了泪水——或者说，把泪水埋到读者心灵深层的笑，一种并不怎么荒唐——或者说，荒唐已然司空见惯的笑。也许应当说，笑与泪、喜与悲已经难舍难分。我们人为地区分它们，这本身就令人可笑！

俄罗斯艺术散文的一颗颗珍珠

从柯罗连科的《火光》谈起

朱宪生

作者介绍

朱宪生,1947年生,江西南昌人,历任华中师范大学中文系教授、《外国文学研究》杂志副主编,上海师范大学人文学院文学研究所教授,博士生导师。有著译《俄罗斯抒情诗史》、《在诗与散文之间——论屠格涅夫的创作与文体》、《天鹅的歌唱——论俄罗斯作家》、《普希金传》、《屠格涅夫诗集》、《丘特切夫诗全集》、《罪与罚》、《屠格涅夫全集》等出版。

推荐词

贞德有一句座右铭:"要是我不去,谁去?"当你对某些现代青年人说,你应该去做什么事情时,他们会脱口而出地问你:"为什么要我去?"

漆黑的夜，如墨的河，阴森森的山峦，没有生命，没有色彩，没有运动。突然，黑茫茫的前方，出现了一星火光，一星又明又亮的火光。这就是柯罗连科呈现在我们面前的一幕。它是一幅画，一幅寓意深刻的画；它是一首诗，一首渗透着哲理的诗。

你可能以为这火光很近，像我们的作者起初以为的那样。它能不近么？莫大的黑暗之中只有这一个亮点，但它昭示着这茫茫的宇宙并不尽是黑暗，它吸引着一切渴望光明的生灵。比起那无尽的无望的折磨人的期待，它是多么的近！它在前方闪烁着、跳跃着，令人激动，引人遐想。就在它出现的一刹那，黑暗和光明靠近了，死亡和生命靠近了，现在和未来靠近了——任何长久地处在黑暗之中的人，一旦看到这蓦然出现的火光，没有一个会觉得它是遥远的。任何一个心中还有理想、还有追求、还有激情的人，没有一个不会为之动心、为之神往的。因为它不仅仅只是一星火光,它是梦寐以求的希望,它是近在眉睫的目标。

然而这火光其实还很远,正像船夫所说的一样:"还远着呢!"不是吗?船向前划了许久许久,但火光依然在前头。它能不远么?它的周围是无尽的黑暗,然而它的穿透力是何等的强大!当渴望的眼睛感到它的光芒时,它已经穿射过了无数层沉沉的黑幕。它能不远么?它被无尽的黑暗包围着,这黑暗是深厚的、沉重的、强大的。它要照亮世界,还需要长大、发展,它要长大得像太阳一样,才能把黑暗驱逐。但它目前还只是一星火花、一个亮点。路"还远着呢!"任何一个长久地处在黑暗之中的人,在经受了发现它时的一阵强烈激动之后,都会感到这一点:任何一个有现实态度、有执着精神、有冷静头脑的人,在经受了那种种神往和遐想之后,必定会意识到火光与自己的距离。

近也好,远也好,这些重要又似乎不那么重要,重要的是火光已经出现。

近也好,远也好,这些都不甚确切,实实在在的是火光就在前头。

近也好,远也好,这些都不必去计较。只要向前,不断向前，近就会变成更近会成为不远。

这也许就是《火光》所包含的主要思想。柯罗连科对火光的描绘是极为出色的。西伯利亚秋天的夜晚是火光出现的背景：流动着的小船给沉静的画面增加了动感；火光的出现又带来了活力；在对火光的感受中出现的又近又远的错觉又给这幅画面以层次感；"我"与船夫的形象及其对火光的认识既有情节上的对照作用，更寄寓着深沉的思考。船夫的形象非常迷人，他的从容不迫的划桨显示出一种力量、一种信念，他的简短有力的话语又透露出一种远见、一种智慧。他的形象令人想到了许多，而首先是令人想到了俄罗斯人民——这一切都包含在短短的六百来字的篇章（译文）中，我们不能不佩服柯罗连科的才华！

自然，作为一位进步的俄罗斯作家，柯罗连科在《火光》中表现了他对光明的渴望和追求，并从一个侧面反映出当时俄国的社会情势。然而，这篇写于20世纪头一年（1900年）的蕴含着鲜明的现实内容和哲学思考的优秀作品，随着时间的推移，其哲学因素越来越上升到主导地位，成为一支激人奋发、催人向前的无声"号角"。

"俄罗斯最有学问的作家"

我们眼前的这些被称为"杂拌儿"的文字,是一位卓有成就的俄国诗人和作家勃留索夫的杂记中的一部分。这位被高尔基誉为"俄罗斯最有学问的作家",以他诗人的敏锐和批评家的深刻,在这些看似不成体系的文字中,表达了他对艺术、文学和批评的见解。这些见解,有的也许还不十分全面,有的还多少带有一些偏激,然而细细品味和思考这些文字,你不可否认其中不乏闪光的思想,不乏独具个性的真知灼见。而且,这些富于思辨色彩又带有生动的直观性的文字,不是出自以理论和批评为主要活动的职业批评家的笔下,而是出自一位以自己的创作为俄国文学做出了卓越贡献的诗人和作家之手,因而更显得生动、深刻和令人信服。

表面看来,这些"杂拌儿"并没有严密的体系,其实它们之间却有着内在的联系。概而言之,作者议论的中心有三个方面:文学艺术本体、作家的个性和读者的接受。换句话说,作者涉及的是文学艺术的客观性、作家的主观性和作品的客观性与读者的主观性的统一等问题。

勃留索夫确实是一位饱学之士。丰富的阅历给他以凝重的历史感;哲学的思辨赋予他以思想的闪光;对本民族文学和世界文学的深厚修养使他的论述如鱼得水；诗人的气质又让他才气横溢、灵感迸发；而对人民的真挚情感则造就了他的艺术理想和艺术生命。他随感而发，即兴运笔，旁征博引，纵横比较，信手拈来恰到好处，着意雕琢又不露斧迹。

试看他关于声韵艺术和戏剧艺术的论述，不但见解独到，而且还具有"预言性"。在21世纪初，他就见到科学技术的发展将会改变人们对艺术的认识。如今，现代的录音和录像技术已使得他的预言成为现实。他关于"诗歌"和"散文"的见解也颇有深度："在诗歌中，文字是目的；在艺术性散文中，文字是工具"；"真正的抒情诗永远是诗歌，但诗歌不仅仅是抒情诗"；"屠格涅夫的'散文诗'毫无疑问只是散文"等等。这些见解虽不能说都是极为严密、准确和无可争议的，但无可否认，这些议论中的确闪耀着智慧之光。

作者关于"庸俗"与"陈旧"、"通俗"和"易懂"的论述相当精彩，其中贯穿着辩证精神，至今仍对我们有启迪作用："庸俗的东西。在任何时代、对任何民族来说都是庸俗的。在古代，所讲的庸俗的笑话，会使中国人和印度人像英国人或法国人一样感到庸俗。陈旧的东西是指现在仍为大家所习用的、众所周知的。现在陈旧的东西，可能在一百年以前是新奇的，可能在若干年后重新成为新奇的。"这一段话，既富于历史感，又充满辩证法。我们再来看另一段议论："说得'通俗'和说得'易懂'不是同义词。说得非常通俗的东西，对非专业人员来说，也可能'不易懂'。对熟悉诗歌的读者来说，丘特切夫和费特的诗是很通俗的；而对初次接触诗歌的人来说，却是不易懂的。"这里，作者把"通俗"和"易懂"列入两个不同的范畴来讨论，是很科学的。在作者看来，这两个概念不但界限分明，而且归宿也不一样。"要使写出来的东西通俗，这是作家的事情；要使写出的东西易懂，这是要由读者努力去达到的。"作者涉及的其实就是创作主体与接受主体的关系问题，这个问题在我们今天某些理论家的笔下似乎有点玄，但勃留索夫却把它说得既通俗又易懂。在另外一段论述中，作者还进而对诗歌作品的"不易懂"进行探讨，他的分析十分客观、准确，令人信服。

作者关于"侦探小说"的议论实际上涉及所谓"通俗文学"和"高雅文学"之间的关系，他的见解对我们今天的创作和批评有一定的参考意义："许多人还没有忘记我们的图书市场上充斥'侦探小说'的那个时代批评界'大发雷霆'。然而，如果用衡量托尔斯泰、陀思妥耶夫斯基、屠格涅夫的伟大作品的尺子去衡量'侦探小说'（这种比喻当然是不恰当的），这样做公平吗？难道一切写成的、刊印的东西都必须是富有诗意的吗？"用作者的话来说，"侦探小说是谜语的高级形式"，对这类文学的存在，人们没有理由"感到愤怒"。此外，作者在"独创性"、"创作过程"等一系列问题上都有精辟的论述。自然，在这些见解中，有的是在一定条件下和一定范围内做出的，在相对的条件下，它们中有许多是真知灼见。我们判断和评价这些论述时，自然也不能脱离这些具体条件和范围。

阅读这些杂记，作者的语言风格和修辞风格也给人留下深刻印象。作者的论断，绝少是从概念的演绎和推论中得出的，而多半是在直观的具体的感受的基础上形成的，这也许就是诗人或作家谈诗论文的显著特点。作者常常在一段生动的叙述中，突然以简洁的富于思辨性的语句进行高度的概括。作者的概括由于有生动的陈述或描写而显得充分而准确；而当我们回过头去再细细体味他所叙述或所描写的，这具体的感性的内容又因理性的概括变得尤为贴切和形象，于是我们便在不知不觉中接受和信服作者的思想。作者的语言风格和修辞手段是多种多样的：当他批评"神秘主义批评家"时，他的比喻是尖刻的，语言是锋利的，有一种一针见血的锋芒，如下面这一段：

> 一个六岁的孩子，从乡下来探望母亲。孩子回家后对人说："老爷家里（他母亲做工的那一家）的生活很不宽裕：他们全部家兽只有一条狗和一只猫。"孩子无法想象除牛马以外的另一种财富。那些神秘主义批评家怀着痛苦的心情谈论不信宗教、不信上帝、不奉行圣礼的人们的"精神"贫乏，就像这个乡下孩子。

当作者谈到诗人和人民的关系、号召诗人热爱人民服从人民时，字里行间又洋溢着热切而真挚的感情："在人民之外，他不可能有生命。只有人民生存，人民创造出活生生的语言，诗人才能生存。诗人啊！服从人民吧。因为没有人民，你只是博物馆里的珍品。"这里面包含的其实还不仅仅是艺术修养和风格的问题，其中显然也体现出作者的民主主义理想。

点石成金

如果说勃留索夫的《杂拌儿》是"艺术的随感录",那么,弗拉基米尔·索洛乌欣的《手掌上的几粒石子》则可以称为"生活的随感录"。这些零散的文字,也许是作者工作之余的偶得,也许还是一种着意的追求。作者自谦这是"几粒石子",就像在海边上散步时随意拾起的一样。然而细细品读之后,我们发现它们并非普通的"石子",而是一颗颗"珍珠",一颗颗从生活的矿藏中精选和锤炼出来的"珍珠"。

生活的矿藏是无比深厚的。这里不乏"裸露的"珍珠,令人们争而摘取。可是许多的珍珠却藏在泥土里、石块中,许多人常常从它们旁边走过却熟视无睹,许多人把它们拾起后又把它们抛弃。索洛乌欣捡起的也许正是这种石子,但他没有把它们抛弃,而是放在掌心细细观赏、玩味。他独具慧眼,透过它们粗糙的坚硬的外壳,发现了其中的闪光。他先用敏锐的感受力撞击它们,穿透它们,继而,或以炽热的情感去熔炼它们,或以冷峻的理性去照射它们,于是,在他的手心便出现了"点石成金"的奇迹。

乘飞机、听音乐、穿衣服、锻炼身体、旅行,作者写的就是这些几乎人人都经历过的事情。可是，他要告诉我们的却远远不止这些事情的本身，他善于把这些司空见惯的事情当作"切入口"，把你引向生活的深处。

就说乘飞机吧，没有乘过飞机的人第一次升上空中，自然会有一种新鲜感，经常乘坐也就不以为然了，但作者却由此想到古人对天空的"高不可及"的神往，想到如今那种"仰望浮云"的感觉的消失。看似在谈乘飞机，所涉及的却是人对世界的认识：这是一种"化神奇为普通"，大概也是认识的一种必然发展吧。

再如穿衣服，那更是司空见惯的事情了，一个人的一生之中不知道要穿多少件衣服。作者从一套常穿的西服谈起，谈到衣服都穿坏了，在扔掉之前才知道它里面还有许多暗袋，"猜不出它们派什么用场"。这本也是一件普通的事情，但作者的感想却引人深思："当然，没有使用过这些口袋我也活过来了，可是，我总有一种遗憾的感觉，竟错过了就在身边的机会。生活中会不会也有这种情况呢？"作者要告诉人们的自然不仅仅是关于一件衣服的事情。

作者的叙事态度极为亲切，叙事方式也十分高明，有如一位亲切而熟练的导游，带引着他的游客，千回百绕，层层深入，直至胜境。如下面一段：他先用一些饶有趣味的统计数字引起你的兴趣，如人的一生中刷牙洗脸大概要花一年的时间，睡觉大概要花二十年的时间，等等。然后从这里引出话题："人绝大部分时间都处在种种烦恼之中，严格地说，人的一生实际上都在烦恼。"这句话说得何等贴切！不是流行过"烦恼人生"的说法吗？可作者又进一步娓娓道来，人只有在"极短的时间内"才摆脱烦恼，这就是"真正醉心于某种事情的瞬间"，所以这些瞬间就极为珍贵。话说到这里，已经很充分，很有些启迪意义了。可是作者的话中还有话："人生中最令人目眩神迷的事，不消说，是爱情。"原来他要告诉我们这个！我们正要听下去，不料他又笔锋一转："然而一个人不可能一生都在爱情中度过。其次，爱情又会使人产生新的烦恼。"话题又回到"烦恼"上来了。这真是妙极了！可还没有完呢，"人正因为要摆脱烦恼，便有种种癖好"，"而实在无事可做——就看电视"。这不无揶揄的结束语一下子又转回到司空见惯的生活现象上来了。读到这里，你不得不承认，这是一个真正生活过、真正理解生活的人才能说出的话。这些感受，对你是熟悉的，你也许曾经拥有过。但你不曾说过，或者说你不知道怎样说出来。而作者却用如此通俗、如此亲切的话，把你心中想说的都说出来了。这也可以说是索洛乌欣的散文的一种特有的魅力。

作者也并非总是这样娓娓叙说。有时，他只列出生活中突出的现象或言论，并加以对比。他自己也在思索着它们，自然也是在提醒读者去思考。结论他没有去做，但他的结论也多少包含在他的敏锐的发现之中：

> 大家都知道，贞德有一句座右铭："要是我不去，谁去？"当你对某些现代青年人说，你应该去做什么事情时，他们会脱口而出地问你："为什么要我去？"

这是很值得加以深思的现象。

有时，作品是以深邃的思考本身引人注目的，这种思考往往带有哲理色彩，如关于苦艾的议论："既然苦就不应一般地苦，或者苦一下就算了。而应当苦断肝肠，成为苦的化身。要苦就应当成为苦艾。"关于仙鹤的那段话，也有同工异曲之妙。

自然，作为一位作家，作者说得最多的也许还是艺术。但他关于艺术的论述，绝非那种说教式的，而是对生活现象的一种发挥和引申，既不枯燥、晦涩，又引人入胜和令人信服。如由百米短跑和跳高谈到从事艺术创作的才能；从灭菌法和预防接种说到科学家与艺术家的区别，谈到艺术的伟大和不朽；从墙壁装饰谈到对诗歌和艺术的欣赏，等等。这里值得注意的是，作者并不是为谈艺术而谈艺术，而是从生活中的非艺术现象联想到艺术，他的见解也许不尽全面，也许只是突出或强调事物的某一个方面，然而其中的独创性却是无可怀疑的。

假如要对这"几粒石子"做出鉴定，那它们是美丽的、晶莹的和五彩缤纷的。

假如要对这几篇"散文"做出评价，那它们是亲切的、独创的和韵味无穷的。

大师面对大师

爱伦堡和海明威有许多相似之处。作为作家，他们都是一代文学大师，都以自己辉煌的创作在自己祖国的文学史上揭开过划时代的一页，并都在文坛上独树一帜、影响深远。作为战地记者，他们都以其敏锐的文思和粗犷的笔触，描绘过战争的风云，歌唱过和平和自由，控诉过侵略和战争。作为人，尽管他们生长在社会制度不同的国度，但都对人民怀有热爱之情,对人类的前途充满信心。而作为亲密的朋友,他们不但思想相通,而且在艺术上也互相理解和欣赏。所以,无论是海明威来写爱伦堡,还是爱伦堡来写海明威,大概都会别有情致、非同凡响。海明威比爱伦堡要小八岁,但由于种种原因,却先爱伦堡离开人世,他的逝世震惊了全世界,震撼了爱伦堡。

摆在我们面前的《我叹服于海明威的技巧》,便是爱伦堡怀念海明威的一篇悼文。这篇写于海明威逝世后不久的回忆录,作者生前并没有把它公开发表。也许在他看来,这是一篇"急就章",远没有把他心中的话说尽;也许他还准备写一篇大型文章来献给海明威。但就是在这篇似乎只是在谈海明威的艺术的短文中,我们也听到了非同凡响之音。

谈一位作家,特别是谈一位大作家,不可能离开他的作品。所以在文章的开头,爱伦堡的思绪便回到了"三十年前",也就是在那时他结识海明威的,不是结识海明威本人,而是作为一个读者,结识海明威的作品。"作为一个读者,我深感他的小说是极富人性的:其中有生活、爱情、死亡、短暂的欢乐和漫长的战争。"爱伦堡的话,实际上是对海明威的创作做出的总体性的评价。爱伦堡用的"极富人性的"断语，使我们想起他此前提出的关于文学的"人"的观点。在一场关于"政治小说"的论争中，爱伦堡指出，任何作家和任何作品也许都不可能完全脱离政治，而判断一部小说是否是所谓的"政治小说"，主要看它是写政治本身，还是写"政治中人的命运"。"政治小说"是"明日黄花"，而真正的艺术作品是永恒的。爱伦堡的见解得到许多人的赞同，产生深刻的影响。看来，爱伦堡也是从这种"人"的观点来看海明威的创作的。"极富人性的"是一种很高的很准确的评价。

海明威的许多作品都是写战争的，然而他写的远不止战争本身，而主要是"战争中人的命运"，"生活、爱情、死亡、短暂的欢乐和漫长的战争"，这些构成了"人的命运"的具体内容。

作为读者（自然不是一般的读者），爱伦堡盛赞海明威的创作；而作为作家（自然也不是一般的作家），爱伦堡则"叹服海明威的技巧"。这句话中丝毫没有恭维和客套，而是爱伦堡的真心实意的表露。爱伦堡对海明威的"对白"极为佩服，认为海明威的"对白"是"某种深入个性的、根本无法仿效的东西"。并认定"在契诃夫之后"，还没有一个人像海明威那样"把人说得那么深"。这里。爱伦堡强调的还是"人"。看来,作家对艺术技巧的看法最终也离不开他的文学观。

在爱伦堡的追忆中,我们看到不仅是爱伦堡赞扬海明威,在当时,几乎所有的苏联作家都把海明威视为西方最出色的作家。爱伦堡还用具体的事例做进一步说明。这个例子是那样真实和生动,它既像一首诗那样迷人,又像一出悲剧那样壮烈:两个作家,第二天都要奔赴前线,可就在后方的最后一个夜晚,他们通宵达旦轮流看一部作品。"整整一个晚上,他们都在读这部小说,互相把看完的手稿传给对方。甚至都没有听到高射炮的隆隆声和炸弹的爆炸声。"这两个作家就是爱伦堡自己和青年作家拉宾,他们轮流看的那部作品就是海明威的《丧钟为谁而鸣?》。两周后,拉宾在战场上牺牲,海明威的这部作品是他阅读的最后一部作品,他是感受了海明威作品的悲壮之后悲壮地牺牲了。还有什么能比这样悲壮的事例更能说明苏联作家对海明威的热爱呢?不仅苏联作家如此,苏联读者也极为喜欢海明威,为了预订海明威的书,在寒冬的夜晚,他们排着长队。作家列举这些事例,看似信手拈来,但其中都深含怀念和敬意。

在爱伦堡的追忆中，自然要讲到他和海明威的私交。他们的初识颇有些戏剧性：开始是由于语言方面的原因产生的"误会"，继而是真诚的"大笑"，而后是两人"知己"般地倾谈。在爱伦堡简短的描述中，海明威耿直、爽朗、豁达的个性跃然纸上。作家还回忆了他和海明威一起在前线相处的时光，他一面回忆，一面评价，这种评价是准确的、深刻的、辩证的，它仿佛是对海明威的一个总结："海明威作为一个作家，被战争所吸引，而同时又强烈地憎恨战争。"这句话后来经常被人引用。

关于海明威的死，爱伦堡只写了几句，而且还不是谈他的感受。也许是因为他的悲痛是无限的，无法用语言来表达；也许是亲密的友人的意外离去，令他不知所措。只是到了文章的结尾，他才用一句话说出了他的"哀痛"，其语调是那样肯定，那样确切，那样不容置疑，他再也说不出更多的话了。他的哀痛是真正巨大的。

瞬间

青年人爱幻想未来，老年人爱回忆过去。青春的幻想是辐射型的，它展开幻想的翅膀，飞向天空，飞向大地，飞向海洋；暮年的回忆是凝聚型的，它有时会在某一点上停留、凝固，甚至毕生的经历会在某一特定的时刻化为瞬间。

生老病死，本是一种自然规律，是任何人都不能避免的。在正常情况下，一个人的一生必定要经历童年、少年、青年、壮年和老年这几个阶段。自然，这里所说的是生理年龄。可人还有心理年龄。一般说来，心理年龄与生理年龄是大致同步的，但也有例外，少年老成世故，老年却童心未泯，在生活中都不算少见。如果再从另一个角度，即从事业的角度或者说从人与社会的关系的角度来探讨年龄的话，那也许还有一种事业年龄，所谓"三十而立，四十而不惑，五十知天命"指的大概就是这样一种年龄吧！

一个人，大凡到了生理的老年，他的心理老年或迟或早便会随之而来。历代的诗篇中，虽有不少吟诵"黄昏"的佳句，如"烈士暮年，壮心不已"、"满目青山夕照明"等等，但它们表达的毕竟还只是一种情怀，"壮心"是否能够实现，"夕照"是否能够久长，这些都是不以人的意志为转移的。自然，也有不少诗人和作品，在进入老年以后，常常以其特有的敏锐、真实、细致地记录下自己步入暮年后的心态，其中虽不乏孤独和伤感，但透过这些对生命的慨叹，人们依然能够感受到一种对生命和生活的依恋和热爱。邦达列夫的《瞬间》也许可以列入这类作品。

科学能够对老年人的生理和心理上的特点作做准确的抽象的论断，可未必能有一位科学家能像艺术家邦达列夫这样，对"一个上了年纪的人"的内心世界的某一瞬间做出如此丰富、生动和形象的透视。用一位大作家的话来说就是邦达列夫是把一位老人的内心世界中闪过的那一"瞬间""永远地留下来了"。这一"留下"，不但使得这一"瞬间"获得了美学的意义，就是对科学来说，它也具有某种非凡的认识价值，因为科学家无法达到的那种具体的形象，在艺术家的笔下被实现了。而从读者的角度看，这样的"瞬间"对许多人都是熟悉的甚至是亲切的，它令人想到自己——过去的自己或未来的自己，它的严峻的真实会震撼读者的心扉。

这是多么熟悉的语言："天啊，青春消失得多么快！"一个老年人，甚至一个中年人的回忆中常常会出现这样的感叹。这是两幅多么熟悉的情景："灯熄了，窗外一片漆黑，大街上那低沉的嘈杂声渐渐地平静下来，闹钟在柔和的夜色中滴滴答答地响个不停。"在这样的夜中，青年人会在均匀的鼾声中用美丽的梦编织生活的锦缎；而对于老年人来说，这样的夜往往是漫长的,往事会像电影一样一幕幕出现在眼前。

作者展现在我们面前的是这样一个寻常的夜晚,但他要告诉我们的却不是一种寻常的感觉,而是一种特殊的感觉,是"一个上了年纪的人在他心衰力竭的那个瞬间的感觉"。在这一瞬间,"时间的车轮停止了转动",人仿佛"滑进了一个无底的深渊"。既无白昼,也无黑夜;既没有过去,也没有现在;甚至也没有经历、欲望。在这一瞬间,一生"被浓缩了,结束了"。科学也许能对这种现象做出合理的解释,但科学永远无法传达出经受过这种瞬间的老人的情感:他对过去的怀念,对自己和自己的亲人的怜悯,对不久的将来便要到来但又无法预料在哪一刻到来的死亡的恐惧。"这是通向深渊的大门打开的一瞬间",它是衰老的信号,不仅是生理的衰老,更是心理的衰老。作家笔下的真实是赤裸裸的、无情的。我们看到,作品中的"他"(在某种意义上同时也是作者自己)是痛苦的,因为"他"知道这真实是无可怀疑的;但"他"同时又是冷静的,"他"没有用这种痛苦去惊动"他"的妻子,而是听任幻觉的游弋,因为"他"知道这是无法回避的。

如果你上了年纪,你依然充满幻想,那么祝福你:你还没有衰老,你还年轻。

如果你上了年纪,不时地有这种瞬间的感觉,那么,也不要悲伤。因为你也曾拥有过青春,你生活过,工作过,爱过和被爱过,况且,生命还在继续,生活也在继续,珍惜每一个白天和每一个夜晚吧!即使真到了那一天,也没有什么难过,因为谁没有这一天呢?

言简意赅而又丰盈饱满

读蒙田随笔《热爱生命》

钱 虹

推荐词

《热爱生命》是可以代表蒙田随笔的思想境界和艺术风格的作品之一。它篇幅短小,全文寥寥数百字,文中也无"语不惊人死不休"的霸气和张狂,却言简意赅地道出了作者对于生命和生活的独特理解、深刻感悟和"自得其乐"的处理方式。

《热爱生命》是16世纪法国思想家、散文家蒙田（1533—1592）的随笔之一。随笔，在西方文学中，称作"Essay"，它比纯粹的散文包容性更广，也显得更随意自如，更不拘一格。蒙田生前喜欢把他的读书心得、旅途见闻以及日常感想等等记录下来，日积月累，汇成了《随笔集》。1580年，蒙田的两卷《随笔集》（也有译作《随感录》的）问世。1588年，作者对《随笔集》一、二卷进行修改增订，并出版了《随笔集》第三卷。此后，直至1592年辞世前不久，蒙田仍孜孜不倦地继续修订其著作。他去世之后的1595年，《随笔集》第三版问世。

蒙田的三卷本《随笔集》共107章，各章之间长短不一，作者有意使其结构自然松散，并不求其彼此连贯和勉强统一。蒙田随笔的内容广博而庞杂，可谓包罗万象，无所不谈。尤其是他在展示自己渊博的书本知识的同时，常能结合个人的生活经验融会贯通，从而形成蒙田随笔独特的思想和艺术风格，并对后来的一些西方散文家，如英国的培根、兰姆，法国的卢梭等人，都有过一定的影响。

《热爱生命》便是可以代表蒙田随笔的思想境界和艺术风格的作品之一。它篇幅短小，全文寥寥数百字，文中也无"语不惊人死不休"的霸气和张狂，却言简意赅地道出了作者对于生命和生活的独特理解、深刻感悟和"自得其乐"的处理方式。一开头，他告诉读者："我对某些词语赋予特殊的含义。"他举"度日"为例，谈在不同的气候条件下自己的思想态度迥异：天色不佳时，将"度日"看作是"消磨光阴"；而风和日丽时，却是在慢慢赏玩、领略美好的时光。作者的"度日"，既有"消磨"，也有"赏玩"。由此，他为自己，也为读者归纳出一句饱含哲理的人生座右铭："坏日子，要飞快去'度'，好日子，要停下来细细品尝。"接着，作者便谈众多"哲人"以为生命无足轻重，犹如一件苦事、一件贱物一般将它打发、消磨，而自己的生命观与之恰好相反："我却认为生命不是这个样的"，"它值得称颂，富有乐趣，即使我自己到了垂暮之年也还是如此。我们的生命来自然的恩赐，它是优越无比的"。他还援引古罗马哲学家塞内加的一句名言，将那些不珍视人生，不热爱生命，却将全部希望寄托于来世者，称作"糊涂人"。至此，本篇"热爱生命"的题旨已凸现无疑。

然而，接下来作者却将笔锋一转："不过，我却随时准备告别人生，毫不惋惜。"刚刚向读者表白，生命"值得称颂，富有乐趣"，现在却说"随时准备告别人生，毫不惋惜"，是否自相矛盾呢？其实不然。作者紧接着就坦率直言："这倒不是因生之艰辛或苦恼所致，而是由于生之本质在于死。"读到这里，令人豁然开朗，有生就必然会死，生死相依相随，"因此只有乐于生的人才能真正不感到死之苦恼"。只有对生命大彻大悟、将生死看得如此坦然的智者，才能真正做到"热爱生命"。蒙田，正是这样一位"热爱生命"并"享受生活"的智者，他用充满智慧和哲理的平实话语，谱写了一曲"丰盈饱满"的生命的赞美诗。

直抒胸臆　恣肆飞扬

解读雨果《巴尔扎克葬词》

张唯嘉

作者介绍

张唯嘉,1955年生,湖南株洲人。佛山大学文学与艺术学院中文系教授。

推荐词

《巴尔扎克葬词》把直抒胸臆和隐微含蓄熔为一炉,把恣肆飞扬的文笔和严密的逻辑思辨奇妙地结合在一起,既洋溢着奔放酣畅的诗情,又有着严谨的内在结构、强大的理性魅力。从中,我们既感受到了雨果作为浪漫主义诗人豪迈不羁的气质,又窥见了他作为一个大思想家的深邃睿智,更目睹了他作为一个大文豪炉火纯青的笔力。

维克多·雨果（Victor Hugo，1802—1885）是享誉世界的伟大诗人、小说家、戏剧家，也是伟大的散文家。他的散文名篇《巴尔扎克葬词》激情充溢，文采飞扬，精辟地分析和概括了巴尔扎克（Honore de Balzac，1799—1850）创作的审美价值，堪称一篇非常优秀的巴尔扎克研究论文。即使在一百五十余年后的今天，世界各国的巴尔扎克学者还常常在他们的论著中引用其中的论断，而其中的一些语句，如"他的一生是短暂的，然而也是饱满的，作品比岁月还多"等等，已经成为评价巴尔扎克的名句，广泛地出现在各种论著和教科书中。由此可见，《巴尔扎克葬词》具有经久不衰的思想和艺术魅力，在西方文学史上有着独特的地位。

当代阿根廷文学大师博尔赫斯（Jorge Luis Borges，1899—1986）曾经认为，必须为每个国家选择一位代表性的作家。于是，他毫不犹豫地为英国选择了莎士比亚、为德国选择了歌德、为西班牙选择了塞万提斯。然而，提到法国时，他犹豫了："法国还没有选出一位代表性作家，但倾向于雨果。"博尔赫斯的犹豫是十分明智的。作为一个文学超级大国，法国拥有太多魅力四射的文学巨星。而毫无疑问，雨果和巴尔扎克都是其中的佼佼者。雨果和巴尔扎克，谁更伟大？博尔赫斯"倾向于雨果"，而在我们中国，肯定会有很多读者倾向于巴尔扎克。可见，在当今世界，这是一个颇具争议的问题。然而，在雨果写作《巴尔扎克葬词》的年代，这却是一个不具争议的问题——那时法国和欧洲的绝大多数读者都会毫不犹豫地选择雨果。

在19世纪的法国，雨果的荣耀和名声是巴尔扎克以及其他任何一个文学家无法企及的。雨果是法国文学史上最伟大的诗人。这位"诗坛神童"15岁时一挥而就的诗歌就得到了法国官方的最高奖励——法兰西学士院的奖赏。18岁，他以自己的诗作获得国王路易十八赏赐的年俸。23岁便被授予荣誉勋章，并应邀参加了查理十世的加冕典礼。1829年，雨果完成了浪漫主义戏剧《欧那尼》，随着这个剧本在舞台上的巨大成功，雨果被尊为浪漫主义文学运动的唯一领袖（而后诗集《光与影集》、《惩罚集》，长篇小说《巴黎圣母院》、《悲惨世界》、《九三年》等作品的问世更是奠定和稳固了他作为法国文坛盟主的地位)。1840年，雨果当选为法国学术研究的最高权力机构——法兰西学士院的院士，成为年轻的"不朽者"（法兰西学士院由40名院士组成，因其终身制，他们都被称为不朽者）；1844年，雨果又当选为法兰西学士院院长。此外，40年代，雨果曾被国王任命为贵族院议员（1848年革命之后，出于对路易·波拿巴的义愤，雨果放弃了这个被巴尔扎克称为"仅次于国王的最高荣誉"）；70年代，他又成功地竞选为参议员。1881年2月26日，雨果八十寿辰，60万巴黎人在诗人的窗外游行庆贺，法国其他一些城市也专门派代表团送来鲜花；这年7月，雨果所居住的埃洛大街被改名为"维克多·雨果大街"。1885年5月22日，雨果与世长辞，法国更是为他举行了国葬。5月31日，全体巴黎人民通宵为雨果守灵，6月1日，国葬正式开始，全国下半旗志哀，二百多万人组成的送殡队伍将诗人的灵车送往先贤祠。雨果葬礼之隆重在世界文学史上是空前绝后的，从来都没有一个文学家受到过如此崇高的礼遇。

而巴尔扎克的创作生活是以失败开始的。他从20岁开始写作，最初的几部作品没署真名，说明不仅别人不欣赏，就连他自己也不满意。1829年，巴尔扎克30岁，第一次用真名发表了小说《朱安党人》，并因此而崭露头角。在这之后20年中，巴尔扎克呕心沥血地创作出由九十余部小说组成的《人间喜剧》，成了闻名遐迩的作家。但是，在那个浪漫派盛极一时的年代，他并没有得到法国文学批评界的认同。他不仅一直在贫困中挣扎、沉浮，而且没有得到他所渴望、也应该给他的荣耀。1849年初，巴尔扎克第三次申请法兰西学士院院士职位，其结果是再次遭到命运的打击：1月11日，法兰西学士院投票填补夏多布里昂死后空出的院士之位，巴尔扎克只获得雨果等院士投的四票；1月19日，学院再次投票填补瓦图空出的位置，巴尔扎克只得到雨果和维尼所投的两票，他的院士梦至此完全破灭。于是，巴尔扎克终其一生没有获得过任何正式的头衔，也没有获得任何官方的荣誉。

在巴尔扎克不幸的一生中，雨果是一位难能可贵的朋友。当时，他们不仅社会地位悬殊，文学主张、政治观念也大相径庭：雨果是浪漫派的领袖，巴尔扎克是现实主义的首领，他曾在报纸上尖刻地批评过雨果的《欧那尼》；雨果力主共和革命，巴尔扎克坚称保皇，他曾当面指责雨果放弃贵族院议员头衔的行为是"哗众取宠"。而雨果不仅以博大的胸怀包容了巴尔扎克与自己的巨大差异，而且以文学天才的审美洞察力率先认识了巴尔扎克的巨大价值。他一直与巴尔扎克友好相处，坚定地支持着巴尔扎克的文学事业。1850年7月，雨果探望过卧病在床的巴尔扎克；8月18日晚上，巴尔扎克临终前两小时，雨果又一次来到他的病床前。之后，在巴尔扎克的葬礼上，雨果的真挚情谊更是表现得淋漓尽致。

巴尔扎克的葬礼于8月21日星期三举行（顺便提一下，我们的高中语文第三册课本误将巴尔扎克葬礼的日期写成了8月22日）。这场葬礼没有什么隆重的排场，"盖棺的黑色旗帜上没有标志，没有蒙黑纱的鼓乐队，也没有穿花边制服的仪仗。不过，从上午十一时起，所有'怀念和景仰他的人'纷纷聚集到教堂周围。那些长期同他一起，为他排字的印刷工人在人群中占了相当大的比例。送葬的行列绵延好几条大街，几乎看不到尽头"。雨果自始至终参加了这场葬礼。他首先来到保综小教堂（巴尔扎克的灵柩在此停放了两天），和巴尔扎克的亲人们一道把灵柩送到圣菲力普·德·罗尔教堂举行丧仪。之后，雨果走在棺材前头右边，手执灵幔的一只银球，带领着送葬的队伍穿过巴黎的马路，走向郊外的拉雪兹神甫公墓。墓穴在坟山的最高处，人群拥挤，山路崎岖，雨果一不留神，被夹在灵车和一座大墓碑之间，险些送命。当棺柩被安放进墓穴，开始填土时，太阳正在沉落，雨果站在墓前的高地上，对肃穆的人群宣讲了《巴尔扎克葬词》。

作为一种实用文体，"葬词"的主体内容是对死者的一生做出总结性的评价。从某种意义上来说，这种评价的正确与否是衡量一篇"葬词"是否具有价值的准绳。雨果《巴尔扎克葬词》之所以具有持久的艺术魅力，最重要的原因就在于，文章对巴尔扎克做出了经得起历史检验的评价。

应该如何从整体上认识巴尔扎克？就在雨果发表这篇演讲之前，在巴尔扎克的灵台前面，代表政府出席葬礼的内政部长巴罗什对雨果说："这是一个风雅人物"（雨果当即反驳道："这是一个天才"）。而巴尔扎克生前，更被一些人视为庸俗文人，就连福楼拜也曾把他归为"二流货色"。因此，这是一个必须加以澄清的问题。"今天，人们哀悼一位天才之死，国家哀悼一位天才之死。"在《葬词》的第一段，雨果用一个反复句式强调了他给巴尔扎克的总体定位——"一位天才"。这是一个怎样的"天才"？一个思想的天才，一个"强有力的作家",一个"精神统治者"。这位"天才"具有怎样的历史地位?"在最伟大的人物之间,巴尔扎克是名列前茅者;在最优秀的人物中间,巴尔扎克是佼佼者之一。"

巴尔扎克凭什么堪称"天才"?凭什么堪称"最伟大的人物"、"最优秀的人物"?凭着他一生的劳动成果——他的全部小说作品。由于创作的超前性,巴尔扎克的许多作品都遭到同时代的一些评论家(包括当时最具权威的评论家)的非议和敌视。例如,有人因巴尔扎克小说描写了现实的丑恶而批评他的作品情趣不高雅,代表着一种堕落的风格;有人把题材广阔、包罗万象的《人间喜剧》视为杂乱无章的大杂烩;有人指责巴尔扎克所创造的"人物再现"等新的艺术手法违背了审美要求,等等。与这种种谴责针锋相对,雨果高度肯定了巴尔扎克一生的创作成就,精辟地总结了巴尔扎克创作的特色,深刻地分析了巴尔扎克作品的革命性质。

第三段主要从三个方面概括了巴尔扎克的创作成就和特色。第一,"他的所有作品仅仅形成了一部书"。这是巴尔扎克创作最重要的成就,也是他创作的一个鲜明特色,更是他的一个创举。他用"分类整理"和"人物再现"的方法把一生创作的九十余部小说联结成了一个整体。这样,他仅仅只完成了一部书——《人间喜剧》。然而,这部书在规模和气势上,不仅是前无古人的,而且直到21世纪的今天,它仍然称得上是后无来者的。迄今为止,它仍是世界文学史上最宏伟的系列小说大厦。第二,《人间喜剧》"同现实打成一片",反映了"整个现代文明的走向",完全可以题做"历史"。这是巴尔扎克创作的又一个重要成就和特色。巴尔扎克创作的年代——19世纪30至40年代,是法国浪漫派的极盛时期,评论界和公众普遍推崇以描写理想、抒发感情为主要特征的浪漫主义文学。而巴尔扎克则从浪漫派的云端里走到了社会现实的土壤上。他独树一帜,决意描绘当代风俗史,做法国社会和历史的书记。从城市到乡村,从巴黎到外省,从上流社会的豪华客厅到肮脏的贫民公寓,从政府、军队、司法、银行、交通、商业,到新闻出版、文学艺术和学术界,《人间喜剧》以前所未有的方式展示了喧嚣动荡、无所不包的现实世界,忠实地记录了社会发展的进程,完整地再现了他的时代。第三,"这里有一切的形式和一切的风格"。这是雨果对《人间喜剧》丰富而博大的艺术成就的高度赞扬。巴尔扎克在艺术上不受任何传统和任何流派的束缚,博采众长,兼收并蓄,勇于创新。他乐于吸收一切有益的艺术养分,乐于使用一切独具魅力的艺术形式、艺术风格和艺术手法。他的《人间喜剧》把冷静深刻的观察和激情无限的想象熔为一炉,是"一部既是观察又是想象的书",既揭示了"形形色色的现实",又让人看到了"最阴沉和最悲壮的理想"。

第四段着重分析巴尔扎克创作的革命性质。在政治上,巴尔扎克一直都是一个反对革命的保皇主义者。1842年,他曾在《"人间喜剧"前言》中写道:"我在两种永恒真理的照耀之下写作,那是宗教和君主政体"!直到逝世前一个月,巴尔扎克还在自己的病房里,与前来探望的雨果就彼此对立的政治见解展开过辩论。雨果知道,不仅巴尔扎克由此被不少人视为保守落后甚至反动的作家,而且巴尔扎克自己也不会愿意接受"革命作家"的头衔。但是,雨果深刻地认识到,不管巴尔扎克本人有着怎样的政治观念和自我意识,《人间喜剧》都具有不可怀疑的革命性质:"愿意也罢,不愿意也罢,同意也罢,不同意也罢,这部庞大而又奇特的作品的作者,不自觉地加入了革命作家的强大行列。"雨果着重从两个方面论证了巴尔扎克及其创作的革命性。首先,他

"抓住了现代社会进行肉搏"。《人间喜剧》毫不留情地挑开了盖在那个社会身躯上的遮羞布，将它腐臭发烂的疽疮展示了出来。他嘲笑腐朽衰落的贵族阶级，讽刺唯利是图的资产阶级，挖苦趋炎附势的文人，揭露官场黑幕，剖析司法弊端。他对社会各方面的丑恶现象都进行了猛烈的批判。其次，"发掘内心，解剖激情"，对"人"的方方面面进行了"令人生畏的研究"。雨果指出，巴尔扎克在批判社会的同时，还对人自身进行了革命性的研究。《人间喜剧》塑造了两千多个阶层、行业、身份和性格各异的人物。古往今来的不少文学家都力图通过塑造文学形象探索人的奥秘，而巴尔扎克对"人"的研究有何革命性质呢？雨果指出：他以"时代的聪明才智"，破译了"天意"，洞察了人的真实本性。因此，他既不像莫里哀那样为人性的丑恶而"陷入忧郁"，又不像卢梭那样为人类文明的堕落而"愤世嫉俗"。他以哲人的眼光，通达地看待原本就属于人的美丑善恶、七情六欲，"面带微笑，泰然自若"地解剖人的激情，分析人的情欲发展过程，描写人的天性，透视人的灵魂，使人类在认识自己的旅途上迈出了新的一步。

"这就是他给我们留下来的作品，崇高而又扎实的作品，金刚岩层堆积起来的雄伟的纪念碑！从今以后，他的声名在作品的顶尖熠熠发光。伟人们为自己建造了底座，未来负起安放雕像的责任。"在肯定了巴尔扎克作品的巨大价值和不朽魅力之后，文章非常自然地从总结过去转向"今天"，并预示了"未来"。

"今天"，"我们"该如何面对这位伟人逝世的现实？雨果充满自信地告诉人们：不用悲观，不用失望。这是因为"死亡是伟大的平等"，不论非凡还是平凡，不论富贵还是贫贱，人都有一死，这是大自然的规律，是生命新陈代谢的正常过程。这是因为死亡"是伟大的自由"，巴尔扎克已经"不知疲倦"地拼搏奋斗了五十余年，今天，他终于可以"安息了"。更值得欣慰也值得"羡慕"的是："在他进入坟墓的这一天，他同时也步入了荣誉的宫殿。"雨果坚信："未来"是公正的，巴尔扎克在过去应该得到而没有得到的荣誉和地位，"未来"一定会给他。"未来"一定会在这位伟人"为自己建造的底座"上，"负起安放雕像的责任"。正因为如此，他预言：对于巴尔扎克来说，死亡，"这不是黑夜，而是光明！这不是结束，而是开始！这不是虚无，而是永恒！生前凡是天才的人，死后就不可能不化作灵魂！"

今天，距巴尔扎克的去世，距雨果发表这篇著名的《葬词》已经一百五十余年，而《人间喜剧》仍然以不可抗拒的思想和艺术魅力震撼着读者的心灵。历史证明，雨果对巴尔扎克的评价和预言是完全正确的。

文章的语言如行云流水，雄奇有力，富于个性和激情。例如，联系上下文来解析，全文第二句的主要含义是：巴尔扎克逝世已经成为不可更改的事实。如果简单而直接地替换成"巴尔扎克已经逝世"也可以连贯上下。但是，雨果没有用这种通行而直白的表达句式，他写的是："对于我们来说，一切虚构都消失了。"句子使用了"虚构"这一文学理论术语，它不仅鲜明地标志出雨果作为文学家的身份，而且饱含着雨果对巴尔扎克的深切真情。细细品读，读者可以悟出它所蕴涵的潜台词：自巴尔扎克生病以来，"我们"一直充满信心地企盼着——企盼他康复，企盼他幸福，企盼他创作出新的杰作。然而如今，巴尔扎克英年早逝，这不仅使"我们"曾经有过的一切美好企盼成了"虚构"，而且也剥夺了"我们"继续"虚构"（即美好企盼）的基础——"一切虚构"都残酷地"消失了"。这是怎样的打击！怎样的失落！怎样的沉重！通观全文，字里行间都奔涌跌宕着这种悠肆淋漓的激情，充分显示了巴尔扎克这位朋友之死、这位天才之死给作家心灵造成的强烈冲击，也充分体现了雨果洒脱自由的文风。

而这种洒脱自由却又是控制有度的。作为一种实用文体，"葬词"是专用于葬礼的演讲稿，有其独特的格式和要求。《巴尔扎克葬词》严格地遵守了这些格式和要求。例如，文章分为三个部分：开头点明哀悼对象；中间颂扬和总结死者一生的功绩；结尾进一步表达对死者的哀思，号召人们化悲痛为力量。这完全符合"葬词"的结构格式。又如，在当时的法国，巴尔扎克还没有得到社会的广泛认同，还是一个颇具争议的人物，那么，要在《葬词》中正确评价巴尔扎克，是否意味着应该驳斥一切对巴尔扎克不公正的批评呢？答案是肯定的。然而，由于葬礼的基本功能是哀悼死者、寄托哀思，这就决定了"葬词"应该"讳失"，即不讲死者生前的缺点过失。因此，雨果的这篇实质上带有驳论性质的《葬词》巧妙地回避了一切反方的观点言论。在他看来，面对前来哀悼的人们，即使是为了批驳而转述对死者不敬的话语，也是不大礼貌、不合时宜的。

总之，《巴尔扎克葬词》把直抒胸臆和隐微含蓄熔为一炉,把恣肆飞扬的文笔和严密的逻辑思辨奇妙地结合在一起,既洋溢着奔放酣畅的诗情,又有着严谨的内在结构、强大的理性魅力。从中,我们既感受到了雨果作为浪漫主义诗人豪迈不羁的气质,又窥见了他作为一个大思想家的深邃睿智,更目睹了他作为一个大文豪炉火纯青的笔力。

朴素无华 感人至深

简析托尔斯泰散文《世间最美的坟墓》

邝夏渝

作者介绍

邝夏渝,中国青年出版社编辑。

推荐词

这篇散文,作者着意描写的是墓地的朴素,因而文笔也极为朴素,没有雕琢和修饰,这种形式和内容的统一,使作品更有着扣人心弦的魅力,读后令人深思,令人回味。

散文《世间最美的坟墓》用朴素、深情的笔触,从一个侧面揭示了文学巨匠托尔斯泰的伟大品格。

作者在俄国旅游,见到许多事物,但是没有什么能比托尔斯泰墓"更宏伟、更感人的了"。托尔斯泰墓为什么会使作者如此感动?是什么东西牵动着作者的心?正是墓地惊人的朴素和墓地主人的伟大所形成的鲜明对比,使作者激动不已,有感而发,抒写了这篇散文。

托尔斯泰是伟大的思想家和艺术家。他生前蜚声文坛,享有盛名,为后世留下了许多巨著。人们出于对他的崇敬,对他的墓地会有许多想象——那高大宏伟的建筑总是和伟人相联系的。很少会有人想到托尔斯泰墓"只是一个方形的土堆而已",在这里"无人守护,无人管理,只有几株大树荫庇"。这出乎意料的描述,与人们的想象大相径庭,与托尔斯泰的声名也似乎不甚相称。但是这正是使作者难于忘怀的原因。

　　作者在第一段里用寥寥几笔交代了托尔斯泰为什么要把墓地选在"远离尘嚣"的林荫之中。托尔斯泰晚年想起儿时听保姆讲过的一个古老传说，从中受到启示，希望百年之后葬在自己亲手栽种的树木之中。淡淡几笔，却蕴藏着深意。作者这样写，是为了进一步说明，这墓地的朴素不是后人所为，而是依照托尔斯泰生前的愿望。托尔斯泰一生都始终不渝地真诚寻求接近人民的道路，人民对作家来说是亲近的和可贵的。因此，他尽管威望如山，对自己的后事安排却如此简单，朴素，没有任何奢求，表明了托尔斯泰希望回到母亲俄罗斯大地的怀抱的愿望，这也正是托尔斯泰崇高思想的必然选择。作者情不自禁地发出了赞叹："他的坟墓成了世界上最美的、给人印象最深刻的、最感人的坟墓。"

　　第二段，作者对墓地作了重复的描写：这只是一个"小小的长方形土丘"，"没有十字架，没有墓碑，没有墓志铭"，甚至"没有托尔斯泰的名字"。这段文字不是可有可无的重复，它不仅加深了读者的印象，而且为作者进一步抒情和议论做了铺垫。

　　接着作者着意描述了墓地周围的环境和气氛，这里没有栅栏，任何人都可以走近它。没有豪华墓地的喧嚣，而是如此静谧。"逼人的朴素""禁锢了任何一种观赏的闲情"。读者也仿佛身临其境，不自觉地要敛声屏息，肃然起敬。为了烘托墓地感人的气氛，作者还描写了"风儿"、"阳光"、"白雪"，增强了全文的抒情意味，更加突出了墓地"逼人的朴素"。在这朴素之中显示出一种无形的庄严和肃穆。因为这朴素是和一个伟人高尚品格相联系的，这"朴素是真正学者的个性特点"（巴甫洛夫语），因此它有了更深刻的意义。"这世界上没有比这最后留下的，纪念碑式的朴素更打动人心的了。"就连拿破仑的墓穴、歌德的灵寝、莎士比亚的石棺也比不上这"只有风儿低吟"，甚至"全无人语声"的托尔斯泰墓宏伟庄严。这种比衬，更显示出托尔斯泰墓的朴素和感人。因此，这朴素之中体现出的伟大，这静谧之中蕴含的庄严和肃穆，才更剧烈地"震撼着每一个人内心深藏的感情"。这便是本文的主旨所在。这富于哲理的语言，给人以启示。作者没有一句褒扬之辞，但却使读者深深感到了托尔斯泰的崇高品格，以及作者的敬意。

　　作者层层深入地描绘了托尔斯泰墓地给人们留下的深刻印象——它确实是世间最美的坟墓。正如车尔尼雪夫斯基所说："美包含着一种可爱的，为我们的心所宝贵的东西……"尽管它是一个极普通的墓地，因为它和一个伟人高尚的心灵联结在一起，就给人以美好的回忆和联想，使人难以忘怀。

这篇散文结构紧凑，文字简洁，富于哲理。通篇没有溢美之词，没有空泛议论，只是采用白描手法，为读者描绘了托尔斯泰朴素的墓地。像一幅单色速写画，虽然没有色彩，却勾勒出感人的画面。这篇散文，作者着意描写的是墓地的朴素，因而文笔也极为朴素，没有雕琢和修饰，这种形式和内容的统一，使作品更有着扣人心弦的魅力，读后令人深思，令人回味。

真理是不怕重复的

读《歌德的格言和感想集》

程代熙

作者介绍

程代熙（1927—1999），笔名弋人、山城客。重庆人。1956年毕业于北京俄语学院俄语系。历任人民大学教师，人民文学出版社编辑、副编审，中国艺术研究院马克思主义文艺理论研究所副所长、研究员。《文艺理论与批评》主编。

推荐词

桑德斯说得好："在一个小时内把歌德这些格言念一遍，接着又在一个小时内把它们忘记干净，这是很容易做到的。以一般的兴趣把它们当作一位伟大作家的著作来看待，也是容易做到的。可是一个人如果没有足够的经验，不了解它们所包含的真理，就无法充分理解它们的价值。如果我们在获得经验的同时，也获得真理，那就是幸运的了！"我很赞赏这番话。

英人桑德斯，即《歌德的格言和感想集》的英译者说，歌德的格言是连培根、莎士比亚也自叹弗如的。是否如此，我没有作过比较，也就没有发言权。歌德的格言文字上固然准确简洁，但更重要的是他具有极其敏锐的观察力，能够捕捉到日常生活中往往为人们所忽视的某些带规律性的东西，也就是某些重要的生活真理，并巧妙地把它们表述出来。这里，我们不妨随手捡取几个例子：

只要你告诉我，你交往的是些什么人，我就能说出，你是什么人。

妄自尊大和妄自菲薄都是严重的错误。

带来安定的是两种力量：法律和礼貌。

并非凡是有水的地方都有青蛙，但是有青蛙的地方总会找到水。

你所不了解的东西是你无法占有的。

真理与谬误是同一个来源,这是奇怪但又是确实的,所以我们任何时候都不应该粗暴地对待谬误,因为在这样做的时候我们就是在粗暴地对待真理。

有的人不犯错误,那是因为他从来不去做任何值得做的事。

最可怕的事莫过于无知而行动。

有的人想的是他朋友的缺点,这是不会有所得的。我经常注意的是我敌人的优点,并且发现这样做大有好处。

像这样的例子我们还可以举出很多。歌德的这些格言首先就令人感到作者对生活观察的精细。它们突出的特征是:朴实和真实。歌德从来不想以他的机智的光彩来眩人心目。桑德斯说得对,他说歌德苦心孤诣地追求的不是格言外表上的堂皇,而是能道出生活的真谛。有的人为了表示对某个理想事物的赞美,不惜把别的事物,比它不如的事物贬得一文不值;他们为了赞誉一部伟大的著作,不惜缩小人的努力奋斗的作用。歌德就不是这样。例如对于真理和谬误。歌德一生都在追求真理,揭示真理,但他并不把谬误简单地视若粪土，不值一顾。他告诉人们不光要重视和总结成功的经验，更要重视和吸取失败的教训。在真理与谬误之间，并不隔着一道万里长城。相反，它们虽是各不相同的两极，但却是息息相通的。一个人如果能随时随地正视自己的谬误，他就会经常保持头脑清醒，并且变得越来越聪明起来。

　　生活这本书没有哪一页不是对歌德打开的。社会问题、艺术问题、自然界的问题。他都感兴趣，都进行过研究，都想弄个水落石出。他特别喜欢文学，不管是古代的还是现代的，也不问是东方的还是西方的。他认为都是人类的精神财富，体现了人类的精神力量。虽然他有时也不免怀疑，他如此地偏爱文学，会不会限制或者缩小了他的兴趣以及活动的天地。歌德的这种怀疑不是毫无根据的，应该说，正由于他把文学当成了他一生中最重要的事业，所以他才取得了辉煌的业绩。歌德深切地认识到，一个人为自己所能完成的最美好的业绩，往往也就是为别人所能完成的最美好的业绩。《维廉·麦斯特的漫游时代》这部小说就是歌德这个思想的最生动的概括：一个人无论是对于别人或是对于自己，其首要的也是最大的职责就是无论如何要认识到，他一生的事业是有价值的，是与他的能力相当的。如果他发现了自己的天职，并且坚定地身体力行，那他就会感到他是有益于这个世界的，他跟这个世界是和谐的。

这虽是小说里的思想，但也是歌德的自况。这里，我并不想对歌德的这种思想，特别是对他的那个与世界相和谐的境界作一番分析和辩驳。因为那不是这篇小文章所能担当得了的。我只是想说，歌德同他生活的那个时代和世界，并非总是和谐自得的。他也苦恼过，矛盾过，甚至颓唐过。维特的自杀，不正好说明歌德是多么厌恶他生活的那个时代和社会环境吗？如果说这是他早年的情况，可以置而不论，因为他的格言桑德斯考订都是他五六十岁后所作。歌德《浮士德》第二部是他晚年写的，其中表达了歌德对未来的种种追求。为什么要寄希望于未来，寄理想于后世呢？简单地说，歌德在晚年也并不始终感到他与世界是和谐相处的。

所以，歌德的格言不仅在价值上有程度不同的差别，还有质量上的差别，即有正负价值之别。例如，歌德说："艺术是立足于一种宗教感上的。它有着既深且固的虔诚。正因为这样，艺术才乐于跟宗教携手而行。"（第492条）把宗教感视作艺术创作的源泉，这总是不可取的。又如歌德说："专制主义促进普遍的自我节制，因为它从上到下都要求个人负责，以致产生了最大限度的积极性。"（第209条）把这条格言同歌德1825年4月27日同爱克曼谈的两段话联系起来考虑，则歌德愚腐的一面就跃然纸上了。歌德对爱克曼说：

"半个世纪以来，我一直和魏玛大公爵保持着最亲密的联系，在这半个世纪中我和他一起努力工作；但是如果我说得出大公爵有哪一天不在想着要做一点事，采取一点措施，来为地方谋福利，来改善一些个人的生活情况，那我就是在说谎。就大公爵个人来说，他的君主地位给他带来的只有辛苦和困难，此外还有什么呢？他的住宅、服装和饮食比起一个殷实的居民来要胜似一筹吗？你只要到我们海滨城市看看，就会看出任何一个殷实富人的厨房和酒窖里的储备都要比大公爵的更好。"

歌德继续说："今年秋天我们要庆祝大公爵开始执政五十周年纪念日。不过我如果正确地想一想他这五十年的执政，那还不只是一种经常不断的服役吗？还不只是一种达到伟大目的的服役、一种为他的人民谋福利的服役吗？如果我被迫当一个君主的仆役，我再少有一点可以自慰，那就是，我只是替一个自己也是替公共利益当仆役的主子当仆役罢了。"

歌德始终不了解资本主义比封建专制主义要优越得不知多少,虽然资本主义是在血和火的革命暴力中诞生的。歌德斩钉截铁地说:他"不是革命暴徒的朋友",他"憎恨进行暴力颠覆的人",而且还说,"任何使用暴力的跃进都在我心里引起反感,因为它不符合自然"(见《歌德谈话录》第82页)。像歌德的这一类格言,就只能具有负价值,尽管为数并不多。

> "凡是值得思考的事情,没有不是被人思考过的;我们必须做的只是试图重新加以思考而已。"

这是放在《歌德的格言和感想集》的卷首的第一条格言。歌德好像在告诉我们:他的格言不过是些老生常谈。人们身上有一个不能轻易加以原谅的弱点,就是不加分析,不加选择地对老生常谈一概嗤之以鼻。殊不知,有些"老生常谈"重复的却是生活中违背不得,也忽视不得的真理。例如歌德说:

> "既然在植物学里有一种叫作'有缺陷性'的植物;也就同样可以说,存在着有缺陷和不完美的人。他

们的愿望和奋斗是跟他们的行动和成就不成比例的。"
（第17条）

歌德又说：

"十全十美是上天的尺度，而要达到十全十美的这个愿望，则是人类的尺度。"（第343条）

这两条格言合在一起，其中心的意思相当于我们古人说的：金无足赤，人无完人。这个道理一点也不深奥，但它却是人类长期生活经验的结晶。有不少这样的人，甚至包括我们自己在内，总是有意无意地用一把"完人"的尺子来衡量古往今来的一切人。结果不知埋没、糟蹋了多少人才，委屈了多少冤魂！这里，不由使我想起希腊神话故事里的普罗克拉斯提斯之床。所以歌德格言的新颖处，或者说他的独创性的地方，主要倒不是在于他讲出了别人——前人和同时代的人——没有讲过的话，言人之所未曾言，而是在告诉人们：真理是不怕重复的，它所要达到的目标是人们经过努力完全可以达到的。也正是在这个意义上，他告诉世人说："格言须用来指出我们尚未达到但是努力要达到的目标。所以应该

把格言作为座右铭。"(第207条)

桑德斯说得好:"在一个小时内把歌德这些格言念一遍,接着又在一个小时内把它们忘记干净,这是很容易做到的。以一般的兴趣把它们当作一位伟大作家的著作来看待,也是容易做到的。可是一个人如果没有足够的经验,不了解它们所包含的真理,就无法充分理解它们的价值。如果我们在获得经验的同时,也获得真理,那就是幸运的了!"我很赞赏这番话。

悲自比中出 恨从比中生

谈莎士比亚《奥瑟罗》的对比艺术

黎跃进

作者介绍

黎跃进，天津师范大学教授、博士生导师。

推荐词

雨果说："天才与凡人不同的一点，便是一切天才都具有双重的返光……在一切天才身上，这种双重返光的现象把修辞学家称之为对称的那种东西提升到最高的境界，也就是说，成为从正反两个方面去观察一切事物的那种至高无上的才能。"

"莎士比亚就像一切真正伟大的诗人一样，的确应该赢得'酷似创造'这样的赞词。什么是创造呢？就是善与恶、欢乐与忧伤、男人与妇女、怒吼和歌唱、雄鹰和秃鹫、闪电与光辉、蜜蜂与黄蜂、高山与深谷、爱情与仇恨、勋章与反面、光明与畸形、星辰与俗物、高尚与卑小。"这是法国伟大作家雨果在《莎士比亚的天才》中的一段话。是的，莎士比亚的天才表现在他"创造"的对比上是很突出的。对比在他的剧作中几乎随处可见。这里我们看看他的著名悲剧《奥瑟罗》中的对比。

《奥瑟罗》中，真挚纯洁的爱情由于恶人的谗害，导致了恋人双双死亡的悲剧。这一悲剧有着撼人心扉的艺术力量。这种艺术力量的产生在很大程度上依赖对比。对比给悲调增加了几个颤音，使美的更加美，丑的更加丑。

首先是奥瑟罗良好的动机与悲惨的结局的对比。按照人们的心理，总期望良好的动机得到美满的结果。但剧中二者恰成反比。奥瑟罗与苔丝狄蒙娜真诚相爱，他们都为自由、个性解放而努力，冲破阶级、种族的限制而获得了美好的爱情。然而，代表着社会邪恶的伊阿古从中插了一杠子，在他超乎常人的奸计下，憨直的奥瑟罗感到"爱情受到了欺骗，对爱情与女性优点的信仰受到了损害"——正如别林斯基所说。因而他感到失望感到痛苦。是照旧爱下去，继续翻阅这本"让人家写上'娼妓'两字"的"美丽的书册"？还是杀死她，以免"她将要陷害更多的男子"？经过内心的斗争，他认为后者是他的责任，他要主持"正义"，因而割弃了对苔丝狄蒙娜的万般柔肠，杀死了清白无辜的苔丝狄蒙娜。请读读他动手扼杀她前的一段著名独白：

"只是为了这一个原因，只是为了这一个原因。我的灵魂！纯洁的星星啊！不要让我向你们说出它的名字！……让我熄灭这一盏灯，然后我就熄灭你的生命的火焰。融融的灯光啊，我把你吹熄以后，要是我心生后悔，仍旧可以把你重新点亮；可是你，造化最精美的形象啊，你的火焰一旦熄灭，我不知道什么地方有那天上的神火，能燃起你原来的光彩！……我必须哭泣，然而这些是无情的眼泪，这一阵阵悲伤是神圣的，因为它要惩罚的正是它最疼爱的。"

要"哭泣"的又何止奥瑟罗一人呢？只不过人们哭泣的不仅是苔丝狄蒙娜的"红颜薄命"，还包括他——奥瑟罗。当他最后明白了真相，自称为"正直的凶手"，声明"我所干的事都是出于荣誉的观念"，以死殉情的时候，读者、观众为他洒下泪水，为他们叹息。——可悲！悲就悲在奥瑟罗的真心实意为正义所做的努力却恰恰断送了他们美好的爱情；悲就悲在奥瑟罗的的确确是个"正直的凶手"。假设，奥瑟罗杀死苔丝狄蒙娜是妒火升腾的卑鄙报复，那悲剧效果会怎样？

其次，奥瑟罗与伊阿古的对比。这是正义和邪恶、真诚和伪善、磊落和阴谋的对比。他们都是莎剧中的典型。伊阿古是个极端的利己主义者，为满足个人欲望，或牟取钱财，或争权夺利，设圈套、钻空子、进谗言、说谎话、颠倒黑白、搬弄是非，极尽了卑鄙的手段。他杀死了愚笨的罗德利哥，杀死了自己的妻子，也是扼杀奥瑟罗与苔丝狄蒙娜的爱情的真正凶手。正像他们的一黑一白的肤色强烈对比一样，奥瑟罗却完全相反。他以真诚的爱博得苔丝狄蒙娜的回报。当她的父亲不赞成他们的爱情，前来寻找报复时。伊阿古讨好他，劝他去躲一躲，他回答：

> "不，我要让他们看见我；我的人品，我的地位和我的清白的人格可以替我表明一切。"

在议事厅，苔丝狄蒙娜的父亲说他用"妖术"拐骗了他的女儿，奥瑟罗毫不隐瞒，公开他的"妖术"："她为了我所经历的种种磨难而爱我，我为了她对我所抱的同情而爱她：这就是我的唯一的妖术。"塞浦路斯岛上，他严正执法，解除了违反纪律的心爱部将凯西奥的副将之职。为了除"恶"，杀死了爱妻。不要忽视，苔丝狄蒙娜临死时，她的女伴问她是谁干的罪恶，她说："谁也不是，是我自己。"奥瑟罗怎么说——"她到地狱的火焰里去也不愿说一句真话，杀死她的是我。"就是这样一颗透明的心，却被坏人利用了。他往往以己度人，深信伊阿古的忠诚。好心干出了罪恶。要是说，他杀死苔丝狄蒙娜时，人们对他多少有点怨恨，那么，到他拿剑抹上自己的脖子时，人们对他的感情就正如别林斯基所说的："这个强有力的性格在我们心中引起的不是对他的厌恶和憎恨，而是热爱、惊讶和怜悯。人世生活的和谐被他罪行的不协调破坏了，他又以心甘情愿的死亡恢复了这种和谐。"

这两个形象，可以概括为"善"和"恶"的对比。对照中，使人们对奥瑟罗更爱，甚至连他轻信的缺点也得到了"应当的"谅解。而对伊阿古是更恨，确实，有谁不为他的阴谋败露而庆幸？

再次，是一个人物本身的对比。"世人知道"的伊阿古和"实在的"伊阿古是一个对比；受谗后奥瑟罗眼中的苔丝狄蒙娜与真实的苔丝狄蒙娜又是一个对比。

"世人所知道的我，并不是实在的我。"这是伊阿古的自我表白。这里的"世人"，当然不是指我们今天的读者和当时的观众。他一登场，我们就知道他不是个好东西，"世人"指剧中的"世人"，奥瑟罗、苔丝狄蒙娜、凯西奥、爱米丽娅。他们被他的伪装所迷惑，认为他忠诚、正直，对他十分信任，有事都找他商量，请他帮助。而实际的伊阿古是我们前面说过的伊阿古。人们求助他帮助摆脱的窘境正是他一手造成的。他又利用他们对他的信任，施行下一步的毒计。这样的对比，把伊阿古的伪善面目推到了聚光点上，照得格外清楚。当奥瑟罗称赞他的"忠实和义气"的时候，当凯西奥跟他道别，说到"晚安，正直的伊阿古"的时候，正像给观众的恨火上浇上一勺汽油。

奥瑟罗听信伊阿古的谗言后，"娼妇"是他眼中的苔丝狄蒙娜的代名词。说她是"人尽可夫的娼妇"、"不要脸的娼妇"、"威尼斯的狡猾的娼妇"。请看实际的苔丝狄蒙娜：

> "我对天下跪，要是在思想上、行动上，我曾经有意背弃他的爱情；要是我的眼睛、我的耳朵或是我的任何感觉，曾经对别人发生爱悦；要是我在过去、现在和将来，不是那样始终深深地爱着他，即使他把我弃如敝屣，也不因此而改变我对他的忠诚，要是我果然有那样的过失，愿我终生不能享受快乐的日子！无情可以给人重大的打击；他的无情也许会摧残我的生命，可是永远不能毁坏我的爱情。我不愿提起'娼妇'两个字，一说到它就会使我心生憎恶，更不用说亲自去干那博得这种丑名的勾当了；整个世界的荣华也不能诱动我。"

不要说直观的舞台表演，透过这数行文字就可以看见一位柔美、深情，也毫无疑义是贞洁的少妇。人为的"娼妇"的巨石下压着的是一个"整个世界的荣华也诱不动"的灵魂，又是一个多么鲜明的对比。她一边哼着"杨柳曲"，一边问爱米丽娅：世上是否真有背着丈夫干坏事的女人的时候，她临死还在"向我的仁慈的夫君致意"的时候，人们对"娼妇"这块巨石怎么看呢？不是压在她头上，而是垫在她脚下，把这个挚爱的化身托得更高。

总之，对比在《奥瑟罗》中是个很突出的艺术特色。莎士比亚用对比丰富剧情，突出思想，加强气氛。莎士比亚笔下的对比确实是天才的"创造"。雨果称他为"天才"是对的，他说："天才与凡人不同的一点，便是一切天才都具有双重的返光……在一切天才身上，这种双重返光的现象把修辞学家称之为对称的那种东西提升到最高的境界，也就是说，成为从正反两个方面去观察一切事物的那种至高无上的才能。"

心潮如海连天涌

莎剧《裘力斯·恺撒》人物内心的矛盾冲突

何焕群

作者介绍

何焕群,暨南大学副教授,有译著《儿子与情人》等出版。

推荐词

在勃鲁托斯身上,已经预示了几年后出现的麦克白(1606)那种令人惊心动魄的翻江倒海似的内心斗争。

莎士比亚以古罗马历史为题材的悲剧《裘力斯·恺撒》（以下简称《恺撒》）是欧洲舞台上的传统剧目，三四百年来历演不衰，直到近年还在英国的"莎士比亚戏剧节"上演。1980年剑桥大学出版了《1599—1973英美舞台上的〈裘力斯·恺撒〉》，论述了历年来此剧表演风格上的变化，足见《恺撒》在西方称得上是一出压台戏。

我认为，在中外文化交流日益频繁的今天，对于在英国老少皆知、在西方享有持久声誉的这个莎氏剧目，我国的外国文学工作者有责任向中国读者介绍，并通过这一名作了解恺撒被刺这一著名历史事件。更重要的是，这个剧本是莎剧中最难懂的作品之一，从人物性格到全剧主题，历来争议颇多，足见作品的蕴蓄，至今仍给人留有思索的余地，具有永久的生命力。

（一）

《恺撒》写于1599年，莎士比亚是根据当时刚刚翻译过来的普罗塔克的《希腊罗马名人传》英文版改编的。剧情基本上保持了历史的原貌。剧本一开始写恺撒胜利归来，受到罗马市民夹道欢迎。其政敌共和派首领勃鲁托斯和凯歇斯在一旁窃窃私语，唯恐他会被拥戴为皇帝。剧情的发展是出身高贵的勃鲁托斯在凯歇斯的煽动下，决定参与刺杀恺撒的阴谋。全剧的高潮在恺撒被刺的那一天，敌对两方在恺撒的遗体前发表争取民心的演说，结果恺撒的心腹安东尼把群众煽动起来为恺撒复仇。这一场成了全剧的转捩点，由此引起罗马史上后三雄安东尼、渥大维和雷必托与共和派在腓力比决战，结局是共和派首领勃鲁特斯和凯歇斯先后战败，在战场上自杀而死。

剧的前半部写的是共和派与君主派之间的政治斗争，斗争在暗中进行；后半部写的是恺撒死后两派之间的军事斗争，斗争在真刀真剑下进行。

这个剧的中心人物是谁？是被杀的独裁者恺撒，还是杀人的共和派首领勃鲁托斯？至今仍众说纷纭。牛津大学一教授在1977年出版的《莎士比亚悲剧的问题》一书中，谈到《恺撒》时，则干脆说此剧没有中心人物，其主人公是罗马。

我认为，尽管剧本以恺撒的名字命名，但《恺撒》一剧的中心人物不是恺撒，而是恺撒的反对派首领勃鲁托斯，这正如《威尼斯商人》的中心人物不是威尼斯巨商安东尼，而是他的死对头高利贷者犹太人夏洛克一样。恺撒只是在头三幕出场，戏还没到一半就被杀了，第四幕只是以鬼魂面目闪现了一下。当然，此剧题名为"恺撒"自有道理，因为全剧笼罩着他的精神影响。但这毕竟是虚的，作为实写的人物是勃鲁托斯，他从第一幕到第五幕贯串始终。恺撒的反对者要借勃鲁托斯的威望（家族的和个人的），纠合在他的麾下，刺杀恺撒一事进行与否，取决于勃是否参与，也就是取决于勃的思想和性格。他经过一个月反复的内心斗争，尤其是举事前彻夜不眠的思考，终于点头，谋杀一事就决定了，共和派与君主派的一场厮杀开始了。

说勃鲁托斯是全剧的中心人物，不仅是因为作者把他安排在举足轻重的位置上，更主要的在于莎士比亚对这个人物倾注了深挚的同情，把他塑造成一个失败了的英雄，让他喊出自己的心声，并且着力刻画他那复杂的性格。

"有一千个观众，就有一千个哈姆雷特"，同样，由于勃鲁托斯性格复杂，对这个人物形象的看法也是多种多样的。西方的传统观点是把勃看作共和主义者，纯粹的理想家；在我国，有人说他是"新兴力量和思想代表"，也有人说他是个"屠夫"、"又巧又刁的阴谋家"。下面我也谈谈自己对这个人物的理解。

我认为莎士比亚对勃鲁托斯的态度也是很复杂的。他一方面把勃当做共和主义者，借他反对恺撒称帝这一历史事件，表达新兴资产阶级反对封建专制的心声，所以他把勃鲁托斯写成一个把罗马的光荣看得高于一切的"爱国志士"，为了"拯救"罗马，不但"全力以赴"（第二幕第一场），而且视死如归。剧作家不但在政治生活方面写他热爱罗马，酷爱自由，为民请命在所不辞，为国捐躯在所不惜，还深入人物的个人生活和内心世界中，写他对妻子是个柔情的丈夫，对仆人是个仁慈的长者，对人民是个廉洁的清官。即使对他的政敌恺撒，下手前看到恺撒心怀坦荡地招呼那批将要杀害他的人去喝酒时，忍不住叹息道："唉，恺撒！人家的心可不跟您一样，我勃鲁托斯想到这一点不免有些惆怅。"这是真情实感的流露。剧作家就是这样从公到私，由表及里，全面而细微地刻画了人物的崇高品格。最后，莎士比亚

满怀悲戚地写他伏剑而死的情景:

> 黑夜罩在我的眼上,我的筋骨想休息,
> 它长年劳累,终于也到了这个时刻。
> ……恺撒,你可以满足了,
> 我杀你的时候还没有现在一半的坚决。

(第五幕第五场)

勃鲁托斯的悲剧下场令人哀痛,令人悲怜。

莎士比亚把勃与其他反叛者分别开来,作另外的处理,所以在勃死后,让他的政敌安东尼在阵前当众宣布:"在他们那一群中间,他是一个最高贵的罗马人;除了他一个人以外,所有的叛徒们都是因为妒忌恺撒而下毒手的;只有他才是激于正义的思想,为了大众的利益,而去参加他们的阵线。他一生善良,交织在他身上的各种美德,可以使造物肃然起立,向全世界宣告,'这是一个汉子!'"(第五幕第五场)

尽管莎士比亚对勃鲁托斯充满同情,但并没有把勃写得尽善尽美。他遵循历史的真实,所以,另一方面,他又要还原勃鲁托斯作为刺杀恺撒阴谋集团首领的面目。这也是顾及传统观点,因为但丁在《神曲》中就把勃打入第九层地狱里,和出卖耶稣的犹大放在一起;乔叟在《坎特伯雷故事集》中也把勃说成是心怀妒意的叛徒;而伊丽莎白时代的英国人是把恺撒之死看成是伟人之陨落的。所以莎士比亚在剧中要把刺杀恺撒写成一桩阴谋,写出他们一伙行动诡秘,"甚至在黑暗中也把脸藏起来",半夜悄悄聚集在勃家中密谋。莎士比亚还让勃鲁托斯在舞台上亲手沾满恺撒的鲜血,使之处于被谴责的地位。

此外,作为伟大的戏剧家,莎士比亚忠于生活,并没有把自己所同情的主人公写成处处出于"公心"的纯粹的理想主义者。勃鲁托斯参与推翻恺撒的政变,不是没有任何私心和野心的,特别是在受到凯歇斯的吹捧之后,他认为自己在人民心目中也和恺撒一样有威望,他不甘受制于人。卑鄙的虚荣心和妒忌心与爱国爱民的高尚品德掺揉在一起,构成了他复杂而丰富的内心世界,形成了他的性格特征。他性格上的复杂性促使他精神上激烈地斗争,使得他一天也不能平静和安稳。他承认:"自从凯歇斯鼓动我反对恺撒那天起,我一直没有睡好。……就好像置身于一场可怖的噩梦之中,遍历种种的幻想;他的精神和身体上各个部分正在彼此磋商;

整个身心像一个小小的国家,临到了叛变突发的前夕。"(第二幕第一场)

正是这种内心矛盾,成了人物性格发展的动因。在勃鲁托斯身上,已经预示了几年后出现的麦克白(1606)那种令人惊心动魄的翻江倒海似的内心斗争。

(二)

虽然莎士比亚把勃鲁托斯作为全剧的中心人物并给予深切的同情,但对其对立面恺撒并没有加以贬低或简单处理,这是剧作家遵循艺术的辩证法,同时也是尊重历史。

剧本写出了人民是拥护恺撒的。一开场就是罗马市民以及木匠、鞋匠丢下手中的活计,穿上新衣服,跑到街上"迎接恺撒,庆祝他的凯旋";剧的中间,当恺撒被刺后,勃鲁托斯发表了一通演说,群众高呼:"让他做恺撒"。对于人民群众来说,问题不在于谁做恺撒,而是当时必须有人做恺撒[①]。恺撒是现存社会秩序的代表,共和派刺杀恺撒所带来的结果只是引起一场混乱和内战。不到20年,恺撒的养子、孙

---

① 恺撒虽未来得及称帝便死,但"恺撒"已成为西方帝王习用头衔。

外甥渥大维继承了他的事业，开创了罗马帝国。君主制代替共和制是历史的必然。《恺撒》一剧对这种趋势作了忠实的反映。

然而，莎士比亚并没有把恺撒只写成一个不可一世的独裁者，和塑造勃鲁托斯的形象一样，莎士比亚既写出了恺撒的伟大气魄，也写了他内心脆弱的一面，从而展现了人物多方面的复杂的性格。莎士比亚通过安东尼在葬礼上的演说，补述了恺撒的赫赫战功和对人民的恩德，但在正面描写上，则着重写他外在的骄横与内心的隐忧，并且以这种矛盾的性格作为剧情发展的内在因素。

剧本描写了他对元老院的傲慢，写了他自以为北斗星一样不可动摇，宣称无所畏惧，因为他的名字是恺撒。正因为他目空一切、盛气凌人，而且是外露无遗的骄横跋扈，使得勃鲁托斯等人生怕他戴上王冠后自己备受压抑，从而决心阴谋反叛，也就是加速了他自己的末日的到来。也正因为他过于自信，致使他去元老院途中被一群阴谋反叛者所包围而失去警觉，以致身遭杀戮。但在骄横与自信的同时，他也有担忧与迷信的一面。剧本一开始就写他渴望得子，这就道出了他的隐忧，因为无后嗣往往是导致政变的导火线。所以他特地叫安东尼在卢柏克节①跑步时碰一下他的妻子,因为老一辈人说这样妇女就能生育。接着,写他对其左右的人存有戒心,他对其亲信安东尼说他不喜欢凯歇斯这么瘦,他愿意他周围的人胖一些。这就是说他预感到反叛集团的组织者凯歇斯在策划阴谋,这既说明他眼光敏锐,看人入木三分,但亦表现了他的隐忧,担心政权不稳。这些都给剧情的发展埋下了内在动因。如果他不是那么急于解决王位问题,一听说当天元老院要给他行加冕礼就连忙赶去,那就不至于上当。

此外,还写他左耳聋,患癫痫症而容易昏厥等等。莎士比亚写了恺撒性格上乃至生理上的缺点与缺憾,读者(观众)反而感到人物真实可信,觉得他更接近普通人而不是一尊神像。而结尾处,写恺撒的部下为他复仇,连勃鲁托斯在自杀前也说:"啊,裘力斯·恺撒!你到死还是有本领的!你的英灵不泯……"有了这些侧面映衬,恺撒的伟大影响及潜在力量还是显示出来了。读者(观众)对这个一代枭雄的悲剧下场同样感到惋惜。

---

① 2月15日,这是纪念罗马城建成的全民性的狂欢节。相传罗马城的建造者罗慕洛婴孩时被弃于山上,由母狼喂养。为纪念这只母狼,古罗马每年在这一天举行山羊祭。

（三）

除了出色地描写了人物内心的矛盾冲突外，《恺撒》剧中的主要人物都相互映衬，在明显的对比中更加突出各自的特性。

能言善辩而又具有将相之才的安东尼，对恺撒居然俯首听命，像小孩一样被呼来唤去，这就衬托出恺撒的威严至尊。为了突出勃鲁托斯要杀恺撒时的内心激烈斗争，莎士比亚故意强调勃是恺撒的好友，让读者（观众）去体味人物感情上的波澜和良心上的不安，从而造成强烈的悲剧效果：人们既痛惜雄才大略、来不及称帝便被杀害的恺撒，亦同情招致自身毁灭的勃鲁托斯。

至于刺杀恺撒的发动者和组织者凯歇斯，更是写得情态毕现，既阴险，又有谋略，善于察言观色。他用吹捧法激起勃鲁托斯的虚荣心，使之成为阴谋集团的天然领袖，用激将法以鼓起年轻人凯斯卡的冲动，使之向恺撒插进第一刀。他对恺撒充满妒意而富于挑拨性的语言，就是戏剧矛盾的催化剂。

恺撒的心腹部将，后三雄之一的安东尼，其形象使人耳目一新。乍看起来，此人貌似平常，但实质气盖天下。开头一场，他恭顺随和，喜欢游乐饮宴，使人以为他是个"成不了大气候"的平庸之辈。但到了关键时刻就一跃而起，在恺撒的葬礼上，以过人的机智发表一通煽动人心的演说，使情势急转直下，挑起一场战争；在战争中表现出勇猛善战的将才；最后又在勃鲁托斯的遗体前，讲了一番赞美其高贵品德的话，显示出有真知灼见的政治家风度。这是一个你不能按脸谱划分为正面或反面的人物。

说到那个出场不多，但仍然能给人以鲜明印象的青年贵族凯斯卡，就能更说明莎士比亚塑造人物形象的功力了。寥寥几句对话，就写出此人表面心直口快，实质奸诈狡猾，善于随机应变。他在恺撒的反对派勃鲁托斯和凯歇斯面前，故意用轻薄的口气描述群众向恺撒献王冠的情形，并且投其所好地声明："要我把那情形讲出来，还不如把我吊死了吧。那全然是一幕滑稽丑剧；我瞧也不去瞧它。"临走时又卖关子说："滑稽剧还多着呢，可惜我记不起来啦。"（第一幕第二场）这些似乎坦率热诚的话，工于心计的凯歇斯则听出其中的奸诈，所以紧跟着问他"明天陪我吃午饭好不好"，以便进一步勾结。行刺恺撒时，就是这个出言乖张的人第一个下手的。

莎士比亚对《恺撒》一剧作了精心安排。如果说前期的戏剧有些闲笔，有些松散，这个剧则是精炼而紧凑。以篇幅而论，这是莎氏悲剧中除《麦克白》外最短的一个剧，但内涵丰富，剧情发展迅速。从第二场恺撒决定到元老院到第三幕第一场被杀，仅用了五百行，就一个事件接一个事件推出了一个戏剧性的高潮，紧接着又引出一系列事件：葬礼上的演说，一场殊死的战争，共和派两个首领的自杀。情节紧张，牵动人心。壮阔而激烈的场面，再现了两千年前古罗马的社会风貌；具有雄狮般凶猛强悍性格的人物，使我们得以窥见古罗马英雄的面目。而几百年来脍炙人口的安东尼在恺撒遗体前富于煽动性的演说，更显示了莎士比亚深厚的语言功力。顺便说一句，历史上的安东尼的演说词早已失传，普罗塔克的《安东尼传》中也只有极其简短的记载，剧中的演说，是莎士比亚的天才创造。这一切都闪耀着莎氏光照千古的艺术才华。其中最值得注意的是对人物内心矛盾冲突的刻画，这标志着莎剧从早期偏重于华丽风趣的喜剧，转向严肃的、表现人物内在深藏性格的悲剧，从此迈向了伟大的悲剧时期。

命运是不露面的角色

谈《罗密欧与朱丽叶》

方 平

作者介绍

方平（1921—2008），上海人。原名陆吉平。1949年以后，历任上海文化工作社、上海文艺联合出版社、新文艺出版社、人民文学出版社上海分社编辑，上海译文出版社外国文学编辑部主任和学术委员，上海师范大学客座教授，同时担任中国莎士比亚研究会副会长等社会职务。

推荐词

新兴的市民阶层已经作为不容轻视的社会力量出现在16世纪末的英国舞台上了。虽然还只是群众角色，台词不多，可是你几乎能感受到从他们身上表现出一种尊严感。他们的理直气壮的呐喊声，清楚地表达了自己的愿望、意志和爱憎。正因为他们的一再出场，这个悲剧加深了历史感，让人们隐隐地听到了一个新的时代即将来临的步伐声。

爱和恨的错位

花前月下，罗密欧和朱丽叶心心相印，互换盟誓，两颗真诚相爱的心灵要用神圣的婚礼永远结合在一起。劳伦斯神父在为一对恋人祝福时，怀着良好的愿望，从这不寻常的爱情中看到了一线希望，一个给全城带来安定和平的好机会：

你们俩的结合，也许会开一朵花；

彼此仇恨的冤家变成了两亲家。

可是凭一个老人的人世阅历，他又不免为这一对火热的情人感到忧虑："这凶猛的欢乐会带来凶猛的结局。"

果然是这样。罗密欧心醉神迷地握着朱丽叶的纤手在圣坛前起誓时，他并不知道蒂巴特（朱丽叶的凶暴的堂兄）早已把一封挑战书送到了他家，给他们神圣的婚礼投下一重阴影了。

罗密欧内心在唱歌,来到了广场,却被蒂巴特挡住了去路;蒂巴特口出恶言向他挑衅道:

> 罗密欧,要表达我对你的"爱",挑不出更好的一个称呼了:——你这个奴才!

性格化的语言啊!原来对于从不知道什么叫作"爱"的人,充满着毒汁的"恨"才是他的"爱"。我们不妨回想一下前一天,罗密欧发现广场的石板地上血痕斑斑,知道方才又爆发了一场家族间的格斗,感叹道:

> "恨"出了力,可"爱"出的力更大呢。

这里的"爱"指的是被"恨"所支配、动辄拔刀相见、嗜杀成性的"偏爱"。真的,在蒂巴特那里,"爱"和"恨"完全错位了;当他口里说"我对你的爱"时,实际上在表达他内心的刻骨仇恨。爱的是"恨",恨的却是"爱"。蒂巴特第一次上场亮相,就清楚地表明了他这错乱的情结。眼看一场大规模的械斗要爆发了,有人努力劝架,而他只要厮杀,不要和解:

我就恨这个词："和平"，就像我恨地狱，恨蒙太古的男女老少，还恨你！

被蒂巴特看得高于一切的封建家族的强烈的荣誉观念渗透着"恨"的毒汁。而在罗密欧的胸怀里正洋溢着太多的爱，他多么愿意大家和他一起分享爱的祝福啊。眼前，他甚至自愿去拥抱他的侮辱者，试图以他的热烈的爱去消融那家族间的冰山般的仇恨：

叫你想不到的是，我可是爱你；
以后你会明白，我自有爱你的理由。
就这样吧，好卡普莱；我把你的姓
看得跟自己的一样地亲——该满意了吧。

这一声"好卡普莱"，出自罗密欧的嘴里，真是非同小可；受人侮辱，还赔笑脸，岂不把蒙太古家族的脸面都丢光了？净化心灵的"爱"使罗密欧已超越了两个家族间解不开的仇恨。他和朱丽叶，从他们冲破家族仇恨，倾心相爱的那一刻起，都抛弃了本家族的狭隘的荣誉观念。可悲哀的是，罗密欧的真诚美好的心愿，不仅不能感动骄横的蒂巴特，而且也不为他的好友所理解。牟克休只觉得这种卑躬屈膝、忍气吞声太丢了自己的志气,长了对方的威风,为捍卫朋友的荣誉,他挺身而出,不消三言两语,已和蒂巴特刀来剑往地斗起来了。

罗密欧仍然紧抱着爱的信念,努力劝解,他的一片真心诚意却受到了最冷酷的讥嘲:反而害得好友遭到对方的暗算,送了命。

牟克休这嘻嘻哈哈的小伙子到哪里,哪里的气氛就活跃起来;一对恋人的纯洁的爱散发着青春的诗意,又加上他那无忧无虑富于青春活力的笑声,使这个悲剧到此为止,更像是一个轻快的洋溢着喜剧气氛的青春剧。

谁想牟克休的年轻的生命给封建势力的仇恨所吞没了,随着他的笑声的消逝,罗密欧的被放逐,整个戏剧敲响了悲剧的警钟,阴暗的气氛越来越浓重,再没有轻快的笑声了,尽管还有粗俗的奶妈,那个"穿裙子的小丑"在那儿不合时宜地插科打诨,最多也只是引起苦笑而已。

专制的暴君:家长

罗密欧和朱丽叶这对苦命鸳鸯只是一夜夫妻。剧作家叙述的是他们在破晓时分的难舍难分的恩爱，并没有描述新婚第一夜（也是最后一夜）的如胶似漆的欢情，文笔始终非常洁净。朱丽叶泪眼模糊地望着最亲爱的人儿离她远去，正心如刀割；母亲、父亲已相继闯进她的闺房逼婚来了，日子都已定下了：就在明天，她得嫁给一个和她不相干的男人做妻子。女儿不顾一切地捍卫自己的人格，跟她切身有关的婚姻大事应该有她的发言权。她抗议道：她不懂干吗这么急——

那想做丈夫的还没来向我求过婚，

难道我就这么嫁过去？

可是做父亲的摆出封建家长的权威，绝不容忍他统治下的女儿有自己的意志，冲着跪在他脚下哀求的女儿，打雷似地怒吼道：

给我准备好，星期四一到，乖乖地跟着帕里斯上圣彼得教堂结婚去；说声不，我就用木笼子把你拉了去。

这是一个新旧交接的时代，由于包办婚姻而在一个封建家庭内部，爆发出新老两代之间不可调和的冲突。对于女儿，婚姻不自由，毋宁死；而那一边，封建家长铁青着脸威胁道：

> 你不肯嫁人？好得很，我可以原谅你——你自个儿去寻你的食吧，我这个宅子容不得你了……你要做我的女儿，我就把你嫁给他；你不想做我的女儿，那你上吊去，讨饭去，挨饿去，去倒毙在街头，我不管。我发誓，我永远不承认有你这女儿！我所有的家产你永远别想来沾光。请放心，我说了的话，不收回！

老卡普莱暴跳如雷，迫不及待地硬逼着女儿嫁到帕里斯伯爵家去，自有他的心计，他的打算。他自己说是给女儿找到了一门好亲事：

> 门第高贵，家产又丰厚，又年轻，沾亲带眷的全都是贵人。

他没有明言的是，赫然站在这沾亲带眷的贵人的行列最前面的是维罗那亲王。这正是这位封建家长最看重的一点。卡普莱和蒙太古两族世代冤仇，难解难分，谁也压不倒谁；现在托福这头"好亲事"，高攀了这位门第高贵的好女婿，就打通了一条直通最高统治者的内线；那时候，仰仗着这座靠山，他一有机会就可以把对方压下去了。一想到这里，这位封建家长好不得意！谁知偏偏碰上这个不知好歹的小逆种，竟然回言道："眼前我不想嫁什么人！"

一句话就把女儿许配出去——许配给他看中的帕里斯："我替我的女儿做主，把她的爱献给你"；而且当即定下了大后天是女儿出嫁的日子："星期四——就定在这星期四——去跟她说，一到星期四，她就要出嫁了，要跟这位尊贵的伯爵结婚了。"他头脑里根本没有想到女儿的终身大事应该先听听她本人的意见。

一切全由他说了算。他兴高采烈，得意忘形，却没想到给女儿兜头泼了一盆冷水，把他想象中的"我的话她句句听、都顺从"的孝顺女儿的形象完全打破了。他的美梦眼看就要做不成了，这不是存心跟他作对！他跳起来了。

在此之前，这老头儿还不是那么霸道、暴躁，还讲点道理；要女儿就范，他本来可以软硬兼施，说好说歹，连劝带哄地逼着女儿走上给她指定好的一条人生道路。可是现在，一点商量的口气都没有！那一叠盛气凌人的辱骂声："你这张死白脸儿！呸，你这臭货！""给我上吊去吧，小臭货！不听话的畜生！"把一个专制独断、蛮横粗暴的封建家长的狰狞面目淋漓尽致地暴露在观众眼前了。

这新旧两代的冲突尖锐极了，已不留一点父女之情，做女儿的给逼到了没有退步的绝路。自然，冲突越尖锐激烈，戏剧情节也就格外紧张热闹；但很可能莎士比亚追求的不仅仅是剧场效果而已，也许他另有更深一层的考虑。

这个悲剧（1595）取材于一首叙事长诗《罗密乌斯和朱丽叶哀史》（1562），在诗前的"致读者"里，作者以封建卫道士的口吻谴责这对情人男贪女欢，背着亲尊私下成亲，亵渎了庄严、合法的婚姻，他们不光彩的苟合，招来了灾祸，自取灭亡。

有一些现当代英美学者分析悲剧的因果，也认为这对情人咎由自取（如违抗家长的意旨等），有的还把他们俩和但丁写进《神曲》的生前乱伦的小叔保禄和嫂子弗兰茜丝卡，死后沦入地狱受罚的一对冤魂相提并论。

莎士比亚却以他的人文主义思想，有意识地引导观众（当时该是有不少人仍然受旧思想的束缚）把同情给予处在被压迫地位的年青的一代。在舞台上推出一个穷凶极恶、暴君式的封建家长，正是为了激发起观众不能容忍的反感，只觉得这时候奶妈挺身而出，对这老头儿批评得太对了："这是你不对了，老爷，骂得她这么凶！"

我们观众忘不了一见钟情的罗密欧倾心赞叹朱丽叶比天仙都美，现在没想到冲着这位被情人所崇拜的女神，一连串难听的辱骂倾盆大雨似地降落下来："黄脸儿"，"小臭货"，"哭丧着脸的蠢货"，"贱货" ……对"美"的亵渎、践踏，对"爱情"的冷酷摧残，使富于同情的观众，心都为之碎了。这样，忠贞不贰的朱丽叶为了纯洁的爱情，不得不背着父亲所做下的一切，都会得到他们的理解的赞同。

把观众的同情争取过来，该是剧作家写这场戏的一个非常明确的意图；舞台上的封建家长有多么蛮横粗暴，正好让我们体味到莎士比亚对于他用彩笔描绘的一对年青的恋人怀有多么深情的厚爱。

爱情，包围在黑暗中

新婚的丈夫遭到了放逐，离她远去了，专制的父亲以"不承认有你这女儿"做威胁，逼迫她嫁人，明天早晨男方就要来迎亲了，打击一个接一个落下来，柔肠寸断的朱丽叶这时跪倒在地，泪流满面，仰天申诉道：

> 天上有没有慈悲,从高高的云端直看到我心底深处的满腔悲哀?

于是她转身去哀求妈妈,她已横下了心,不怕把话说尽说绝,就是不答应这门亲事:

> 我的好妈妈啊,求你啦,别抛弃我!把这婚事往后推一个月,一星期吧——要是你不答应,那就把新娘的合欢床抬进阴暗的陵墓里跟蒂巴特为邻吧。

谁知她的母亲也把脸一沉,冷冷地转身就走。房内只剩下朱丽叶和奶妈。奶妈对于她难言的隐情是完全知道的,心慌意乱的她只能向奶妈求助了。谁知奶妈给她出的好主意是:事情已经闹到这地步,嫁给伯爵吧,只当她那被放逐的丈夫已经死了。

可怜的朱丽叶在绝望的深渊中挣扎着,别想从周围得到一丁点理解和帮助,她是多么地孤立啊!

回想花前月夜,那一对热恋的情人互换盟誓,朱丽叶在那良辰美景,曾经以为拥有爱情就是拥有一个最富足的精神王国,她夸耀道:

> 我的恩情,像大海,是无边无际,
>
> 我的爱,海一般深,我给得越多,
>
> 我越有,取都取不尽……

哪知道不到两天,光景陡变,天地虽大,却是举目无亲,无处容身。爱情,原来只是她和她所爱的人之间懂得的一种特殊的语言罢了。

这是个充满着肉欲气息的世界,又是个被仇恨统治着的世界,可没有爱情立足的余地啊。罗密欧和朱丽叶为之而甘心献出自己的生命的爱情,还只是这一历史时期的新生事物,像一朵鲜花瑟瑟地开放在寒气逼人的早春天气,得不到阳光和雨露的滋润,绽苞初放,就遭受风雨的摧残。

不露面的角色:命运

为了忠实于爱情,为了保住一个做妻子的贞洁,拒婚的朱丽叶向神父表白了她刀山敢上、火海敢下的决心。到了深夜,她面对着死亡的可怕的幻影,不顾一切地喝下了劳伦斯神父为她准备的烈药。她只能死里求生,死里求爱。可是悲剧还是不可避免地发生了。一系列意想不到的事件挫败了情人的愿望和决心，挫败了神父的智慧和周密的安排。我们哀怜之余，能不能这么说呢？——这一对情人只是听凭命运摆弄的可怜的玩偶而已。

"命运"在这个悲剧里，是个不出场的、却处处让人感觉到它可怕的存在的角色。

剧中人物还没上场，序诗先就点明男女主人公是"一对苦命的鸳鸯"；"苦命的"原文"star-crossed"，意即"命中注定受折磨的"。这对少男少女在假面舞会上一见钟情，陷入情网后才各自发现：原来爱上了只该恨、不该爱的冤家对头。可是知道得太晚了，他们像两个小虫子般已牢牢地粘住在情网上再也没法脱身了。

> 我唯一的爱，来自我唯一的恨！
> 见面时，不知道；知道了，已脱不了身！
> 好叫我害怕啊！——这样产生的爱情：
> 我要爱，只能爱我本该憎恨的仇人！

"只能爱我本该憎恨的仇人！"朱丽叶在发出这惊呼时，捉弄人的命运却在暗中狞笑了。

杀人者死，罗密欧忍无可忍，用他的利剑去伸张正义，为亡友报了仇，却触犯了维罗那森严的法令。朋友催促他赶快逃命吧，他望了一眼倒在他脚下的蒂巴特的尸体，满脸痛苦地叫喊道：

唉，命运把我玩弄得好苦啊！

这真是一声撕心裂肺、划破长空的悲鸣。对于新婚的罗密欧，方才还是花好月圆，满眼春色；忽然一霎时，天昏地暗，卷来了狂风骤雨，一切幸福和希望全都破灭了，他陷于绝望了。就在这时，命运带着狰狞的冷笑赫然显现在罗密欧的眼前。多可怕的命运！罗密欧只觉得自己是被任意摆弄的可怜虫而已。

这个悲剧以两家世仇间的爱和恨的冲突作为一条贯穿的主线。它还蕴藏着更深一层的内涵，那就是超出于一对情侣的生死相恋，在更普遍的意义上，表达了颠扑于尘世的芸芸众生饱经人生的磨难，对于人生的辛酸的反思：人和命运的搏斗——人凭着自身的智慧敢于跟残酷的命运展开激烈的搏斗。

劳伦斯神父第一次出场，在园圃里采集百草。这位可亲的老人家很像中世纪的科学家，潜心探究大自然的秘密，在

辨认、鉴别各类香花毒草的性能时,进入了哲理性的思考:

> 这世上哪有一物,一身都是恶?——
> 对人对世,它总有一点用处;
> 哪怕是尽善尽美,使用没分寸,
> "善"就会变质,丧失了它的本性。
> "善"成了"恶",如果漫无节制地滥用;
> 掌握得好,"恶"也能为人们立功。

识别善恶,需要判断力;懂得慎用善,利用恶,更有赖于智慧。这其实是说,人类获得了智慧,就掌握了一种可以控制自然界的力量。《罗密欧与朱丽叶》本是一个歌颂爱情的青春剧,但是在这里我们听到了具有哲人风度的神父在赞美人类的智慧。

罗密欧爱上了仇家的女儿,从这意想不到的叛逆性热恋中,深谋远虑的老人家看到了化干戈为玉帛的一线希望,因此乐于成全这一对情人,冲破两家的世仇,结为恩爱夫妻。

沉浸在热恋中的罗密欧想以柔化刚,向口出恶言的蒂巴特求取和解:"好卡普莱,我把你的姓看得跟自己的一样地亲。"在他这好言好语里回响着神父的愿望。

命运却偏是指使一个为盲目的仇恨所支配的人，用丧失了理智的疯狂的行动使美好的愿望顿时成为泡影。两家世代的积仇宿恨的罪孽竟全部落在无辜的罗密欧的头上！他一下子从情人身边，从亲友们中间遭到了无情的放逐。又是命运胜利了，情人在用泪水洗脸。

朱丽叶为了抗拒封建婚姻，一口吞下神父为她准备的烈药。这精心的配方可说是人类的智慧的结晶，它能使"生命"在四十二小时内伪装成"死亡"。可是朱丽叶在墓穴中苏醒过来时并不像原先计划好的那样，有她的情人守候在身边，准备好带着她投奔到外边的世界去。只有罗密欧的尸体横陈在她脚下。"命运"越发得意了，发出了最恶毒的狞笑声。

一切都阴错阳差。神父凭他的智慧安排的周密的计划，被完全推翻了。忠贞的朱丽叶不怕死中求生，显示了一个弱女子的最坚强的意志力量，可还是劫数难逃，跳不出命运的掌心！

神父不得不令人心酸地认了输，向绝望的朱丽叶吐露道：

> 有千钧重的力量，我们可没法对抗，把我们安排好

的都打乱了。

"命运弄人",这也许是文学作品中一个永恒的悲剧性主题吧。三千多年前的古希腊悲剧《俄狄浦斯》写的就是渺小的人类劫数难逃。命运折磨人,简直就像瓮中捉鳖,怎么躲也躲不过。命运是可怕的暴君,威严地、绝对地统治着人类。

你可以把《罗密欧与朱丽叶》称作又一个命运的悲剧;可是要看到,人们已不完全听凭命运的摆布了。不再是听凭摆布,而是人试图凭自身的智慧和命运对抗。经过一场惊心动魄的搏斗,人虽然失败了,但是这一对为情而生、为情而死的恋人,他们所坚持的"爱情"的价值观,却并没有被命运所摧毁。他们的悲惨的结局自有一种悲壮的意味,虽死犹生,虽败犹荣,流芳百世。

这不由得使人想起海明威的《老人与海》中的那句名言:"人可不是为了给打垮才造出来的,可以消灭一个人,就是打不垮他。"对于这一对不朽的情人和他们的纯洁的爱情,我想我们同样可以这么说吧。

群众角色：市民

出现在这个悲剧里，作为群众角色的市民，也很值得注意。

悲剧一开始，就是两个敌对家族的一场混战。正当刀来枪往，厮杀得难分难解的时刻，一群市民高举着长枪木棍向流血的广场涌来了，他们一路上愤怒地呼喊着："有棍子的用棍子，有枪的使枪，打呀！把他们打下去！打倒卡普莱家的人！打倒蒙太古家的人！"

新兴的市民阶层需要的是秩序、和平，最渴望有一个安居乐业、有利于生产发展的环境；最痛恨的莫过于破坏社会治安、带有封建色彩的家族之间、帮派集团之间的没完没了的冲突、斗争了。

凶暴成性的蒂巴特蓄意寻事，维罗那广场上又一次暴发了一场恶斗。罗密欧的好友不幸牺牲了，肇事者也不得好死，自取灭亡。这时，市民群众第二次上场了，高声喊道："杀害牟克休的那个人往哪儿逃去了？蒂巴特是杀人的凶手，他往哪儿逃了？"而且向横倒在地、快要断气的蒂巴特呼喝道："起来吧，大爷，跟我走！我以亲王的名义命令你。"

新兴的市民阶层已经作为不容轻视的社会力量出现在16

世纪末的英国舞台上了。虽然还只是群众角色,台词不多,可是你几乎能感受到从他们身上表现出一种尊严感。他们的理直气壮的呐喊声,清楚地表达了自己的愿望、意志和爱憎。正因为他们的一再出场,这个悲剧加深了历史感,让人们隐隐地听到了一个新的时代即将来临的步伐声。

悲剧结尾,意味深长。罗密欧和朱丽叶双双殉情,两个后悔莫及的家长受了"爱"的感化,在自己的子女的遗体前,终于消除了年深月久的世代仇恨,各自向对方伸出了求和的手。

男女主人公生前不能做到的,终于在他们死后实现了:两个家族间的最终和解。这不仅歌颂了爱情的伟大的感化力量,同时深化了悲剧的主题思想:年轻一代争取婚姻自主,追求爱情的幸福,这新的伦理道德观念是历史发展的产物,而且符合历史的意志,从一个方面推动了历史的进程。剧作家让我们看到,这一对不朽的情人试图消除家族间的仇恨,化干戈为玉帛,和新兴的市民阶层为了发展生产力,渴望社会的和平安定,是相互呼应的。

笔底自有万顷波涛

莎士比亚《暴风雨》（两章）赏析

方 平

推荐词

在这一条翻滚于惊涛骇浪中的海船上,几千年稳固地建立起来的贵贱尊卑的社会秩序一下子全被颠覆了,被推翻了。当前是九死一生的关头,从船老大的眼里看出去,最可怕、最威严、主宰一切的是大自然的暴力;平时作威作福的国王和他的大臣们,黯然失色,作不得主了,没有说话的余地了,一无用处,只会碍手碍脚!

笔底自有万顷波涛

《暴风雨》一开头就呈现了惊心动魄的场面。一艘皇家海船遭到了暴风雨的突然袭击。甲板上,全体水手正在顽强地和狂风恶浪做斗争;惊慌失色的那不勒斯国王和他的大臣们从船舱里一个个爬上了甲板。

国王还道在这场人和大自然的生死搏斗中,他依旧能摆出国王的威风,督促船老大道:"可得小心哪。"还可笑地指手画脚、发号施令道:"是好样儿的都上前去呀!"

他只知道他向来说话,他说一句,人家听一句;哪想到在万丈惊涛中,船老大的眼里只认得暴风雨,已没有他这个国王了。这汉子把手一挥,冲着国王和大臣们大声吆喝道:

　　你们太碍手碍脚啦。给我待在船舱里去吧!你们这是帮着暴风雨一起来捣乱!

另一个大臣急忙施出安抚的一手："老兄,别生那么大的气。"同样被船老大毫不留情地顶回去:

叫海洋别生那么大的气吧。

这船老大真了得,说实话他已目中无人了,根本不理会"别忘了在这条船上的都是些什么人"的警告,照样大声吼回去:

我谁都顾不得,只顾得我自个儿!

在这一条翻滚于惊涛骇浪中的海船上,几千年稳固地建立起来的贵贱尊卑的社会秩序一下子全被颠覆了,被推翻了。当前是九死一生的关头,从船老大的眼里看出去,最可怕、最威严、主宰一切的是大自然的暴力;平时作威作福的国王和他的大臣们,黯然失色,作不得主了,没有说话的余地了,一无用处,只会碍手碍脚!

不是国王吆喝船老大,而是倒过来,船老大在向国王大声吆喝,谁见过有这样的事!但是这倒施逆行在一条眼看要被海浪吞没的危船上,道理却很简单,谁最具有和大自然抗争的能力,谁最有发言权。船老大把这么一点明明白白地向

他们摊了开来:

> 你这位枢密大臣,要是你能叫这大风大浪也听你的吩咐,马上太太平平,安静下来,那我们从此不碰缆索、不干水手这一行啦。摆出你的威风来呀。要是你办不到,那么感谢老天,让你活了这一把年纪,快快钻进船舱里,准备万一出什么事吧。

关于这场可怕的暴风雨,通篇不着一字;可是你只觉莎翁笔底自有万顷波涛,满纸都是风啸雨吼。但凭船老大敢于犯上、肆无忌惮的气势,和紧张得如同短兵相接的几小段对话,人与大自然的一场险恶的生死搏斗的情景就浮现在读者眼前了。

国王,大臣,一个个自讨没趣,往后退去;只有船老大顶天立地似的站在舞台中心,表现出粗犷的英雄气概,在莎翁的一系列人物画廊里,这里是一个最使人忘不了的无名之辈的小人物。只有他,挟着雷电风雨的威力,敢于和国王当面顶撞。他简直认同于这一场摧毁眼前贵贱尊卑的制度的暴风雨了——在这一点上,你也可以说,这不可一世的船老大就是暴风雨的化身。

在这个只用寥寥几笔勾勒出来的人物身上，我们看到了莎士比亚的大手笔，和他那令人惊叹的大气魄。

莎士比亚的"天鹅之歌"

传说上帝按照自己的形象创造人类；我们不由得想起了莎士比亚笔下的普洛士帕罗。莎翁像上帝似的在创造《暴风雨》中这个呼风唤雨的主人公时，想必忘情地把自己也写进去了吧。从魔法大师普洛士帕罗的使人难忘的出言吐语里，我们似乎听到了艺术大师莎士比亚本人的口吻，在我们的想象里，他们两位，创造者和被创的，似乎合二为一了。

为了给一对年青的情人来点儿消遣，普洛士帕罗施展法术，映现出海市蜃楼的奇景异观；当一幕幕幻象变为过眼烟云，悄然消散后，他不无得意地夸耀魔法的神秘莫测就在于无中生有：

> 我们这些个"演员"，我说过，原是一群精灵，全都化成了一缕烟，淡淡的一缕烟云。正像这一场无影无踪的梦幻：那高入云霄的楼台，辉煌的宫殿，宏伟的庙宇，以至整个儿地球——地面上的一切，都将烟消云

散，也会像那虚无缥缈的热闹场面，不留下一点影痕。

这位老法师谈他的魔法，不有些像艺术家在谈他的艺术观吗？

艺术离不开现实生活，艺术来自现实；然而她又必然学会怎样张开想象的翅膀，超越现实，弥补现实的缺憾。这一点，莎翁作为营造一个"舞台小天地"的戏剧家，最有深刻的体会了。他的历史剧《亨利五世》叙述的是轰轰烈烈的历史事迹，却在当时简陋寒碜的舞台上搬演着，两者实在太不相称了，剧作家为此向观众呼吁道：

用你们的想象来弥补我们的贫乏吧/……我们提到马/就仿佛眼前真有万马奔腾/卷起了半天尘土。

假使要问：艺术的生命在哪里？在不同的场合，莎翁可能会有不同的回答，例如在强调艺术和现实的关系时："举起镜子照自然"（《哈姆雷特》）等等。但是我相信，在创作这个发生在海外仙岛的传奇剧时，他的回答会是：艺术的生命在于呼唤起想象——这好比不许无中生有，不许制造幻觉，就没有魔法存在的余地。

因此挥舞魔杖的普洛士帕罗在这里谈的是魔法，却简直就像在替艺术大师莎翁（他同样手握着一支能创造奇迹的魔笔）道出了他的艺术观。

莎翁的一生是和舞台生涯密切地结合在一起的一生。对于他，舞台就是人生的缩影，剧场就是一个具体而微的小天地。植根在这一特殊的小天地里的艺术观，很容易和莎翁的阅尽沧桑的人生观融合在一起，进入了对人生的哲理性的、也是戏剧性的思考——从"舞台小天地"扩伸为"人生大舞台"的嗟叹。

这样，主人公的华彩乐段似的上述谈吐，轻轻一转，就成为对人生的无限感慨，对生命的大彻大悟，而且因为这里充满着隽永的诗意，也就格外地发人深省：

> 论我们这块料，
>
> 也就是凭空织成那梦幻的材料。
>
> 我们这匆匆一生，
>
> 前后左右都裹绕在睡梦中。

我们知道，《暴风雨》是莎翁的"天鹅之歌"。在创作了那么多喜剧的、悲剧的、历史剧的杰作后，二十年辉煌的艺术生涯从此结束。在这最后一部杰作的最后一幕里，普洛斯帕罗在仙岛上施展了兴风作浪、种种惊心动魄的魔法之后，自表决心道：

> 我就此折断我的魔杖，埋进在地底的深处，我那魔法书，抛进海心，由着它沉到不可测量的万丈深底。

这里很容易诱发出人们的幻觉。在那脱下法衣、折断魔杖、决心离开仙岛，行将回故乡终老的米兰公爵的形象后面，仿佛让人看到了将要搁笔的莎士比亚——他那支彩笔也具有魔法似的曾经创造出那么多栩栩如生的男男女女的莎士比亚。这是当时伦敦最受欢迎的剧作家在退出舞台之前，向他的亲爱的观众作最后的告别啊。

他笔下的米兰公爵，很知道一旦"再没有精灵好驱使，再没有魔法和符咒"，剩下的就只是一个"年衰体弱"无能为力的老头儿（见"收场白"）；同样地，莎翁不是不明白，他一旦抛下使人着魔的诗笔，告别了那有声有色的舞台天地，他亦将归绚烂于平淡，无所作为，只是失落在芸芸众生中、一个年衰体弱的老人罢了。

文笔还是那么遒劲，诗意还是那么浓郁，文思还是那么活跃,对人性的观察还是那么深刻入微,好戏远没唱完呢——却忽然戛然而止,已是绝唱了。当时人生的旅程苦于太匆促了,早婚,早育,到了五十光景,从现代人说来,正当是成熟、收成的年代,在那四世纪前,却已是步入人生的晚景,了却尘缘的境界了。

正是在这里,《暴风雨》给了我们一种特殊的亲切感,只觉得伟大的莎士比亚从没有离得我们这么近,我们仿佛倾听到了他的内心独白——绿波上轻轻飘扬起一首"天鹅之歌"。

正常和疯癫之间

哈姆雷特的复杂性格与自杀倾向

孙艺风

作者介绍

孙艺风，先后就读于南京大学、卡迪夫大学、西敏斯特大学、剑桥大学与莱顿大学，获文学学士、文学硕士和哲学博士学位。曾在英国广播公司（BBC）、英国电影研究所和剑桥大学国际关系研究中心任口、笔译。香港岭南大学翻译系主任、博士生导师，兼暨南大学外国语言文学研究所名誉所长，国际翻译与跨文化研究协会（IATIS）副主席，中国翻译协会理事，英国皇家艺术与人文学会会士（FRSA）。

推荐词

多年来人们对这出悲剧的主题提出了各种见解，但莫衷一是。是为父报仇，还是伸张正义？是扭转乾坤，还是责任道义？是抑止腐败，还是人性沦丧？是疯癫失常，还是乱伦纵欲？都不是，但也可说全都是。

莎士比亚的不朽名著《哈姆雷特》可说是文学作品中评论最广泛、反应最强烈的一部。历代的观众、读者、作家与评论家都对它情有独钟、尤为偏爱。《哈姆雷特》引起的争论也不小,持有异议的评论家并不鲜见。T. S. 艾略特曾撰文称这部戏是"艺术上的失败"(1951)。[1] 一部作品能够如此跨时空地影响、震撼、打动或者激怒这么多人,不能不说是一个极为罕见的文学现象。

多年来人们对这出悲剧的主题提出了各种见解,但莫衷一是。是为父报仇,还是伸张正义?是扭转乾坤,还是责任道义?是抑止腐败,还是人性沦丧?是疯癫失常,还是乱伦纵欲?都不是,但也可说全都是。就算此剧的主题是上述的总和,似乎仍然不能说是令人满意的"结论"。

---

[1] 引自Michael Hattaway. *Hamlet*(Houndwills: Macmillan Publishers Ltd, 1978), P.22。D. H. 劳伦斯对此剧也颇有微词。

无须赘述的是，这是戏剧不是小说。但也正是我们需要提醒自己的一点。要窥探了解人物的内心世界，指望不上详细的心理描写与细腻的人物刻画，只能靠对白与行动。而《哈》剧缺少的正是行动，这方面帮不了我们多少忙。好在哈姆雷特这个核心人物有若干大段独白，像《奥瑟罗》里的恶棍伊阿古一样。不过伊阿古有清醒的头脑，他的"复仇"计划是一步一步准确执行的，所以他的独白可以较准确地反映出他的心理。可是哈姆雷特的情况则很不一样。他是哲学家，他的独白通常表现的是他的思维过程，这个过程经常是混乱无序的，也完全可能是前后矛盾的。作者并没有太多的机会向读者指明真伪（当然如果他有意不想这样做的话，倒是更方便了）。例如，如果剧中人物是在不那么明显地自欺欺人，他的独白靠得住吗？且不说哈姆雷特常对自己（当然也包括自己的思维）产生怀疑。

有时人和语言是可以分开的。"我是那么说的吗？"或是"我是那么说的，但不是那个意思！"表明了语言和意思之间是可以有距离的。哈姆雷特丧父之后，经历了巨大的精神痛苦和情感起落，思维的理性成分相应减少，可信度也要打折扣。故此，从哈姆雷特的只言片语去捕捉所谓注解证据的弊端是不难看清的，孤立和偶发的语句可能产生的误导作用是语言交流的常见现象，但是批评家缺乏分析地引用人物的语句，未免显得有些粗疏轻率。

有评者认为哈姆雷特是利用奥菲利娅拒绝他的爱装疯，但剧中并没有这方面的证据。如果说哈姆雷特只是想利用他和奥菲利娅的恋爱关系装疯来达到掩护自己、证明叔父是元凶的目的，似乎也太残忍了。哈姆雷特对奥菲利娅的爱是隐约含糊的，在他装疯以前，好像很爱奥菲利娅。据她称哈姆雷特"最近曾屡次"向她表达爱情（第一幕第三场第22页）[1]，而且"差不多用尽一切指天誓日的神圣盟约"（同上第23页）。奥菲利娅此处的话大抵是靠得住的，她不是一个有心计、玩权术的人。需要注意的是，王子对奥菲利娅展开的爱情攻势只是在"最近"。是王子真的在求爱还是把它作为装疯的前奏？应该说，真情的可能性大，因为他不大可能料到奥菲利娅会拒绝他。

哈姆雷特在奥菲利娅"背叛"自己以后对她说："我的确曾经爱过你。"但紧接着又否认："没有爱过你。"然后

---

[1] 此文讨论用的中译本为人民文学出版社1992年出版的朱生豪译本（吴兴华校），文中只注明场次和页码。

他又说:"进尼姑庵去吧……"(第三幕第一场第65页)朱生豪把此处的"nunnery"译成"尼姑庵"似无可非议。但这个词在英语里还有"妓院"的意思。可以说哈姆雷特是在拐弯抹角地辱骂奥菲利娅,因为在前一句他跟奥菲利娅说:"美丽可以使贞洁变成淫荡。"(同上第64页)这里"淫荡"的英文原词是bawd,意思就是"淫乱"和"不贞洁"。然而,在奥菲利娅死后,哈姆雷特恸叹道:"哪一个人的心里装载得下这样沉重的悲伤?哪一个人的哀恸的词句,可以使天上的行星惊疑止步?"(第五幕第一场,第128页)随后他又称:"我爱奥菲利娅;四万个兄弟的爱合起来,还抵不过我对她的爱。"(同上第129页)这是哈姆雷特冷酷地利用了奥菲利娅的忏悔,还是对她有过的爱情的挚诚表白?

爱与恨常常交织在一起,难以分清。哈姆雷特的母亲对奥菲利娅怀有好感,并希望他们能够结合。但恰恰是这两个女人使哈姆雷特懂得什么是背叛,因此他似乎有一种伤害女人的冲动(尽管他是无意的,但这两个女人都因他而死)。他对这两个女人的伤害方式主要是语言,对他母亲的言辞尤其尖刻冷峭,她只得向他求饶:"啊,不要再对我说下去了!这些话像刀子一样戳进我的耳朵里。"(第三幕第四场，第89页）惊恐万状的母后想要逃离，哈姆雷特强行阻止了她，以致母后大叫救命，这才使哈姆雷特误杀了奥菲利娅的父亲。之后在盛怒中，他又一次失控，险些动武，需要鬼魂出来制止他。

18世纪的约翰逊在他1765年版的莎士比亚戏剧作品集的注释里提到，哈姆雷特对奥菲利娅的粗暴无理，似乎是一种无意义和蛮横的残酷。此话不无道理。但哈姆雷特为什么会这样？他并没有失去理智，他是装疯，而不是真疯。擅长心理分析的批评家认为，正常和疯癫之间本没有明确的界线，话虽有理，但与我们讨论分析哈姆雷特人物性格没有太多的关联。同时也不能因为哈姆雷特是具有文艺复兴时期人文主义思想的青年，就随意拔高他。他也是常人，具有常人的喜怒哀乐，常人的偏激与失控。剧里一共就两个女人，都是和他有紧密关系的人，都是他爱过的人，却足已使他长喟："脆弱啊，你的名字就是女人！"（第一幕第二场，第15页）其实此时奥菲利娅尚未"背叛"他，只是这句话不幸印证了后来所发生的事情。哈姆雷特对女人和婚姻表示了极大的失望。

剧中这两个女人的死都可解释为自杀，且均同哈姆雷特有关。评论对《哈姆雷特》一剧谈论最多的死亡意象，其他与其有关的毒素意象、腐蚀意象、疾病意象、丑陋意象及疯狂意象等都可归于导致最后死亡的诸种因素。而在该剧众多的死亡里，奥菲利娅的死是最无辜的：她是在精神失常后，由于溺水而殒命的。当然这是在她失去理智以后的行为，是否是严格意义上的自杀可以争论。但不少自杀事件都是因了失去理智才发生的，奥菲利娅也不尽然是完全丧失了理智。她的男友刺死了自己的父亲，她痛不欲生，精神错乱，自杀对她似乎是唯一的解脱。具有讽刺意味的是，跟哈姆雷特一样，她也有杀父之仇，尽管其父是死于误杀。根据侍臣给王后的报告："她不断提起她的父亲；她说她听见这世上到处是诡计"（第四幕第五场，第102页），似乎又不是指哈姆雷特。但她好像又料到她哥哥雷欧提斯不会放过哈姆雷特："我的哥哥必须知道这件事。"（同上第105页）她也许不愿看到复仇的血腥场面，毕竟一个是她哥哥，一个是她昔日的恋人。

她遇溺之前正想把自己编织的花冠挂在河边的一株杨柳的枝上，当时"她嘴里还断断续续唱着古老的歌谣，好像一点不感觉到她处境的险恶，又好像她本来就是生长在水中一般"（第四幕第七场，第117页）。值得注意的是，这段对于奥菲利娅平静的死一节的叙述出自哈姆雷特母亲之口,她把奥菲利娅的死叙述得很美,好像对她的死有某种感悟,从而铺垫了最后她自己从容地走向死亡。

西耳多·里兹不无启示地指出奥菲利娅的困境从旁折射出哈姆雷特的苦痛。两人都觉得存在的本身已令人难以忍受,唯一的解脱只有死了。[1] 这其实已经暗示他们两人自觉与不自觉的自杀倾向。只是里兹令人费解地把这种对死的渴望归于精神失常。首先哈姆雷特是否真疯是不应有争议的问题,里兹认真数了"疯癫"这个词的使用频率,不下40次,以说明哈姆雷特已精神失常。[2] 他统计的主要是mad以及madness两个词,实际上剧中具有疯癫意义的词绝不限于这两个词。哈姆雷特第一次使用含有这个意义的词是在第一幕的结尾,他对好友霍拉旭等人宣布要装疯:"我今后也许要故意装出一副疯疯癫癫的样子。"(第一幕第五场,第33页)原文用的是"antic"一词,意为荒唐古怪。Mad一词的第一次出现是波罗涅斯听到女儿惊恐地讲述哈姆雷特发疯的模样时脱口而出:"他因为不能得到你的爱而发疯了吗?"(第二

---

[1] *Hamlet's Enemy: Madness and Myth in Hamlet* (London: Vision Press Ltd, 1975), P.88。
[2] 同上。

幕第一场，第37页）显然这正是哈姆雷特想要达到的目的，总不能算做哈姆雷特真疯的"证据"之一吧？如此不顾上下文关系、人物说话的意图及立场而孤立地看某个词的使用频率，实难有说服力。就算哈姆雷特有失去理智的时候，有时似在真疯与假疯之间，也不能武断地下如此结论。

哈姆雷特的母亲乔特鲁德是剧中的核心人物。她使得克劳狄斯弑兄篡位的罪戾更加丑恶。她对克劳狄斯谋杀自己的前夫似乎并不知情，莎士比亚没有点破，但对哈姆雷特的父亲来说，她嫁给了克劳狄斯，无论如何是一个"卑鄙无耻的背叛"（第一幕第五场第28页），老哈姆雷特以鬼魂的身份预料到乔特鲁德"自会受到上天的裁判，和她自己内心中的荆棘的刺戳"（同上第29页）。她与克劳狄斯结婚在当时被普遍认为乱伦，为此老哈姆雷特斥她为"淫妇"（同上第28页），哈姆雷特怒斥她时，也几次用了床和被这些与淫乱纵欲直接有关的非常明晰的意象。他对母亲在葬礼之后匆匆举办的婚礼尤其耿耿于怀，说她在父亲死后，没有表现足够长的悲伤，还不如"一头没有理性的畜生"（第一幕第二场，第15页）。

尽管如此，乔特鲁德并没有被塑造成丧尽人性的、只会淫乱的母兽。她对儿子表现出母爱，对奥菲利娅亦很关心。在王后寝宫哈姆雷特对她大加斥责，她显示出悔悟之意，央求哈姆雷特："不要说下去了！你使我的眼睛看进了我自己灵魂的深处，看见我灵魂里那些洗拭不去的黑色的污点。"（第三幕第四场，第89页）至于她灵魂的深处那些洗拭不去的黑色的污点究竟是什么，我们就不得而知了。恐怕只是让理智做了情欲的奴隶吧。

她的死发生在剧尾，是替儿子死的，尽管还是没有救成儿子。有评论家指出她并不知道酒里有毒，还有的认为，判定她是否真的想自杀，凭的是大家的想象。让我们来看看这一段：乔特鲁德不顾国王的阻止，执意要代哈姆雷特喝下毒酒。王后临死前，呼唤的是哈姆雷特的名字，然后才说她是饮了那杯酒中的毒。我认为，还是自杀之说较为符合乔特鲁德的人物性格。如果说她只是误喝了毒酒，全剧的悲剧意义便要削弱不少。似是而非地靠猜测，也不能真正打开这个结。王后所要寻求的也是一种解脱——从罪孽的深渊，从痛苦的心灵折磨得到某种解脱。关于这一点，老哈姆雷特早已料到，在王后寝宫那一场戏里，乔特鲁德自己也看到了灵魂深处的龌龊，有悔恨的表示。

从实质上看，哈姆雷特本人的死也是一种自杀。他弥留之际，对这个世界并对无留恋，称这是"一个冷酷的人间"（第五幕第二场，第143页）。

说哈姆雷特是一般意义上的复仇剧也不错。观众与读者自有这种期待。《哈》剧也会满足这种期待。复仇的目的是达到了，但其方式是难以想象的，而代价竟是那样惨烈，自己爱过的女人：母亲与恋人，也死了，丹麦拱手交给了挪威王子——昔日的敌人。难道这就是复仇的目的？许多人都忽略了《哈》剧的这个最终结局。说到底，国家的命运好像还不如个人的命运重要，该剧的重心和焦点无疑是在哈姆雷特这个人物身上。当然，需要着重指出的是，这里的"个人"，绝不仅限于哈姆雷特一个人。他的命运和遭遇是他所处的那个时代和环境的反映，更体现了对人性和伦理颇具永恒意义的深透思考。这大概便是所谓超越时空的艺术力量罢。

哈姆雷特一开始就有一副将生死置之度外的气概："我把我的生命看得不值一枚针"。（第一幕第四场，第26页）关于哈姆雷特迟迟不行动，一再延误复仇的机会，人们已经议论得够多了。柯尔律治指出哈姆雷特"推迟行动，直到行动变得没有用处",而且把他的死归于环境和偶然因素。[1] 这个观点有些流于表面,与实际发生的事情也不相符合。

哈姆雷特迟迟不行动,实际上是不愿行动。与此同时,我们也不能下这样的结论:他是一个思考者,而不是一个行动者。他愿意干的是可以事先不用思考的事。他误以为偷听的波罗涅斯是克劳狄斯,便毫不迟疑地一剑将其刺死!一旦发现他的同学罗森格兰兹和吉而登斯吞是克劳狄斯的帮凶,参与谋害自己的阴谋时,他果断地用计借刀杀人,让二人当了冤鬼。

他不愿行动还有更深刻的缘由。

对哈姆雷特采用的现代精神分析,确有夸大其词的成分,让人不能接受。但如果"恋母情结"还有一点道理的话(不能说全无道理,哈姆雷特斥责母亲所用的语言及比喻,实在不像是儿子,倒像出自一个被戴了绿帽子的丈夫之口),那么就不太难理解哈姆雷特为何那么难以动手杀人报仇了。哈姆雷特在痛斥其母行径时,在口头上已经与其乱伦了,于是与叔父肉体的乱伦便有了相似之处。他的复仇对象是自己的叔父,父亲的弟弟,母亲的后夫。无论从哪方面都与他自己有直接和紧密的关系。他叔父篡夺抢走的是自己的

---

[1] *Notes and Lectures on Shakespeare*,1808。

父亲与母亲，还有本该属于自己的王位，如若他要和叔父竞争，争夺的对象是一样的，其结果就是把他自己与叔父等同起来。替父报仇，在心理深处，成了自杀的行为。因为从某种意义上讲，杀自己的叔父无异于杀自己。就是这样的一种间接而复杂的自杀心理使得他一时下不了手。

把哈姆雷特和一个无耻的恶棍相提并论，"混为一谈"，并非像想象的那样"大逆不道"。把丹麦的腐败全归罪于他叔父是不公平的。相反地，在处理邻国的问题上，克劳狄斯显示了政治家的干练。哈姆雷特眼里的人世间是"一个荒芜不治的花园，长满了恶毒的莠草"（第一幕第二场，14至15页）。须知哪怕是象征意义上的花园也不会在他父亲死后不到两个月会变成这样。此外，他对丹麦王国的酗酒风俗感到痛心，实事求是地告诉好友霍拉旭这是由来已久的风俗，他"从小就熟习"（第一幕第四场，第24页）。自然，他故去的父亲也要承担责任。鬼魂也承认自己"生前孽障未尽"（第一幕第五场，第27页）。以前有人引用哈姆雷特有"负起重整乾坤的责任"的强烈愿望。但它的整句是："唉，倒霉的我却要负起重整乾坤的责任！"（第一幕第五场，第33页）"倒霉的我"译自cursed spite，意思是一件让人恼火的事，说明他别无选择，只好非常不情愿地接受命运的安排。

哈姆雷特实际上给敌人制造了一次又一次的反扑机会，迫使自己在实在没有选择余地的情况下才与对手交锋，从而不断增大复仇的危险系数，好似有意跟死神调情。他一方面想竭力避免自杀的事实，另一方面又有自杀的动机与意识。

哈姆雷特在剧中多半时间都有一种恐惧感。他怕什么？他不是怕死，倒是想用死来做解脱。可怕的是如何死法。

这出戏表现的是古老的异教复仇意识与现代基督教的宽恕说教相冲突，故他没杀在忏悔中的克劳狄斯。哈姆雷特生活在现代基督世界的环境里，对死后和来世自然十分关注。批评家Wellek曾给悲剧下过一个定义，就是各种力量的冲突。[1] 而发生在悲剧主角内心的冲突则是最有震撼力的冲突。让我们来看一下哈姆雷特在剧中的核心独白。他在这里展现了其复杂的内心世界及矛盾冲突，对生与死及生前死后做了缜密的哲学与宗教意义上的思考："生存还是毁灭，这是一个值得考虑的问题"。（第三幕第一场，第63页）问题的重心在于，该不该采取行动，而不是采取什么样的行动。因为任何行动的后果都会造成死亡，不是杀死叔父克劳狄斯，就是在

---

[1] *Oxford Lectures on Poetry*, 1975, P.87。

万般无奈中自杀。作为一个基督徒，哈姆雷特既不能杀人，也不能自杀，否则死后的去向难卜。但除此之外，别无出路。如果不采取任何行动，任暴虐的命运折磨自己，苟且偷安又无异于慢性自杀，最终还是不免一死。

哈姆雷特开始并不把死看得那么可怕——尤其是和忍受痛苦相比较，死亡"正是我们求之不得的结局"（同上）。他还把死比作睡觉：死是不可怕的，不过睡觉而已。可是如果接受死像睡眠一样，随之势必会有梦境；而梦境的产生则又把人带回生的烦恼与苦痛之中，或者是死后那未知的更为可怕的命运。如此说来，死绝不是解除痛苦的万全之策。遂又使人在选择生与死时要大犯踌躇了。"重重的顾虑使我们全变成了懦夫。"（同上，63至64页）哈姆雷特的痛苦恰是这一点：思考变成顾虑，使人沦为懦夫，瞻前顾后，迟疑不决，无法行动，连自杀的选择都没有。他一方面是在自责，另一方面又在为自己的怯懦辩解。

即使是束手无策地按兵不动，也是精神上的自杀；而复了仇自己不死，还是解脱不了困境：杀人而不是宽恕，会违反基督教义。所以哈姆雷特只是想证明克劳狄斯有罪，而不是真想惩罚他。这里除了宗教的因素之外，还有本文前面提到的哈姆雷特已经意识到他和克劳狄斯的相似之处。

于是只能是在意识不清的情况下去寻求一种解脱——自杀。这实质上是一种自欺欺人的想法和做法。哈姆雷特不想有意识地去自杀——这是罪孽。但他可以制造一种环境，以使自己的死成为不可避免的结局，同时又不显得是自杀。这是一种何等的无奈！制造这样的环境之所以可能，是因为大的社会环境已经具备，换句话说，是大的社会环境逼迫他去制造达到解脱自身烦恼的小环境。他置身的时代特有的各种矛盾冲突，在一定程度上，潜入他的意识里，浓缩在他的内心世界中，哈姆雷特是怀着想上天堂，又不知是否可以达到目的的迷惑心理离开人世的。

在哈姆雷特弥留之际，他的好友霍拉旭也想自尽。哈姆雷特阻止了他，恳求他"暂时牺牲一下天堂上的幸福"（第二幕第二场，42至43页）。此外，他对霍拉旭还有一句嘱咐："你可以把这儿所发生的一切告诉他〔新任国王福丁布拉斯〕。此外仅余沉默而已。"（第五幕第二场，第143页）此处的沉默意味深长，它一方面蕴含了哈姆雷特的难言之隐，另一方面表明的是语言的苍白与乏力。由一位举世公认的语言大师让哈姆雷特这个人物讲了这么多话之后（莎剧的其他主要人物很少有哈姆雷特那么长的独白与对白），无奈地承认语言的多余，此处的沉默不是具有振聋发聩的效果吗！

我是谁？

理查二世的失落感

方 平

推 荐 词

代表着上帝的意旨统治人间的国王，落到了被扔泥土、扔垃圾的地步，而一向至高至尊的他却"只是抖一抖身子，把沙泥抖下来"，可怜巴巴地忍受着这一切侮辱，这可是惊天动地、日月无光的人间变异啊。

莎士比亚作为英国最伟大的剧作家，他宏伟的创作生涯起始于英国历史剧，而且初试身手，拿出早期习作，《亨利六世》（上），就受到欢迎。伦敦的观众怀着浓厚的兴趣观看着舞台上以鲜明的形象、生动的情节，扮演着祖国历史上英雄人物轰轰烈烈的事迹，宣讲着民族兴衰安危的转机和鉴戒。莎翁为他的观众先后写下十部历史剧，其中尤其值得注意的是在他进入（或即将进入）创作丰收期写下的首尾相接、构成四联剧的《理查二世》、《亨利四世》上下编、《亨利五世》（1595—1599），它们被公认为莎翁在历史剧领域中成就最高的代表作。

在舞台上，这四联剧从陷于四面楚歌的理查二世被迫逊位，到扬威海外的一代雄主亨利五世和法国公主联姻，贯穿着二十多年戏剧时间（1398—1420）；这风起云涌的二十多年，在英国历史上正好处于一个从中世纪走向近代史的骚动的变革时期。

欧洲中世纪的社会结构建立在以阶梯形为模式的封建等级制度上，每个人的社会地位在他出生之前就被规定好了。这井井有条、自上而下、等级森严的社会体制是用阶级之间不可逾越的鸿沟来保证的。贵族和贱民之间划出了一条不平等的阶级鸿沟，而君臣之间的上下尊卑的界限更是天经地义、神圣不可侵犯。

中世纪封建制度的政治思想、伦理观念，千丝万缕又根深蒂固地和基督教会的神学思想纠结在一起，笼统着一圈神圣的光彩。理查二世深信不疑，戴在他头上的那顶金光灿烂的王冠是受之于天，蒙受着上帝的祝福。他越是陷入政治困境，这君权神授的封建思想在他的头脑里越是剧烈膨胀；他本人代表着上帝的意旨统治这人间的王国，因此他的权威是至高无上的，任何人世的力量动摇不了它一丝一毫。他像痴人说梦般把幻想当作信念，把希望完全寄托于奇迹的出现：

哪怕波涛汹涌的大海，也休想

冲洗掉君王头上的圣膏，要知道

当初抹上这圣膏,有上帝的许可,

上帝所挑选的君临人世的代表,

世俗的凡人休想能推翻!

布林勃洛克胁逼着部下举起刀来!

指向我黄金的宝座;有一个叛兵,

上帝便派遣一个荣耀的天使

去卫护他选中的理查。天使上阵了,

那不堪一击的凡人就纷纷倒下了——

苍天是永远守护正义的一方啊。

(第4幕2景)

理查二世出现在英国历史舞台上时,漫长的欧洲中世纪快要走到它的尽头了。他可说是代表中世纪封建秩序的最有典型意义的最后一位国王了。他是末路英雄。然而封建专制制度万古不朽仍然是他的迷恋、他的好梦,因此他的被迫退出历史舞台显得格外可悲了。

理查绝没有觉察到在他的统治下,城市手工业、市场贸易已日趋活跃,新兴的市民阶层逐渐在形成、壮大,而且终于显示出了他们是一股不容轻视的初生的政治力量。本来是固定不变的封建王国的政治格局现在发生了微妙的变化，这是理查所意识不到、不愿看到，而且是不能接受的。他曾经用极端厌恶的口气说到被他放逐的布林勃洛克公爵"一心想讨好平民百姓"：

> 仿佛要钻进他们的心底去博取
>
> 他们的好感，不惜贬低了身份，
>
> 一团和气地打躬作揖，也不怕
>
> 在奴才们身下浪费一叠连的敬礼，
>
> 有意用微笑去取悦那穷苦的手艺匠……
>
> 他会向卖牡蛎的贱丫头挥帽敬意，
>
> 两个赶大车的说了声："上帝保佑你！"
>
> 他慌忙躬身弯腰的献上了答礼，
>
> 连身说："多谢啦，同胞们，我亲爱的朋友！"

（第1幕4景）

处在社会底层的市民阶层，正不断地在经济领域中显示出他们的活力，为了谋求有利于自身发展的一个安定的局面，他们在政治领域中不再永远扮演一个不开口的哑角了。一部分有政治头脑和野心的贵族阶级为了争取民心，扩大自己的政治势力，开始懂得有必要放下贵族的煊赫的架势，披上带有"民主"色彩的外衣来装扮自己；他不再是两眼朝天，那么不可接近了。被理查描绘得不堪入目的那一幅画面，让我们从中看到了历史性的变化。布林勃洛克以公爵之尊，又是王亲国戚（国王的堂兄弟），不惜自贬身价，向平民百姓（理查称之为"奴才们"）躬身弯腰，挥帽致敬。瞧，树立在贵族和平民间的阶级壁垒不再是那么森严了，在公开的场合甚至可以用"朋友"、"同胞"相称了。

眼看政治野心就要实现了，理查二世已成了他的笼中之鸟，趾高气扬的布林勃洛克（明天的亨利四世）骑着骏马，进入伦敦京城，受到市民的夹道欢呼；即便这样，对于这位即将举行加冕典礼的新国王继续保持"民主"色彩的姿态，还是必要的，只见他满脸春风，摘下帽子——

> 向左又向右，忙个不停地点着头——
> 把头低得比高傲的马头还低，
> 他这样答谢道："多谢各位了，乡亲们！"
> 就这么一路走，他一路连连地打招呼。

仿佛有意在作一次民意测验似的，骑着马，跟随在后面而来的是那个头上失去了王冠的理查。这一前一后的对比再没有那样触目了：伦敦市民个个怒目而视，听不到有谁为欢迎他重返京城而发出一声欢呼，只有泥土、垃圾从高高的窗口纷纷地"冲着他神圣的脑袋一把把地扔下来"[①]。

代表着上帝的意旨统治人间的国王，落到了被扔泥土、扔垃圾的地步，而一向至高至尊的他却"只是抖一抖身子、把沙泥抖下来"，可怜巴巴地忍受着这一切侮辱，这可是惊天动地、日月无光的人间变异啊。

伦敦小市民的自发行动，实际上也是在向那似乎是神圣的、永恒的、阶级森严的封建旧秩序扔泥土、扔垃圾，在这一幕历史性的场景里，以国王为总代表的封建制度黯然失色了，成为被嘲弄的活靶子了。

这时代的大动荡、大变化，在理查的凄迷惶惑的内心世界也同样地反映出来。戏剧开始，理查高坐王位，众贵族两边侍立，何等荣耀威严；他的意旨就是不可抗拒的命令，他一开口，两个公爵立即被同时驱逐出境；王叔一死，理查又

[①] 理查的含垢忍辱，以及有关布林勃洛克笼络民心的描述见第5幕2景，都是有史实为依据的。

只消一句话，不管有理没理，立即把老公爵的采邑、金银财宝全部攫为己有，彻底剥夺了他儿子的继承权。另一位王叔忍不住劝谏道：剥夺了做儿子的名分的继承权，也就是破坏了——

> 世世代代的传统、成规和惯例，
> 那明天也不必衔接着今天而来了；
> 你不会是你了，你怎么会成为国王的——
> 还不是凭父子相传、世代继承吗？
>
> （第2幕1景）

世代相沿的传统、法规，是立国的根本，封建社会的基石；理查之成为理查王，还不是凭父子继承？要是这封建大法被任意破坏了，后果将不堪设想。这忠告是有远虑的，说中了要害的；正在放逐中的布林勃洛克果然以讨回他的继承权为由，理直气壮地立即从海外赶回，踏上本土，起兵反叛。

可是理查却一意孤行，只知道他是国王，自有国王的特权，在受他统治的王国内，可以为所欲为，不受任何约束。他自食恶果，陷入了众叛亲离的困境后，还是只想着他是万人之上、受命于天的君主。

一旦他被赶下王位，被迫交出了王冠，光景陡变；他一落千丈，不知身在何方，立足点都没有了："我算得什么呢？什么也不是。"像一颗游离在封建秩序的轨道之外永远失去了归属的流星，他心中一片茫然，发出了这样的哀鸣："我没姓，没头衔，连我在受洗礼领受的名字也被人篡夺了。""如今不知道该用怎么个名字来称呼我自己。"他揽镜自照，甚至不认得自己的脸了；他愤然地把镜子摔碎于地，不承认映照在镜子中的是自己的一张脸。①

在封建社会里，各人头上都有一方天，展开在他脚下的人生道路，从生到死，都是规定好了的。人人各就其位，各得其所；每个人都属于他的阶级、他的集团，都必须尽他的本分，扮演好他的社会角色。再没有谁比理查更善于扮演他的角色了，一言一行都打上了专制君主的印记（可惜扮演得太过分了）。现在，他的王国拱手让人了，戏唱完了，角色不存在了。他所有的只是一颗空虚的心灵和茫茫然的失落感。

在中世纪的封闭性的世界里，不容许有谁游离于集团之外，滋生灰暗的空虚感、失落感，这是和正统的封建思想

---

① 揽镜自照的情节和理查自叹之词，见第4幕1景。

格格不入的。可是在动荡不安，社会经历着变革、转型的时期，有人跟上了时代的步伐，有人却被抛弃在历史的后面，失落感成为在这些失去生活方向的人们中间普遍存在的一种心态。一个国王从受命于天的刚愎自信跌进了凄迷惶惑的失落感，更是具有一种象征意义：不仅是他所统治的封建王国被推翻了，整个中世纪的世界也发生了动摇，正在经历着痛苦的转变的过程。

再说，在封建社会里，各色人等都有明确的身份，各人的职责也都明白无误。做臣子的理应向君主宣誓效忠，是天经地义；年老的约克公爵却因此不知如何是好了，他惶惑了，左右为难了。他理应向国王尽忠，可谁是他的国王呢？英国的王冠如今戴在亨利四世的头上了，他只能随大流所趋，把为臣的忠心转移给新上台的国王——虽然对于那倒霉的被赶下台的理查王他还怀着一份割不断的君臣情，在私下谈起理查在伦敦街头当众受辱的情景，不禁掉下了老泪。

可是在他儿子奥默尔公爵的心目中，理查依然是正统的受命于天的国王，现在他的王位被野心家篡夺了，正是用得到他尽忠报国、重振乾坤的时候。为此他和他的同党们密谋行刺亨利四世，不幸事机不密，被他的老父亲发觉了。因此爆发了一场家庭间的激烈冲突。

在一个大动荡的时代里,本来黑白分明、势不两立的忠和奸,现在竟变得界限模糊,正邪难分了。儿子始终向正统的国王效忠,力图挽狂澜于既倒;这忠心耿耿,却被父亲认为大逆不道,赶奔到新王跟前告发儿子,坚决要求处死这叛徒;可是这大义灭亲,在一群保王党的眼里,却只能是一种罪恶的出卖。

人们思想上的混乱,陷于此亦一是非,彼亦一是非的困境,同样是一个具有普遍意义的象征:中世纪已来到了它的尽头,在一个新旧交接、动荡不安的时代里,传统和变革发生了冲突,伦理道德观念、价值观念,失去了千百年来固定不移的准则;面对着这些前所未有的剧烈变化,人们产生了惶惑,一时之间竟是左右彷徨,无所适从了。

莎士比亚的历史剧《理查二世》绝无意把当时的英国政治舞台当作走马灯般来描述:大人物不断在更替,一个下场了,另一个登场了,让人发出世道无常的感叹。这一优秀的历史剧具有更丰富深刻的历史内涵。如果把这部历史剧当作历史教科书来读,我相信将有益于我们感性地认识在这一历史转折期的时代风云。

人文主义和时代偏见的交织

莎士比亚的《威尼斯商人》

余凤高

作者介绍

余凤高,1932年生,浙江黄岩人。1954年毕业于浙江师范学院中文系。浙江省社会科学院文学研究所研究员、中国作家协会会员。

推荐词

写于1596—1597年的《威尼斯商人》也是爱情的颂歌。《威尼斯商人》中的这个基本情节据说来源于14世纪意大利作家乔万尼·菲奥伦蒂诺的小说《傻瓜》。莎士比亚完全改变了菲奥伦蒂诺的故事,而以他的人文主义理想贯串全剧。这理想主要体现在安东尼奥为了爱和友谊,不惜以自己的全部财产甚至生命来冒险。

度过漫长黑暗的中世纪之后，文艺复兴时代的欧洲露出了人文主义的灿烂曙光："以人为本"观念的建立，使人的自然天性不再受到压抑，希求尘世的欢乐和幸福也被看成是自然而然的事情，男女之间的爱情更是得到了赞美，甚至被认为是人的最高尚的情感。在英国作家中，这种人文主义的新思想最早是反映在杰弗利·乔叟的《坎特伯雷故事》中，而"文艺复兴之子"——伟大的诗人和戏剧家威廉·莎士比亚（William Shakespeare，1564—1616）的作品则最充分地体现出这种精神的。如他在1595—1602年间所写的几个喜剧，《罗密欧与朱丽叶》、《仲夏夜之梦》、《无事生非》、《皆大欢喜》、《第十二夜》等，主题都可以用古罗马诗人维吉尔的一句名言："爱情征服一切"来概括。写于1596—1597年的《威尼斯商人》也是爱情的颂歌。

威尼斯商人安东尼奥为了帮助朋友巴萨尼奥成婚，向犹太富翁、高利贷者夏洛克转借三千块现金。夏洛克出于报复，假意不收利息，但约定若届时不还本金，得从借贷人身上割下一磅肉。期限到了，安东尼奥由于货船未归，无法还这笔债款。于是夏洛克坚持按约办事。这时巴萨尼奥的未婚妻鲍西娅假扮律师出庭，声称也得按约，不可多割、少割或流血以致伤及安东尼奥的生命，使夏洛克无法实施他报复的用心。

《威尼斯商人》中的这个基本情节据说来源于14世纪意大利作家乔万尼·菲奥伦蒂诺的小说《傻瓜》。这篇小说描写一位威尼斯的青年虽倾其所有，仍不能得到一富有郡主的爱情。后在他的教父的帮助下，向一犹太人借了钱，才得以如愿，并由郡主出面，制服了这个犹太人。

看得出来，莎士比亚完全改变了菲奥伦蒂诺的故事，而以他的人文主义理想贯串全剧。这理想主要体现在安东尼奥为了爱和友谊，不惜以自己的全部财产甚至生命来冒险，这爱又反过来，使他的商船得以归航，获得了爱的奖赏；巴萨尼奥和鲍西娅"选择不凭着外表"，不为"表面的装饰所欺骗"，使他们的纯真的爱情比黄金具有更高的内在价值。在夏洛克的身上，莎士比亚则以他对犹太民族千百年来所受屈辱的身世寄予的同情显示出他的人文主义精神。不过另一方面，在这部剧作中，也可以看出当时欧洲人对犹太人普遍存在的偏见给予莎士比亚的影响。

犹太是一个长期遭受苦难的民族。早在公元前597年，巴比伦王尼布甲尼撒二世就曾举兵征服犹太王国，摧毁它的都城耶路撒冷，将国王约雅斤掳到巴比伦，大批犹太人同时沦为"巴比伦的囚徒"。随后，公元前167年，公元前135—134年，叙利亚塞琉西王国的国王安条克四世、安条克七世，也都兴兵对犹太人大加讨伐，毁掉了他们重建起来的耶路撒冷。公元11、12世纪，"十字军"几次军事远征，甚至公开宣称，他们的目的就是惩讨一切与上帝为敌的人，"首先是犹太人，一个在与上帝为敌方面超过任何其他一个民族的民族"，使千万无辜的犹太人倒在他们的刀剑底下……历史记载，在这样的一类反犹、排犹事件中，甚至连与犹太人毫无牵连的事，也都可以被当成是他们的罪过，要以牺牲成千上万犹太人的生命作为代价。至于平时犹太人遭受侮辱、损害的事，就更多了。

说犹太人"与上帝为敌"，是由于《圣经·四福音书》记载，耶稣被犹大出卖后，被送交罗马驻犹太总督本丢·彼拉多。在最后审讯中，据说原来"彼拉多想要释放耶稣。无奈犹太人喊着说,你若释放这个人,就不是该撒的忠臣"。并且不断喊叫要(把耶稣)"除掉他,钉他在十字架上。……于是彼拉多将耶稣交给他们去钉十字架"。把耶稣的死完全归罪于犹太人,彼拉多则是被迫才不得不这样做。另外,《新约·启示录》还写到,说耶稣曾对他最信赖的使徒之一约翰说:"……那些自称是犹太人……其实他们不是犹太人,乃是撒旦一伙的人。"这些记载说明,犹太人不仅是一手造成主耶稣死的罪魁祸首,还是一些与魔鬼撒旦有联系的民族。

其实,于公元前1200年—公元前100年犹太人用希伯来文写成的"旧约"《圣经》,与基督教后来添加上的"新约"《圣经》,内容是不完全相同,有的还是很不相同的。对犹太人的这种描述,完全是由于基督教和犹太教两个教派之间发生争执而出现的偏见形成的。但是,《圣经》作为基督教的经典,是人类历史上最有影响的一部书,《圣经》里的记述和论述,在很多读者,特别是基督教徒看来,都是曾经出现过的历史事实和必须严加恪守的宗教规范。因此,根据《圣经》,说犹太人是"敌基督者"、与魔鬼有联盟的偏见,在基督教世界就深入人心,造成千百年来几乎整个西方社会对犹太人无比仇恨的态度。不但平时嘲笑、殴打犹太人的事件层出不穷，讽刺、挖苦犹太人的歌谣、诗篇屡有所见，在舞台上，犹太人也总是一个反面角色。克里斯托弗·马娄的《马耳他岛的犹太人》（1590）里的那个犹太商人巴拉巴斯就是一个被财富湮没了人性，因而贪婪成性、毒死女儿、害死妻子，最后自取毁灭的人。

莎士比亚的《威尼斯商人》写于一位犹太医生在一次反犹狂潮中屈死刑场之后不久。

罗德里戈·洛佩兹（Roderigo Lopez，？—1595）是一位葡萄牙籍的犹太人，早年被宗教法庭逐出本国，于伊丽莎白一世为王初期来英国伦敦开业行医。业务的成功使他后来成为著名的圣巴塞洛缪医院的一位内科医生。甚至一些上层人士，例如女皇的首席秘书弗朗西斯·沃尔辛尼姆，都来请他治病，最后他竟然到达医生行业的最高地位——女皇的首席医官。

洛佩兹进了宫廷之后，被沃尔辛尼姆看中，把他当成自己领导的特务工作的可靠引线，让他往返于伦敦与葡萄牙、西班牙之间的伊比利亚半岛两地，向在那边从事秘密工作的英国间谍传递情报。沃尔辛尼姆于1590年去世后，女皇的宠臣和情人、侍从长埃塞克斯伯爵接替他的工作。埃塞克斯原来是希望把从洛佩兹那里得来的情报作为向女皇献媚邀宠的礼物的，可是他一次次去御前秉报时，女皇都说，他所获得的这些所谓最新情报，她早就已经知道。埃塞克斯明白，是洛佩兹先他之前将情报直接奉献于女皇。对洛佩兹这种使他丢丑的做法，埃塞克斯感到非常气愤，决心要进行报复。

不多久，机会终于来了。埃塞克斯官邸得到消息，有两个被捕的葡萄牙人，其中一个还是住在洛佩兹的屋子里的，不但从他们身上搜出的用隐语写的信件令人怀疑他们暗暗在干着反对英国、甚至计划谋杀女皇的勾当，他们还承认和揭发，说洛佩兹多年来就一直受雇于与英国敌对的西班牙政府。于是，洛佩兹遭到逮捕。可是在抄家时没有找到任何可疑的材料；女皇唯一的秘书和顾问伯利勋爵威廉·塞西尔、他的儿子罗伯特和埃塞克斯三人对他进行审问时，他的回答也没有一点破绽，完全令人满意。罗伯特急忙去向女皇报告，说他父亲和他本人都深信洛佩兹医生无罪。于是当埃塞克斯去禀报的时候，女皇立即连声责骂他，说她很了解这个可怜的人是无罪的。奇怪的是，这个案件并没有被撤销，洛佩兹仍旧被关押在埃塞克斯的官邸。而埃塞克斯却在羞辱中决心要尽一切努力，证明是塞西尔父子的错，而不是他的错。

要达到这样的效果并不难。在酷刑下，另外两个葡萄牙人招出了完全合乎埃塞克斯旨意的供词，年已老迈的洛佩兹在好几个星期没完没了的盘问下，也已经筋疲力尽，甚至神志丧失，跟着便如埃塞克斯之愿招供了。于是三人都按叛逆罪被判处死刑。女皇显然是有过犹豫和等待，但在四个月之后，她还是批准依法对这几个葡萄牙人执行死刑。

1594年6月的一个晴朗的日子，洛佩兹等三人被押至位于泰晤士河旁的泰朋刑场。仇恨犹太人的时代偏见使围观的大批群众一方面义愤填膺，同时又喜悦而欢快。洛佩兹面对阳光下闪闪发亮的屠刀，颈上套上了绞索。他庄严地发誓，说自己像爱耶稣基督一样地爱女皇。可是没有等他说完，绞索已经把他高高吊起来了。随后是按惯例，对他的尸体去势、剖腹和肢解。

20世纪英国著名的传记作家利顿·斯特雷奇在研究了大量历史资料，包括西班牙的档案材料后，评论洛佩兹案件说："这是记满在过去时代黑暗历史中，使人感到人类公道正义只是一句空话的那种奇怪而丑恶的案例之一。"他分析洛佩兹的招供是由于他无法忍受垂暮之年富裕安逸生活中突然遭遇到的痛苦和折磨，在关押中又"不断地受到侮辱、纠缠和恫吓，一旦到了失去耐力的地步，他的头脑就完全变糊涂了"。史学家们相信，这一案件的处理，除了埃塞克斯出于私人的恩怨之外，群众对犹太人的偏见，也是因素之一。莎士比亚未必了解案件的经过，对事件的背景，更不能知道什么；甚至处决洛佩兹时，他大概也没有在场。但是尽管如此，伟大剧作家的传记作者——当代著名的英国小说家安东尼·伯吉斯说，莎士比亚并没有游离于事件之外，"他利用公众对犹太人的愤怒编织了一出戏，把一个犹太人写成坏蛋——不过不是那种背信弃义的坏蛋，而是放高利贷的坏蛋"。

《威尼斯商人》里的夏洛克，他作为一个犹太人受欺凌的身世，现实主义剧作家的莎士比亚塑造这个人物时，自然不可能不有所表现。夏洛克有几段台词是异常悲怆感人的：

> 安东尼奥先生，好多次您在交易所里骂我，说我盘剥取利，我总是忍气吞声，耸耸肩膀，没有跟您争辩，因为忍受迫害本来是我们民族的特色。您骂我异教徒，杀人的狗，把唾沫吐在我的犹太长袍上……吐在我的胡

子上，用您的脚踢我，好像我是您门口的一条野狗一样……

……难道犹太人没有眼睛吗？难道犹太人没有五官四肢、没有知觉、没有感情、没有血气吗？他不是吃着同样的食物，同样的武器可以伤害他，同样的医药可以治疗他，冬天同样会冷，夏天同样会热，就像一个基督徒吗？……你们要是用刀剑刺我们，我们不是也会出血吗？你们要是搔我们的痒，我们不是也会笑起来吗？你们要用毒药谋害我们，我们不是也会死吗？那么要是你们欺侮了我们，我们难道不会复仇吗？

听着舞台上夏洛克这样一段段悲痛的叙述，任何一个正直的人，都不可能不深受感动。对此，也是犹太人的德国诗人亨利希·海涅就以真切的同情来理解和评述《威尼斯商人》中的夏洛克的"复仇"心态。在海涅看来："《威尼斯商人》这个戏所描写的根本不是犹太教徒和基督教徒，而是压迫者和被压迫者，以及后者将骄横的虐待者所加诸他们的屈辱连本带利予以奉还时所发出的极端痛苦的欢呼。"正是基于人类所共有的人道心理，19世纪英国自由主义民主派批评家威廉·赫兹里特才说:"实际上,夏洛克所犯的罪过要比他遭受的凌辱小得多。"这正是人文主义的莎士比亚作品所产生的戏剧效果。但是同是在表现夏洛克这个人物上,莎士比亚所受的时代偏见的影响也是十分明显的。

莎士比亚笔下的夏洛克,完全是一个由于对金钱的强烈占有欲望,甚至将他的正常人所具有的最原始的爱的情感都丧失了的人。一个典型的例子就是在他怀疑他的出走的女儿偷走了他的钻石、珠宝时,他竟然会如此恶毒地咒骂自己的亲骨肉:"我希望我的女儿死在我的脚下","就在我的脚下入土安葬"。他对安东尼奥的恨,起因也是金钱上的利害冲突,因为"心肠最仁慈的"安东尼奥一次又一次都在别人借夏洛克的高利贷、到时还不出来,弄得走投无路时,帮助了他们,使他们免于遭受这个犹太商人的迫害。于是安东尼奥就成了夏洛克的敌人,如夏洛克自己说的,"只要威尼斯没有他,生意买卖全凭我一句话了"。他对安东尼奥的恨也已经到了绝灭人性的地步。不论威尼斯公爵、最有名望的士绅以及其他几十位商人出面斡旋,"谁也不能叫他回心转意,放弃他狠毒的控诉"。为了解他心头之恨,即使付给他超过欠款二十倍的钱也不行,他就是要取安东尼奥身上的肉。因此，《威尼斯商人》中的这个犹太人，在众人眼中，不但是"一个不懂得怜悯，没有一丝慈悲心的不近人情的恶汉"，简直是合乎《圣经》中所说的，"是魔鬼的化身"，十足是"人世间一头最顽固的恶狗"。剧本第四幕第一场法庭上安东尼奥和巴萨尼奥的朋友葛莱西安诺痛骂夏洛克的一段台词："万恶不赦的狗，看你死后不下地狱！让你这种东西活在世上，真是公道不生眼睛。……你的前生一定是一头豺狼，因为吃了人给人捉住吊死，它那凶恶的灵魂就从绞架上逃了出来，钻进你那老娘的腌臜的胎里，因为你的性情正像豺狼一样残暴贪婪。"不少研究者都曾指出过，正是影射了洛佩兹事件：据说，当时很多群众就是这样咒骂那位犹太医生的。这种强烈的反犹情绪，影响了莎士比亚在将洛佩兹作为夏洛克的原型的同时，既表现了伟大剧作家的人文主义精神，也不可避免地打上了这个时代的烙印。

庸人自扰一场空

关于霍顿的独幕喜剧《亲爱的死者》

陈瘦竹

作者介绍

陈瘦竹(1909—1990),无锡人,1933年毕业于武汉大学外文系。历任南京编译馆编译,内迁四川的国立戏剧专科学校教师兼中央大学中文系教授,南京大学中文系教授、博士生导师、中文系主任。

推荐词

假如能够更进一步设想一种情境——让子女对遗产的争夺当着产权人的面进行——一方面使贪婪的本性赤裸裸地暴露无遗,另一方面使这种人搬石头打自己的脚,落得鸡飞蛋打一场空的结果,那么,这种尖锐的讽刺和辛辣的嘲弄,一定能够令人捧腹大笑,觉得十分痛快。

《名作欣赏》1982年第二期刊载的周锡山同志所译霍顿独幕喜剧《亲爱者离去》及赏析文章，读后甚感兴趣。唯觉题目译名尚可推敲，剧名如按原文直译应作"亲爱的死者"。重读霍顿原作，深感此剧思想、艺术上颇多佳胜，似有再行评论之必要，不揣谫陋，遂为此文。

子女非常自私，不愿照料父母，等到老人一死，后辈互相争夺遗产，闹得不可开交。这种败德和恶习，即使在资本主义社会中也为正直的人所不齿，觉得实在可鄙，真是可笑。这种黑暗现象固然应该予以揭露，但是子女对父母的遗产有合法的继承权，如果只写兄弟姐妹在父母死后争夺遗产，那么这种文学作品对于子女的自私和贪婪的针砭似乎未能入木三分。假如能够更进一步设想一种情境——让子女对遗产的争夺当着产权人的面进行——一方面使贪婪的本性赤裸裸地暴露无遗，另一方面使这种人搬石头打自己的脚，落得鸡飞蛋打一场空的结果,那么,这种尖锐的讽刺和辛辣的嘲弄,一定能够令人捧腹大笑,觉得十分痛快。20世纪初英国剧作家霍顿(William Stanley Howhton, 1821—1913)就运用这样巧妙的构思,写成著名的独幕讽刺喜剧《亲爱的死者》(*The Dear Departed*)[①]。

霍顿是英国西北部兰开郡人,从小爱好戏剧,继承易卜生现实主义传统,善于表现他的故乡兰开郡的生活。《亲爱的死者》是他的处女作,1908年在曼彻斯特保留剧目剧场演出后一举成名,不久就有外文译本,并在各国演出。早在20年代,我国就有顾仲彝的改编本《同胞姐妹》(1925年,真善美书店出版)。听说前几年又有改编本《如此无情》,曾在上海等地演出。周锡山同志去年又将这篇独幕喜剧译成中文并且写了评论,这是很有意义的工作。这篇独幕喜剧极富于现实意义,因为霍顿在剧中所讽刺的那种思想和行为,在我们社会主义社会中还不能说已经绝迹。

霍顿在剧中描写的是英国某郡下层中产阶级的家庭生活。老头儿艾贝尔·梅里韦瑟,72岁。他有两个女儿,现在

---

① *The Dear Departed*中departed是名词,意指最近死亡的人。dear是形容词,这里含有讽刺意义。如果按照原来剧名直译,应作"亲爱的死者"。

住在大女儿阿米利亚家里。这天上午他上街喝酒有些醉意，回家躺在楼上。阿米利亚误以为父亲已死，便通知妹妹来奔丧。阿米利亚在妹妹来到以前，就先下手为强，带领丈夫亨利·斯夫本霸占父亲遗产。二女儿伊丽莎白和丈夫来到之后，关心的同样是那老头儿留下来的财物。姐妹两人一方面钩心斗角，另一方面又围绕父亲曾否付保险金问题联合起来，先是赞美他，后又咒骂他。然而艾贝尔并没有死，正当姐妹俩闹得不可开交时，他从楼上走到起居室来。喜剧至此进入高潮，姐妹二人丑态百出，而老头儿的新决定，就是对于嫌弃他而又掠夺他的两个女儿的沉重还击。

鲁迅在《什么是讽刺》中曾说："'讽刺'的生命是真实，不必是曾有的实事。"但他并不排斥"夸张的笔调"。霍顿所写的故事显然非常夸张，一个人怎么能"死"而复生？当然，关键不在复生而是在于"死"。其实，艾贝尔并没有死，而是他的大女儿误以为他已断气。剧作家要将这夸张的甚至虚构的故事写成一幕真实的戏，最根本的是要先将阿米利亚这个误会写得入情入理。阿米利亚自私贪婪，粗俗泼辣，虽被迫和父亲同住，其实毫无感情，甚至希望他早点死，以便拿到遗产。因为她的潜意识中藏有这种意念，所以当她父亲睡得糊里糊涂甚至麻木的时候,她就误以为父亲已死。如果她是一个孝顺的慈善的或者忠厚的女人,遇到父亲"弥留"之时,一定要守候在旁边,那就能够发现老人是否还有呼吸,全身是否已经冰冷。但是阿米利亚是另外一种性格的人,对于父亲漠不关心,而且唯利是图,这才闹出一场笑话。然而艾贝尔并非软弱可欺,而是有主见有心机的老头儿,看到两个女儿都不可靠,早就想好准备修改遗嘱和重新结婚,给自己留一条后路,让女儿沾不到便宜。如果艾贝尔不是这样精明,善于观察,巧于安排,那么这篇喜剧就不精彩而且欠深刻。

20世纪初,英国《泰晤士报》评论家谈到英国喜剧的发展趋势时说:"世态喜剧和阴谋喜剧虽然即将衰亡,但是性格喜剧却会继续保持舞台生命,因为不管发生什么变化,千差万别的性格总是长期存在。"《著名独幕剧七种》的编选者在引用上文之后,接着说道:"《亲爱的死者》是兰开郡作家所写的兰开郡喜剧,本剧全靠鲜明的'性格'以满足观众和演员,否则那就会令人难解。"[①] 认为《亲爱的死者》是

[①] 本剧原文有几种版本。英国"企鹅丛书"中收有本剧。该书编选者附言,见 *Seven Famous One Act Plays*, P.127, Penguin Books LTD, London, 1938。以下所引原文,均据此书。

性格喜剧，这话很有见地。本剧情节虽然有些夸张，但从人物性格着眼，不难找出现实根据，所以可以说是现实主义喜剧。

本剧以父女之间的矛盾为主，以姐妹之间的矛盾为副。伊丽莎白虽像她姐姐一样自私贪婪，但是比她冷静尖刻，经常自以为是，冷酷无情。亨利迟钝呆板，本·乔顿却是一个乐天而又富于幽默感的人。但是他们都听命于妻子，加强了父女之间和姐妹之间的矛盾。

父女之间以及姐妹之间的矛盾，虽是由两个妇女的私心和贪心所引起，但还并不严重而至形成你死我活的冲突，而"死"而复活的父亲始终处于主动地位且能出奇制胜，因此剧中的矛盾不是悲剧性的而是喜剧性的矛盾。这喜剧性矛盾的核心就是庸人自扰——自作自受。喜剧性的矛盾，经常以表里不一互相对照的方式引人发笑。剧本开头，在舞台上的小起居室里，气氛似很严肃。阿米利亚嘱咐女儿去换衣服，交代老人已死，而且妹妹、妹婿马上要到，非常简洁。但是等到亨利上场以后，霍顿就对这个大女儿进行讽刺。

霍顿在剧中运用三件道具，造成强烈喜剧效果。除一双拖鞋外，还有一张镜台和一座时钟。用道具来做戏，观众可以看得一目了然。这是一个下层中产阶级家庭，并不富丽堂皇，没有珍贵物件，而阿米利亚看到并不值钱的拖鞋之类，就要动手，足见她私心之大和贪心之重。阿米利亚精明强悍，想得出做得到，她到楼上拿下父亲的时钟，然后指使丈夫一起抬着自己的旧五斗柜上楼去换父亲的镜台。她先下手为强，不让妹妹沾光。维多利亚这个小姑娘听说父母要将外公的镜台搬下来，想了一下之后，问道："我们要在姨妈伊丽莎白来到以前就去把它偷下来吗？"阿米利亚做了亏心事，想不到女儿先给她打了一棒。

就戏剧情节说，这第一场不过是个引子。伊丽莎白和丈夫上场以后，矛盾开始展开。女儿女婿照例应该先上楼去看望死者，但是他们并不如此。姐妹两人早已反目，现在还是怀着敌意。妹妹随时准备挑衅，姐姐既要自卫又要进攻。她们从丧服谈到请医生，话中都带着刺。妹妹认为姐姐没有请医生来看父亲是个"致命错误"，姐姐忙说："别再说傻话了，伊丽莎白。医生能有什么办法呢？"妹妹反驳道："你不看见有许多人，大家以为他们已经死了很久却被医生救活了吗。"姐姐说："那些都是在水里淹死的人。你爹不是淹死的，伊丽莎白。"妹夫上场后乱说俏皮话，现在又来一句："那倒不必害怕他会淹死。如果世界上有一件他所讨厌的东西,那就是水。"他知道老丈人爱喝酒就来挖苦一下,说他只要酒不要水,另外也有指责阿米利亚过于刻薄,不让老人随便用水。阿米利亚听了恼羞成怒说道:"哎哟!他洗得真是够勤的了!"[①]

这四个人干脆坐下来吃茶点,像没事人一般。关于在报上登讣告的讨论,暴露了他们的庸俗和无知。在谈到老头儿的遗产时,伊丽莎白先发制人,说是当他住在她家时,已将一只金表许给她的儿子,阿米利亚当即表示怀疑。姐妹俩指望死者的保险金,维多利亚说明这天早上外公没进城付款,大家眼看分不到钱,就联合起来咒骂死者,"喝醉酒的老叫花子"。这和大家以前听说他已付过保险金而大加赞美的情形恰成鲜明对照。

在阿米利亚从她父亲那里"偷"来的三件东西之中,要算镜台最值钱,又引人注目。霍顿充分利用这道具,来加强戏剧性。当阿米利亚叙述父亲临死的情况时,谈到她曾将装

[①] 原文如下。Henry: That's when they've been drowned. Your father wasn't drowned, Elizabeth. Ben: (humourously) There wasn't much fear of that. If there was one thing he couldn't bear it was water. 周锡山同志的译文显然是将drownd误作drunken,所以他译成下文。亨利:那是指他们喝醉了酒说的。你的父亲不是喝醉酒,伊丽莎白。本:(幽默地)对此不必有很多顾虑。如果说他有一样什么东西打熬不住的话,那就是水嘛。

着食物的盘子放在"镜台"上。但她立刻意识到她已露了马脚，便连忙改口说是盘子放在五斗柜上。好在她的妹妹和妹夫没有注意，她就掩饰过去。现在她叫维多利亚到楼上去找外公的钥匙，拿来打开"镜台"的锁，看保险金的收据是否藏在里面。这一下便引起了妹妹妹夫的好奇心，要仔细看看镜台。阿米利亚和丈夫连忙掩饰，勉强蒙混过去。霍顿在这里利用"拍卖"和"旧货"，一箭双雕，既讽刺了阿米利亚和丈夫的惊慌失措，又嘲笑了伊丽莎白和丈夫的愚昧浅薄。当维多利亚吓得慌慌张张从楼上跑下来报告外公正在起床，接着艾贝尔穿着袜子而没穿鞋走进来以后，剧情突然发生惊人变化。

老头儿"死"而复生，使得观众和读者觉得十分惊奇，至于他的两个女儿女婿，却是感到惊恐万状。在第一场和第二场戏中，艾贝尔躲在楼上，当然他并不知女儿女婿说了些什么和干了些什么，而明眼的观众和读者，看到他像被蒙在鼓里感到这是一种嘲弄。至于女儿女婿四人，处境非常尴尬，他们愈是窘迫，愈是令人觉得滑稽可笑。

矛盾包含正反两个方面，艾贝尔和两个女儿女婿就处于正面和反面的地位。在第一、第二这两场戏中，两个女儿女婿采取主动，在最后的一场戏中，正面逐步压倒反面。这第三场戏，包含几个层次。首先，老头儿要找到拖鞋。亨利连忙脱下拖鞋，阿米利亚随口掩饰。伊丽莎白看出破绽，当面揭露。阿米利亚不肯示弱，故意叫妹妹向父亲索取金表，使她狼狈不堪。第二，艾贝尔看到女儿女婿都穿着丧服，问起死者是谁。天下本无事，庸人自扰之。但他们又不肯讲实话，反而捏造说死者是一个亲戚，闹出一场笑话。第三，老头儿坐下来吃茶，胃口好，吃得多，他这样沉着冷静，倒使女儿女婿无所措手足。这种情境，实在令人好笑。他谈起刚才只是躺了一下，并没有真睡着，这使阿米利亚和丈夫做贼心虚，惊惶异常。伊丽莎白看到有机可乘，就问父亲躺在床上时看见过什么？艾贝尔回想一下之后，忽然反问大女儿女婿为什么要搬走他房里的镜台？真是无独有偶，壁炉板上的时钟正敲六下，老头儿一望而知，那也是他的东西。二女儿女婿对大女儿女婿本来不满，现在就公开责骂他们是"两面派"，"抢劫"老人财物。老头儿听说他们以为他已死亡，这才恍然大悟他们为什么都穿着丧服。剧情发展到此，似乎可以告一段落，因为大女儿偷的三件东西都已被识破，两姐妹之间的矛盾也已爆发出来，讽刺的目的已经达到。但就艾贝尔的性格而言，这还不能结束。他不是软弱迟钝逆来顺受的人而是成竹在胸早有对策。关于他以前和两个女儿相处的情况，剧中并未详细描写，但就这一天所发生的事来看，不难猜想过去他所受的待遇。从开幕到现在，我们可以说艾贝尔是处于守势，在这以后，他似乎采用攻势。当他发现大女儿在偷抢他的东西，他就说："我想你大约以为我的遗嘱很不公平吧。"这一场从此进入第四个层次，也就是全剧的高潮。

父亲曾经立过遗嘱这一消息，立刻使两个自私而贪婪的女儿从绝望中振奋起来，她们要在父亲面前各自表演一番，以便得到遗嘱上规定的财产。艾贝尔谈到自老伴去世以后，他先后住在两个女儿家里，"我马上要重新立一个遗嘱，凡是将来我死的时候谁和我住在一起，我就把我全部的东西留给谁"。其实他已早有安排，可是并不说破，似乎这还是一个悬案，引得两个女儿又争夺起他这个人来。如果艾贝尔不是这样一个老于世故颇有心机的人，就不会引起这一段戏。两个女儿争着要和父亲住在一起，甚至互相指摘对方不孝顺他。艾贝尔就说他们过去都很无情，没有一个人真心想供养他。两个女儿连忙表示后悔，他认为已经太晚。那么，他以后跟谁住在一起呢？艾贝尔当众宣布，下星期一要做三件事：找律师重立遗嘱，付保险金，到教堂去跟酒店女掌柜结婚。他走出起居室时，反而赞美大女儿将镜台从楼上搬下来是件好事，下星期一他再搬到酒店里去方便得多。这样结局似乎出人意料，但就性格而言又在意料之中。

在独幕剧中，很难写出人物性格的发展，但是必须揭示人物性格的特征。《亲爱的死者》这篇讽刺喜剧的长处，在于情节奇妙，结构完整，性格鲜明，风格清新，寓意深刻。30年代初期，我初读这个剧本，事隔半个世纪再读一遍，觉得这篇喜剧的思想和艺术仍然值得称道。

无情最可怕　纵情胜无情

莎翁悲剧《安东尼与克莉奥佩特拉》

方　平

推荐词

国外有的著名莎学家还认为:"哈姆雷特是莎士比亚所创造的男性中最伟大的角色,正像克莉奥佩特拉比起他笔下的其他女性,显现出远为高大的形象。"

《安东尼与克里奥佩特拉》这一气势宏伟、色彩浓艳的悲剧,大约写成于1606年,正当莎士比亚的艺术才华达到了巅峰状态。它越来越受到现代评论家的推重,认为是莎士比亚四大悲剧之外第五个伟大的悲剧。国外有的著名莎学家还认为:"哈姆雷特是莎士比亚所创造的男性中最伟大的角色,正像克莉奥佩特拉比起他笔下的其他女性,显现出远为高大的形象。"

倾国倾城的埃及女王和为她而牺牲了一切的安东尼,是欧洲历史上的千古风流人物,是莎士比亚笔下的一对不朽的情人;在这一对情侣的旁边,莎士比亚还塑造了一个重要人物的形象,那就是恺撒。以恺撒为代表的冷酷的罗马政治世界,和纵情声色、追求人生欢乐的埃及宫廷,在悲剧中构成了交替出现的两个对立面。在恺撒这个政治家的身上体现了一种冷酷无情的生活原则,这是戏剧的第二个主题。整个戏剧是以"纵情"和"无情"这两个主题交织而成的。

现在我从悲剧中选取三个精彩的片段,用诗体译出,并写下自己的一些体会,希望能帮助读者对贯穿整个悲剧的主题思想有一个大概的认识。让我们先通过第一个片段"议婚",看看罗马的政治世界是怎样处理人和人之间的关系的。

一、议婚

古罗马面临着一场严重的政治危机:庞贝叛乱了。安东尼不得不丢下他正热恋着的埃及女王,匆匆赶回罗马,和恺撒、莱比德斯共同商讨对策。他们三人是罗马的最高领导阶层,称为"三执政"。在三人之中,安东尼是当时举足轻重的第一号政治人物;莱比德斯势薄力弱,无足轻重;恺撒则野心最大,城府最深,蓄意挤掉其他二人,好由他一人独霸;但他又知道,在目前,光凭他一个,或者光凭他和莱比德斯两个,是对付不了那紧急的局面的,必须借重安东尼的威信,出于眼前利益的需要,就得拉拢安东尼,把他们过去的矛盾暂时搁在一边。于是在那唇枪舌剑的政治会谈中,一个建筑在政治联盟上的、毫无感情基础的亲事被提出来了。首先由恺撒手下的部将阿格立巴出面试探(这当然出于恺撒的授意），恺撒本人却欲进故退，喝住他道："别往下说啦，阿格立巴；要是让克莉奥佩特拉听见了，你这胡说八道少不了讨一顿骂！"

安东尼没有理会恺撒话中带刺，不动声色地回他道："我没有配偶，恺撒。"暗示他感兴趣，对方可以把话说下去。这会儿他们虽然谈到了婚姻问题，还谈到女方的美貌、贤惠，却完全排除了感情的成分。唯一的着眼点是当前的政治利益；这其实是罗马两大巨头的政治对话的延续；因此谈婚姻，倒像在谈判一笔买卖，更使人想起两个赌徒在进行一场赌博：上家先亮出一张牌，下家跟进一张牌；然后进入第二轮：你再打出一张，我也陪你打一张……多么有意思啊，我们不妨听一听吧：

——恺撒愿意表示他的意见吗？
——他先得听听对于方才这番话，
安东尼有什么反应。

双方都很谨慎地使用疏远的第三人称口气（不说"你"、"我"，而说"他"），都不动声色，在没有明确对方的意图之前，尽可能避免过深地卷进这个谈判中去。安

东尼要恺撒表态,而恺撒却要对方先拿出一句话来,而安东尼仍然不置可否,却绕着弯子,提出了一个假定,去试探对方的虚实:

——要是我说:"阿格立巴,就这么办吧",阿格立巴有多大权力,可以使它实现呢?
——恺撒有这样的权力,他有权力替奥泰薇雅作主。

安东尼得到了他认为是可以满意的答复,于是在经过两个回合的试探、接触之后,他跨出了决定性的一步:"但愿这良好的愿望顺顺当当,没一点阻碍!……"恺撒当即抓住时机,答应下来:"这儿是我的手。我把一个妹妹给了你。"直到二人成交之后,恺撒才算想起来,总得来一两句带些感情色彩的话替这笔政治交易装点一下:"没有一个兄长爱他的妹妹像我爱她一样。"可是自称爱他妹妹的兄长却并没有问一问妹妹自己心中愿不愿意充当这政治斗争中的牺牲品。最后,恺撒重申了由他妹妹做纽带的政治联盟的必要性:

让她这一生联结我们的王国和我们的心，愿彼此永远不要翻了脸、变了心吧！

这是没有一句提到爱情的买卖婚姻，一旦拉拢关系，达成协议，话题立即转到他们的国家大事去。政治权力才是他们的正经。你只能说：方才很费了些周折的议婚，只是在两个"王国"的双边会谈中，服从于政治需要的一个小插曲罢了。

恩格斯在他的名著《家庭、私有制和国家的起源》中有这样一段论述："对于骑士或男爵，以及对于王公本身，结婚是一种政治的行为，是一种借新的联姻来扩大自己势力的机会；起决定作用的是家世的利益，而绝不是个人的意愿。"现在莎士比亚在"议婚"这场戏里为我们提供了一个多么生动的例证啊。对于革命导师的这段名言，我们有了更深刻的体会。

二、闻讯

我们回过头来，再看看在埃及宫廷里，人和人之间又是怎样打交道的吧。这里正好有一个很富于戏剧性的例子。

安东尼远去罗马，和恺撒的妹妹结婚之后，埃及女王派去的使者急忙赶回来报告这重大的消息，可是心里又害怕得很，叫他说，他偏吞吞吐吐，说不出口，女王不耐烦了，骂道：

> 瞧你这张脸，就没有什么好！要是安东尼自由自在，无痛无恙的，不该让这么难看的一张脸来报告。这天大喜讯！要是有什么三长两短，你就该像头上盘着毒蛇的凶神——还能做个像模像样的人来见我！

克莉奥佩特拉的这番话分明包含着这样一个观念：人的外部表情和他内心的感情活动，应该始终保持一致，以至打成一片。如果人的外部表情（包括语言声调的表达）和他的内心活动配合不起来，不协调，脱了节，那就算不上是一个好人。这也就是说，埃及女王要求一个人的外部表情是他内心世界的一扇窗子；而这内心世界应该像透明体似的，通过外部的表情，纤毫毕露地呈现在人们的眼前。

埃及女王的这一见解我认为非常可贵，表达了欧洲文艺复兴时期热情奔放、争取个性解放的人们对于感情生活的一种强烈的要求。这其实也就是文艺复兴时期的人文主义者对于人的要求是一个感情的人。什么是人？人的特点是在于他的理智、他的感情；不过在戏剧家莎士比亚看来，人的特点首先是一个能够大哭大笑的感情的人。

这也可以说是一种艺术观。一个艺术家必须善于捕捉心灵上的每一个微妙的活动，用与之相适应的艺术形式细致地表现出来，做不到这一点，他就很难希望成为一个优秀的艺术家。

在这场戏里，埃及女王喜怒无常，情绪大起大落，她脸部表情也就刻刻在变化着。她盘问使者，一会儿高兴，一会儿焦急，一会儿大发雷霆，一会儿哄骗，一会儿威吓，只为了要从他嘴里听到安东尼安然无恙的好消息，或者坚决拒绝接受"安东尼已经在罗马跟另一个女人结婚了"的坏消息，逼着使者收回那句她不爱听的话。这当儿的埃及女王像一个宠坏了的小孩儿那样任性任意，无理可喻，还要骂人打人，丢尽了体面，哪儿还有一点女王的尊严；但她毕竟也像小孩儿那样不懂得一点儿虚假。她把自己的一颗心完全坦露出来了：她爱安东尼爱得多么深，在她的生命中一刻也不能没有她的安东尼！

埃及宫廷里的人充满着七情六欲，他们那种只知道寻欢作乐的生活方式你可以批评，但是莎士比亚要我们看到，在那儿，人和人之间却很少隔阂，他们个个都是有说有笑、有血有肉的人。

相反的是，在罗马的政治世界里，每个人的心都是紧紧地包裹起来的，是不容许坦露的，就连他们的脸都仿佛套上了面具似的，表情是僵固的、定型的，和内心的活动是割裂的。埃及女王对于使者的批评：他带来的消息和他脸部的表情乱了套，也可以看作对于罗马政治世界中那些有权有势的统治阶级的批评：外部表情不是内心世界的窗子，而是内心世界的幕幛。

从这个小地方，我们也可以看到，古埃及和古罗马，在这个悲剧里，是奉行着不同原则的两个世界。把这样两个世界衡量一下之后，我们也许可以理解那本来不大可以理解的事了：安东尼下定决心，赶回罗马，正当他重整旗鼓、仿佛另有一番作为的时候，为什么忽然又一下子抛开了新婚的妻子（恺撒的妹妹），不顾利害得失，又溜回到尼罗河边去找他的"小花蛇"（埃及女王）呢？他本是堂堂的罗马军人，罗马政治领袖，可是他在埃及宫廷受到的"情感教育"，潜移默化地把他这个罗马人改造过来了，现在一旦重新跨进那个冷酷的政治世界，他感到扮演那种戴着面具的角色太不好受了，他憋得慌。那种没有感情基础的婚姻也使他难以忍受。这时候，他忽然明白过来了，就像有一道亮光照进他的心里，原来他的故乡是在埃及，不是在罗马！他陷入了自言自语的沉思，有一句话不觉从他嘴边溜了出来："我的欢乐是在东方！"他渴望回到埃及女王的身边，投入她的怀抱。我的体会，他是不顾一切地渴望回到人的感情生活中去，他要松快地透一口气。

使者报讯，在一般戏剧里，无非三言两语交代一下而已；可是这么一个简单的情节，来到莎士比亚手里，却处理得那么有声有色，那么热闹，把人物的性格鲜明地勾勒出来了，把戏剧的主题思想突现出来了，使人好笑又使人感动；正是在这种看似没戏的地方而写出戏来，更足以见出莎士比亚这位艺术大师的功力所在。

三、女俘和征服者的较量

恺撒亲自来到埃及陵墓去看女王时，她已经被软禁起来，成为任人摆布的囚犯了。恺撒自有他的主意：当他耀武扬威凯旋时，如果艳名远扬的埃及女王脖子上挂着沉重的铁链，作为战俘被押载在他的车前，将会引起万人空巷的轰动。他唯恐埃及女王因绝望而自杀，使他的打算落了空，因此特地前来假意慰抚她，好把她稳住。可是女王对他的用意早已料到，她表面上装得非常恭顺，拜倒在他的脚下，实际上是在暗中和恺撒进行一场激烈的较量，这一场戏写得十分精彩，只能出于大家手笔。

恺撒一上场的第一句话就冷得可怕，"哪一个是埃及女王？"躲避在陵墓里的女王身边只有两个贴身侍女，凭穿戴、凭神态，本是一望而知，三个女人中谁是女王，而恺撒居然这样问，除了摆出征服者的威风外，还能是什么呢？他的第一句话就是对于埃及女王的一种侮辱。

女王立即跪下，在跪倒的那一霎间，她已在心里做出了决定，该怎样对付她的傲慢的征服者：以柔制刚——她是个听凭发落的女俘虏，十分卑逊、多么可怜，让对方可以做出宽宏大量的姿态来。恺撒果然表现了他的宽大："起来，你不用下跪。请起来吧，埃及女王。"但其实并没有放松她。这是一个从来不知道什么叫宽大的人而在装出一副宽大的姿态：

你加于我们的伤害，虽说刻进了我们的肉里，这笔账，我们就不记了，只当做一时之间的过错好了。

女王立刻明白恺撒说的是什么（把安东尼从他妹妹那儿夺了过去），她也不把事情点破，非常得体地用几句空泛的认错的话把事情应付过去：

全世界唯一的主人，我没什么话好替自己辩白，除非承认我也像世上的女人一样，在我身上免不了沾染着许多可耻的女性的弱点。

"女性的弱点"，这话值得注意，她在暗示对方：我是个女人，是软弱的、脆弱的、意志薄弱、经不起考验、可以被征服的女人。然而"女性的弱点"也可以成为女性的一种特殊力量。埃及女王真像一位超级象棋大师，对方走了很凶的一着，她马上挡了回去，而且乘机反守为攻，采取主动。在她生命的最后阶段，她再一次施展女性的手腕，借女性的柔声下气、那楚楚动人的风韵，很有节制地、但是不放松地向恺撒展开进攻。当年埃及女王和安东尼会面，怎样施展女性的魅力，使他堕入情网，戏剧中没有直接表现；眼前的克莉奥佩特拉多少使我们想起了当年的千娇百媚的埃及女王。

如果认为,埃及女王施展手腕是想叫恺撒来顶替安东尼留下的缺,那就像把女王的殉情看成只是为了逃避做俘虏的可怕命运,那样的理解过于浅近了。

我国有句很好的话:"曾经沧海难为水",安东尼可以把他的事业、他的权势、他的雄心壮志,还有他看得那么重要的军人的荣誉都牺牲了——牺牲一切,为了克莉奥佩特拉这一个女人。在千军万马中、正和敌人作生死搏斗之际,安东尼作为三军统帅,竟可以丢下部队,跟着埃及女王临阵脱逃!这当然是奇耻大辱,但是女王的心里明白,天下再也找不到第二个这样伟大的情人了。最后,安东尼又为了她而献出了自己的生命。有这样一个伟大的人物做她的伟大的情人,埃及女王可以死而无憾了。尝过这样浓烈的爱情的美酒,难道女王还会稀罕恺撒给她送上一杯淡而无味的白水吗?她不仅看不起恺撒的圆脸的妹妹,就连恺撒本人她也没看在眼里,说他是个"无聊的人"。她一心一意要追随在地下等着她的安东尼。那么她为什么要特意在恺撒面前显示出可爱的"女性的弱点"呢?争取恺撒的好感,为她的儿子争取较好的政治待遇,这是可以理解的动机;但更重要的是,既然恺撒亲自来了，彼此面对着面，她就要跟他当场较量一番，看看你恺撒究竟是怎样一个男人，要把他和她的安东尼做一个比较。她和恺撒较量的手段，就是所谓"女性的弱点"。

可是她没有想到，就在这场较量中，她的手下人竟出来告发她（可能这个人给恺撒收买了），她很巧妙地马上把话转过来，做出了听来很合情理的解释，于是她乘机装出一副可怜相：

> 要知道，我们，万人之上的大人物——别人作了孽，都怪在我们头上；我们一旦倒下来，就得用本人的名义去承担别人的罪过。所以我们应该得到同情呀。

当她说到"我们"，把乞求安慰的眼光直望着对方的眼睛时，这其实就是一次向恺撒的进攻。然而从对方的眼里她却看不到一点反应。她得到的只是居高临下的、几句动听的空话。恺撒对他此来的目的十分明确。他看准了两点：第一，她可能要自杀；第二，对自己的孩子的命运，她是关心的。因此除了假意慰抚她，叫她放心好了；他还发出了警告，威胁她：要是你走安东尼的路，使我蒙上凶恶的名声，那么你将要失去我的好意，你的孩子们难逃一死。

埃及女王并没被几句空话骗过，恺撒一走，女王就气愤地连声呼喊道："他在敷衍我，姑娘们，他在敷衍我！要叫我做一个辱没我自己的人。"方才，她在恺撒面前故意施展女性的妩媚，我们很可以说，就好像在发射出一种特殊的超声波，给恺撒的身体内部进行一次扫描，"检查"的结果，使她受到极大的震动，她生平还从来没有碰到这样一个可怕的人。他能算是个男人吗？时机太紧迫了，本来她也许会叫喊起来，就像上次接见罗马来的使者时那样：

他和马克·安东尼是多么不同啊！

也许她还会加上一句，是怎样的不同：

在他胸腔里，没心没肺，没一滴血！

虽然只有一次小小的接触，在这世界上再没有谁比克莉奥佩特拉对恺撒更了解了。埃及女王是一个完全沉溺在感情生活中的女人，从她眼里看来，这种冷血动物简直不成其为人。在这个悲剧中，恺撒虽然取得了最后胜利，他却使我们不寒而栗，觉得这样的人不值得羡慕，因为他不需要友谊，他不懂得爱情，只知道冷酷地用心计追求他的权势。安东尼和埃及女王虽然是一场政治斗争中的失败者，可说是自取灭亡吧，因为我们清楚地看到了他们身上的缺点，但是我们的同情却涌向他们！在安东尼自杀后，莎士比亚通过剧中人物，说得好："天神给我们缺点，使我们成为人。"这一对情人，虽然有缺点，他们是人，是有血有肉的人；是通过现实的教训，有可能改正、提高的人。剧作家仿佛要对人们说：无情最可怕，纵情胜无情。这其实也就是整个结构宏大的悲剧的主题思想。当然，主题思想的重点是在前半句；肯定及时行乐的纵情，那只是在一定条件下的肯定，是有所保留的肯定；而批判却是绝对的：无情最可怕。

是故弄玄虚,还是暗含禅机?

评贝克特的《等待戈多》

仵从巨

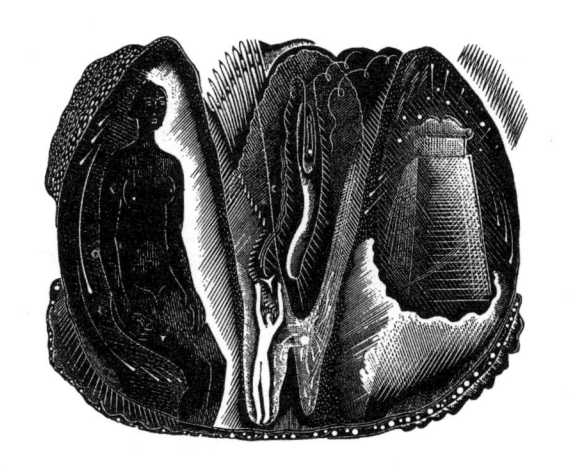

作者介绍

仵从巨，1951年生。山东大学威海分校新闻传播学院院长，山东大学博士生导师。

推荐词

"戈多"是谁或代表什么？对此，有说"上帝"的〔"戈多"，Godot，其字形与音和"God"（上帝）相近〕；有说是19世纪小说家巴尔扎克笔下一位人物（名Godeau）；又有说是一位自行车赛手（名Godean）；还有说是象征"希望"。当有人问及始作俑者贝克特，得到的回答竟是"我要是知道，早在戏里说出来了"。然而比"戈多是谁"更重要的又一谜语是：贝克特要表达什么？他要向我们传达一个怎样的主题？

贝克特（1906—1989）的大名是因1953年上演的荒诞剧《等待戈多》而广为人知的。但此前，他已有了23年的写作历史。在长达六十余年的创作史中，他拥有长篇小说7部、短篇小说集两部、二十多种剧作以及多卷诗集，实绩可说丰厚。像他自己所特别看重的一样，他首先是一位现代主义小说家：他曾被42家出版社拒之门外的长篇处女作《莫菲》（1938）被有的评论家视为20世纪的杰作；《瓦特》（1944）及三部曲《摩洛依》、《马洛纳之死》、《无名的人》（1951—1953）等亦有极大的声誉。但这些小说，从未获得过世俗意义上的成功：小说中对内心的穷究不舍、喃喃自语的独白、满篇皆是的隐喻、人物的消解与最终的抽象，以及关于"人的存在"这样的冷峻话题，都弥漫着浓郁的"乔伊斯式"的阴影。因之，它们最终成了专家学者案头洞隐索微的"文本"。不要说读者对之敬畏，就是作者自己，也在这严肃而苛酷的创作过程中感到精神的极度紧张与疲惫。他说："当时的生活，紧张，可怕，于是我想戏剧或许可以把我从这种生活引开"，"我转向戏剧写作是为了把自己从散文写作施加给我的可怕的抑郁情绪中解放出来"。于是，就有了这宕开一笔的《等待戈多》，就有了他舞台生涯的肇始，就有了他荒诞派戏剧无出其右的盟主地位，就有了他持续不断的辉煌，也有了他1969年从103位诺贝尔文学奖候选人中的脱颖而出——这可是包括戴高乐、卓别林、纳博科夫、索尔仁尼琴等在内的一群。这或者可以看作文学史上"无心插柳柳成荫"或"歪打正着"的一个范例？

作为荒诞派剧作家的贝克特为人推崇的剧目包括《残局》（1957）、《最后一盘磁带》（1958）、《快乐时光》（1961）等；《等待戈多》最负盛名，时今已是公认的荒诞派戏剧的经典、当代戏剧的经典，它在风格上的完美已使它成为戏剧史上一座"思"与"诗"的华美建筑。

《等待戈多》是两幕剧，但第一幕中"近郊、小道、枯树、土墩"的冷清场景在第二幕中除了枯树上添了几片叶子外了无变化。观众可见的，只是两个肮脏的流浪汉——弗拉基米尔、艾斯特拉冈或狄狄与戈戈——在黄昏时分等待着一位名叫"戈多"的人。其间，有叫波卓与幸运儿的一对主仆来而又去，幸运儿奉主人之命发表了一通天知道是什么内容的所谓演讲。当一位充当戈多信使的小孩跑来告知戈多今天不来"可是明天晚上准来"后，两位流浪汉又进入了新的但又是同样场景的等待。在第二幕，波卓与幸运儿再次登场了，可此时已是一人瞎一人哑了，而时间不过是一夜之隔。可是戈多仍然没有来：又是一个孩子充当信使，重复了同样的口信。两个流浪汉又进入了不知所终的等待中。

这样的一部戏竟然大受欢迎：连演四百多场，成为歌楼酒肆的话题（一人戏问：你在干什么？一人趣答：我在等待戈多）。但对《等待戈多》的解释却有如破谜——仁者说仁，智者说智，众说纷纭，莫衷一是。

谜语之一是："戈多"是谁或代表什么？对此，有说"上帝"的（"戈多"，Godot，其字形与音与"上帝"God相近）；有说是19世纪小说家巴尔扎克笔下一位人物的（名Godeau）；又有说是一位自行车赛手的（名Godean）；还有说是象征"希望"的。当有人问及始作俑者贝克特，得到的回答竟是"我要是知道，早在戏里说出来了"。大概只有上帝知道这话是真心还是作者故弄玄虚的云遮雾罩。但分析起来，似乎"上帝说"或"希望说"更妥帖些：生活在荒诞世界中的人们，抱着得救的希望，等待着"戈多"的拯救；但"不来"是戈多的本性，于是人们便永远在对戈多的等待中等待着永远不会到来的戈多——这一解释被精辟地概括为"人类在一个荒诞的宇宙中的尴尬处境"。

然而比"戈多是谁"更重要的又一谜语是：贝克特要表达什么？他要向我们传达一个怎样的主题？对主题的理解亦众说不一。有"原罪与救赎说"——人类背负先祖亚当夏娃偷食禁果的原罪而期待最终的救赎；有"消磨生命时光说"——生存在无聊、痛苦与无望中，人在习惯与琐屑中贱掷生命；有"人之生存状况说"——它从形而上的抽象意义上揭示了人类生存状况的本质。多义的解说乃是剧作含义丰富性、模糊性、不确定性（这是后现代主义的基本特色之一）的证明。但从大体上去把握，"人之生存状况说"却更接近《等待戈多》的事实：两个流浪汉几无休止地玩帽子、脱靴子、吃萝卜、抢骨头、空谈闲扯、对骂拥抱、上吊寻开心，这实在是将看似漫长的人生分解并具体化地审视之后，人生琐屑无为、机械重复、了无意义的生存状况的写照。想象中的辉煌生命在恒久无限的宇宙时间中不过是永恒黑暗里的瞬间闪光："他们让新的生命诞生在坟墓上，光明只闪现了一刹那，跟着又是黑夜"（波卓语）；生命只是在填充时间的容器，人生充满无聊：戈戈与狄狄一次次发问"咱们干什么？"；人生也充满了孤独与恐惧：狄狄求戈戈"你别睡着"，"我觉得孤独"，可戈戈不堪噩梦的重负要讲给狄狄听时，狄狄大叫"别告诉我"，因为"我害怕"。这是何等悲凉的一种境况！已在"习惯"的作用下渐渐变得麻木的人类自欺地创造了神秘的戈多，以此为自己制造"生存下去"的根据，也获得精神上的慰藉与支持。于是，对戈多的漫长等待，在等待中的无尽折磨与频频失望，以及新一轮次的循环如同两幕相同的戏不断地上演下去。这充满"无聊"、"孤独"、"恐惧"、"无望"的戏剧便成为人类生存的全部内容。应该说，贝克特阴冷而成功地表达了他关于世界荒诞、人生苦难、前途悲观、意义空无的形而上认识。

这一成功的获取与他以直喻的方式呈示的荒诞的舞台形象相关：凄冷的荒郊、无生机的枯树、猥琐的流浪汉、神秘的戈多、幽灵般的信使、死灰色的黄昏、蜿蜒蛇行的小径等等，都以直接的形式传达并扩散贝克特世界的信息。而且，他反戏剧的无冲突（你找不到足以构成戏剧性的矛盾）、反因果律的无情节（你无法理出事物之间的因果联系），又准确表达了非理性主义的"荒诞"、"偶然"、"无意义"的观念。在语言上，《等待戈多》也给人极深刻又极怪异的印象：人物问答非所问、语无伦次、自说自话，令观众读者丈二金刚摸不着头脑。贝克特甚至使无言的"沉默"也成为语言：剧中几十次出现"沉默"、"长久的沉默"这样的戏剧提示——当人与人之间的阻隔与孤独使他们不能交流、无法交流时，"沉默"岂不是最得体、最好的语言？但并非所有的语句都是不知所云的"胡言乱语"，剧中也时有警句或充满禅机的智语迭出。不妨品味如下的句子："脚出了毛病，反倒责怪靴子"；"连笑都不敢笑了"，"真是极大的痛苦"；"世界上的眼泪有固定的量。有一个人哭，就有一个人不哭，笑也一样"；"没什么事发生，没人来，没人去，太可怕啦"；"最可怕的是有了思想"；"双脚跨在坟墓上难产。掘墓人慢吞吞地把钳子放进洞穴。我们有时间变老。空气里充满我们的喊声。可是习惯最容易叫人的感觉麻木。"对诸如此类的句子，虽然我们不能自信地说它的所指是"什么"或不是"什么"，但却可以自信地说它的所指复杂而丰富。可以说，在《等待戈多》中，荒诞的内容与荒诞的形式二者如血肉般融成一有机体。用贝克特论及意识流大师普鲁斯特和乔伊斯的写作时的一个妙喻就是：这是一个众神时代才有的形（形式）与意（内容）统一的象形文字（作品整体乃一浑然的艺术形象）。使用方块字的中国读者于"象形文字"当是心有灵犀了。

回顾贝克特的创作，可以发现，他从创作伊始便以人的"内心"为艺术的"焦点"，以人物的"独白"（自语）为形式，在"静"与"无"中（"什么也没有发生"）呈示世界的荒诞、人生的无奈与绝望。并且，在六十余年的漫漫岁月中，这一目标从不曾游移。矢志如一于"荒诞"的关注与表现，即使在荒诞派剧作家中，他也是忠贞不贰的唯一者。这种超越纷繁驳杂的日常生活之上的哲学高度与宏阔幽深的宽广视域体现着一位思想家、信仰者、艺术家伟大的人格力量。大哉贝克特！自然，贝克特是悲观的。他眼中的人与世界是堕落、痛苦的，"但是如果了解人的堕落会加深我们的痛苦，则使我们更能认识人的真正价值。这就是内在的净化及来自贝克特黑色悲观主义的生命力量"（诺贝尔文学奖授奖辞）。

贝克特赢得了世界的理解与尊敬，但他一生都在杜门避嚣，寻求隐士般的静处。当他荣获1969年诺贝尔奖的消息传来，平日无所不知无处不在的记者们却无头苍蝇般四处乱撞，到处找不到大奖得主的行踪。贝克特说，深沉的艺术家"应当深居简出"，因为"思维开发的唯一途径在于沉思……孤独乃艺术上的良伴"。甚至连他1989年12月22日的死讯，也是在4天之后才为世人所知。这也许是贝克特之成为贝克特的要因？更具象征意义的是：他最后的出版物是1986年写就的、钟爱一生的小说：文本共1801字，用超大字号，印单行本，限印200册，定价100英镑，标题则是暗含禅机的"静止的走动"——这大概是舞台上的戏剧大师、杰出的小说家、人群中的悄然隐士的贝克特先生最富意味的人生谢幕了。

（《等待戈多》，施咸荣译，见《荒诞派戏剧选》，外国文学出版社，北京，1983年8月出版。）

莫里哀的"伪君子"

答丢夫形象简析

程继田

作者介绍

程继田,1934年生,笔名程文、程思。安徽歙县人。1959年毕业于南京大学中文系汉语言文学专业,退休前为山西大学中文系教授。

推荐词

莫里哀,在他的30年艺术生涯中,以其民主主义思想、现实主义精神、卓越的喜剧才能、精湛的艺术技巧,开创了法国古典主义喜剧,塑造了一些永远值得人们注目和欣赏的艺术典型。《伪君子》中的答丢夫,就是其中的代表。

《伪君子》的作者是不可能被人们忘记的。

——别林斯基

的确是这样。《伪君子》的作者，17世纪著名的法国古典主义喜剧家莫里哀，虽然离开人世已经三百多年了，但他的名字并没有随着时间的流逝而被人们忘却。任何一个伟大作家的名字，总是伴同着他的名著，尤其是伴同着他塑造的杰出艺术典型的流传而铭记在人们的心里。莫里哀，在他的30年艺术生涯中，以其民主主义思想、现实主义精神、卓越的喜剧才能、精湛的艺术技巧，开创了法国古典主义喜剧，塑造了一些永远值得人们注目和欣赏的艺术典型。《伪君子》中的答丢夫，就是其中的代表。

答丢夫是一个伪君子的典型。他的性格的基本特质，或者说他的主导性格是虚伪。莫里哀紧紧抓住这一主导性格，从多方面加以刻画。

首先,作者从答丢夫的外形和他的生活细节来揭露他的虚伪性。虽然,他把自己装扮成一个一心向着上天的"苦修士",口口声声宣传"苦行主义",但他从未忘记人间的烟火,一点也不放过世俗享受的机会。你看:他长得"又胖又肥,红光满面";他贪吃爱睡,一顿饭就"很虔诚地吃了两只竹鸡,外带半只切成细末的羊腿",吃饱后,"甜蜜的睡意紧缠着他","躺在暖暖和和的床里,安安稳稳地一直睡到第二天的早晨",吃早饭时,又"喝了四大口葡萄酒"。从外表到行动,他哪里像一个"苦修士"呢?

接着,作者又从"贪色"上撕破他的画皮。他一出场,见到桃丽娜穿着裸胸的裙子,顿生淫念,但他还要假正经,俨然摆出一副"信士"的架势,一面掏出一块手帕交给桃丽娜,一面用教训的口吻说:"把你双乳遮起来,我不便看见。因为这种东西,看了灵魂就受伤,能够引起不洁的念头。"真是此地无银三百两,一语道破了他那肮脏的内心世界。如果说,在桃丽娜面前,他还装蒜,用虚假的言辞和动作来掩盖内心的淫念,那么,在他所追求的欧米尔面前,他的色相就毕露无遗了。当他一听到欧米尔要和他说几句话,马上显得特别温柔；当他一见到欧米尔，简直是心花怒放，毫无忌讳地施展他的"求爱"伎俩了。先是以"关心"对方的健康来表达他的"赤诚"之心，继之，以最动听的言辞发泄他的情欲。而且，还把自己的无耻情欲说成是对上帝的敬爱。你听：

> 从上帝身上反映过来的美，本来就在你们女人身上发着异彩，可是上帝又把他老人家稀有的珍品都陈列在您一人身上：他把那迷人眼、动人心的美，都放在您的脸庞上面，所以我一看见您这绝色美人，就禁不住要赞美手创天地的万物之主，并且面对着一幅上帝拿自己做蓝本画出来的最美的像，我的心不觉就发生了一种炽烈的情爱。

说的是多么好听，装的又是何等的圣洁啊！到了第四幕第五场，他这副"圣徒"的伪装完全脱去，露出一副淫夫的面目。欧米尔要他解除与她的继女的婚姻，他却要以先从她身上得到"实惠"作为保证，并再三表示，没有得到"实惠"，他是不肯答应的。更为无耻的是，他还为这种"实惠"进行辩护和说教："一件坏事只是被人嚷嚷得满城风雨的时候才成其为坏事;所以叫人不痛快,只是因为要挨大众的指摘,如果一声不响地犯个把过失是不算犯过失的。"他遵循的原是这样一套淫夫和骗子的道德。从上面的分析中,我们可以清楚地看到,"贪色"是答丢夫的本性。令人称赞的是,作者并没有停于对他的贪色的夸张和渲染,而是着力于揭露他的丑恶的内心世界和腐朽的道德观念,这就加深了形象的深刻性,而使整个作品有别于一般的色情文学。

答丢夫,对女色是如此贪婪,对"财"又是如何的呢?他是既贪又狠。作者也正是通过这方面的刻画,进一步揭露他的伪善面目。平时,他把自己装扮成一个没有利欲的宗教布施者。当奥尔恭在教堂里和他相遇,见到他的"窘状",拿出钱来接济他时,他每次都很客气地退还一部分,而且还说:"一半已经太多了,我实在不配您这样怜恤我。"要是奥不肯将钱收回,他就当着奥的面把钱散发给穷人。他就是用这副假象骗取了奥尔恭对他的信任,使他成了他的俘虏,上了他的大当:把他引入家中,打算把女儿嫁给他,决定把全部财产的继承权赠给他,甚至还把政治秘密告诉他。可笑的是,当克雷央特指责他不该继承别人的财产时,他居然还以"人类的造福者"的口吻为自己的利欲熏心和掠夺行为进行辩护：

> 世界上的一切金银财宝，我看了都无所谓，财宝的迷惑人的光辉是迷不住我的眼睛的。我所以决定接受他父亲愿意赠给我的这份产业，老实说，乃是恐怕这份产业落到坏人手中；怕的是有些人分得了这笔钱财拿到社会上去为非作歹，而不能照我所计划的那样拿来替上帝增光，来替别人造福。

明明是贪婪钱财，却硬说看了"无所谓"；明明是夺财利己，却硬说是"替上帝增光"和"替别人造福"。这真是好话说尽，似乎唯有他才是世界上与利无争的"最善良"的人。然而，当奥尔恭当场捉住他勾引他的妻子，要把他赶出家门时，他马上露出一副狰狞面目：

> 别看你像主人似的发号施令，可是应该离开这儿的却是你，因为这个家是我的家……

至此，他所有的伪装都脱去了，恫吓威胁，倒打一耙，恩将仇报，什么手段都施出来了，完全是一副恶汉的鬼脸和心肠。最后，他竟然利用法律，串通法院，要把奥尔恭一家赶出家门，并且还亲自带领侍卫前来拘捕奥尔恭，可谓凶狠到了极点。

在艺术上，作者还运用卓越的技巧去突出和渲染答丢夫的性格特征。有几点是值得提出来的。一是通过场面的巧妙安排来突出他的性格。在一、二幕，作者没有让他登场，而且，通过奥尔恭和他的母亲柏奈尔夫人对他的颂扬，突出和渲染他的假象；在第三幕，他一出场，让他向欧米尔求情，当众出丑；接着，又通过嫁祸于人、寻欢作乐、恩将仇报等场面，进一步撕去他的画皮。这样，前后形成鲜明的对照。二是通过选择典型的事件来展示他的性格。像答丢夫在教堂里的"虔诚"祷告，来到奥家所干的勾引奥妻、掠夺财产以及前后带领侍卫前来拘捕奥尔恭等事情，都很有典型性，作者就是通过这些事件来揭露他的虚伪性的。三是通过答丢夫自身的外表与内心、言词与行动的矛盾来刻画他的性格。喜剧家往往通过形式与内容的矛盾，暴露、嘲弄和挞伐生活中的丑恶现象。莫里哀也是运用这一喜剧表现手法来揭露答丢夫的虚伪性：他口头上宣传"苦行主义"，实际上却大吃大喝，他表面上"把全世界看成粪土一般"，不屑一顾，实际上是唯利是图，既贪财又爱色；他外表装成"仁慈善良"的样子，其实他心狠手毒，无恶不作，如此等等。由于作者从答丢夫的内在矛盾中去展示他的性格特征，这就不仅加强了对他的恶行的批判力量，而且使这一形象具有喜剧性。四是运用性格化的语言，使答丢夫的形象更加鲜明。他是一个宗教骗子，满口伪善的调子，句句不离上帝，许多话都是从《圣经》里摘录来的，他的语言具有夸张、堆砌、藻饰的特点，而这正好表现了他的虚伪性格。比如，他对欧米尔只是一种兽性的需要，谈不上有什么感情，但他一见到她就说："我愿上帝大发慈悲保佑您的灵魂和身体全都健康，并且还保佑您的生命，正如侍奉上帝的人群中最卑微的我所祝愿的一般。"显然，只有骗子，才会说出这样肉麻的话。

正因为如此，答丢夫的性格是鲜明的，也是丰富的，具有个性特征，并不显得单一。虚伪性是他的性格的外在表现，贪财爱色、阴险狠毒，才是他的性格的内在实质。只注意答丢夫性格的外在性，而不注意他的性格的内在实质，是不可能全面了解他的性格的，同时，也不可能正确评价答丢夫的形象在莫里哀的整个创作中的地位，因为答丢夫形象的塑造，标志着作者已把风俗喜剧和性格喜剧完美地结合起来了。固然，莫里哀在人物形象的塑造上，基本遵循着古典主义的一条美学原则——类型化。古典主义者认为典型就是类型，所以他们只注意人物性格的普遍性和代表性，而忽视人物性格的个性特征，只着力人物的主导性格的刻画，而忽略人物的其他性格特征的描写和刻画。因此，他们笔下的人物性格，往往是单一的。但是，莫里哀在塑造答丢夫这一形象时，却不完全如此。他虽然突出了答丢夫的虚伪性，在他身上概括了一切伪善者的特征，但是，他也同时揭露了他的贪婪、奸诈、冷酷、狠毒等性格特征。应当说，这是莫里哀在人物塑造上的一个突破。我想，答丢夫之所以被列入文学史上的不朽艺术典型之内，其原因也就在于此。

毫无疑问，答丢夫的形象有着深刻的社会意义。莫里哀对答丢夫的恶行的批判，是对贵族阶级和君主专制政权的支柱——教会的批判。据剧本的交代，答丢夫原是外省的一个没落贵族，"他的产业都是本地出名的好采邑"，后来他穷了，于是他走上宗教的道路，混进良心导师的队伍，打着敬仰上帝的旗号，干着利己害人的勾当。这就点明，答丢夫不是一个普通的人物，而是一个封建贵族的代表，他的性格特征和恶行乃是封建贵族的阶级本质的表现。所以，作者对他的揭露和批判，也就是对整个封建贵族阶级的揭露和批判。

还要指出：答丢夫式人物的出现，不是偶然的，它是时代的产物，答丢夫的恶行反映了当时教会势力的猖獗。17世纪60年代，法国宗教黑势力相当雄厚，它的伪善几乎遍及整个上层社会，包括以皇太后为首的许多皇亲国戚和达官显贵。早先建立的反动天主教组织"圣体会"的活动也很频繁。这个组织极端仇视异教徒、无神论者、自由思想者，以及一切反对教会和君主政体的人们；它披着慈善事业的外衣，行使警察特务的职能，暗中监视居民，陷害信仰自由的人们；此外，它还竭力宣扬禁欲主义。而答丢夫的形象，则是这一社会现象的典型反映。因此，作者无情地揭露、批判答丢夫的恶行，实际上是站在资产阶级的立场上同反动教会进行的一次勇敢的斗争。由于这个原因，该剧遭到禁演。莫里哀在《伪君子》第三版序言里，愤愤不平地写道："呈献给诸君的这部喜剧已引起许多争议，遭到长期迫害；由此可以看出，书中所勾画出来的人物在法国所占的势力比我迄今所描写的各类人物要雄厚得多。"这是对答丢夫形象的社会意义的最好说明。

细微刻画女性心理的变化

拉辛写《费德尔》

余凤高

推荐词

"三一律"是法国古典主义对剧作表现内容在时间、地点、情节上所规定的三项原则。遵守"三一律"即意味着一出戏要以一个情节为限,它发生在一个地点,并于一天之内完成。除此之外,还有一些与之有关的规定,如整个戏一般都限于五幕,特别是它的情节内容必须"肖真",等等。让·拉辛的作品代表了法国古典主义悲剧的巅峰。

在今天的剧作家看来,在戏剧创作时强调遵从所谓的"三一律"(Unities),可能就有如"戴着脚镣跳舞"。但是当维克多·雨果的浪漫主义悲剧《爱尔那尼》(1830)在激烈的倒彩和暴力中演出之前,它作为新古典主义的重要准则,一直是被严格遵守的,尤其是在这位诗人的祖国法国:彼埃尔·高乃依的《熙德》是法国第一部古典主义悲剧,让·拉辛的作品代表了法国古典主义悲剧的巅峰。

"三一律"是对剧作表现内容在时间、地点、情节上所规定的三项原则。遵守"三一律"即意味着一出戏要以一个情节为限,它发生在一个地点,并于一天之内完成。除此之外,还有一些与之有关的规定,如整个戏一般都限于五幕,特别是它的情节内容必须"肖真",等等。所谓肖真,它包含了三个层面:真实感、道德观和通性。真实感是指戏剧的题材必须摒弃生活中不可能发生的事情,除非是古希腊神话或圣经故事等古老传统的一部分，但即使采用这类题材，也得尽量减少它的分量；道德观是指戏剧应展示理想的道德模式，具有道德教训，因为上帝是全能而公正的，所以善和恶必须得到应有的报偿，以显示终极的真理；通性是指无论真实感或者道德观，都应从同类现象中去寻求，需排除任何可以变动的特征和偶然的例外。可以想象，这些规定是多么的严格，以至美国印第安纳大学戏剧系教授奥斯卡·G.布罗凯特在他的《世界戏剧史》中谈到新古典主义的这些基本原则时，非常惋惜地说它们"严重地影响了戏剧的写作和演出"。但是拉辛却没有把这些规则视为是一种束缚自己的脚镣，他在《费德尔》的创作中令人信服地表现出，他既严格遵从了新古典主义的种种规则，又能自如地将人物的性格和内心冲突都表现得丝丝入扣、细致动人。

让·拉辛（Jean-Baptiste Racine，1639—1699）生于巴黎东北拉菲尔·戴—米龙的一个职位卑微的赤贫的财政官员家庭，一岁时母亲就去世，三岁又死去了父亲，九岁开始由笃信詹森教的外祖母和舅母收养，被送进巴黎附近的一个隐修院。詹森教是佛兰芒天主教改革运动的创始人高乃依·奥托·詹森和他的信徒们在荷兰的乌得勒支建立的一个独立教会，一直对天主教会持反对态度，向为当局所嫉恨。此隐修院是这一教派的门徒们的活动中心。这里有不少杰出的学者对《圣经》和早期教父们的著作都有严谨的研究，不用说，他们对希腊文、拉丁文的造诣自然十分深厚。拉辛在攻读希腊文、拉丁文时得到他们的教育和指导，打下了良好的基础。在此期间，拉辛广泛涉猎、认真钻研古希腊文学，特别是古希腊伟大的悲剧作家索福克勒斯和欧里庇得斯的剧作，他甚至整段、整篇都能够背诵出来。

1658年，隐修院被皇室查封，拉辛转巴黎学了一年的法律，找到一份工作，开始接触到当时文学界的一些人士。1660年，未来的太阳王路易十四结婚，巴黎举行隆重的庆祝盛典，拉辛也跟着写了一首颂歌，显露出他的诗才，引起人的注意。一年后，他又去南方舅舅身边学习神学。但是拉辛不喜欢神职人员的工作，于是不久就又重返巴黎，并希望从事文艺创作，认为这是通往成功的最佳的途径。

先是在1663年，拉辛发表了一首名为"颂我王康复"的颂诗，博得路易十四的青睐，并领到宫廷颁发的年金，为以后太阳王作他的保护人奠定了基础。从此，他开始走上专业创作的道路。随后，也就在同年，他认识了喜剧天才莫里哀。莫里哀当时正领导一个剧团，与意大利剧团一起获许共同使用王宫剧场，每周各演三天，并私下接受委托为人写作剧本。1664、1665年，拉辛先后写出了他的第一部悲剧《德巴依特或兄弟仇隙》和悲剧《亚历山大大帝》，由莫里哀的剧团上演。虽然拉辛由于对莫里哀的演出风格感到不满，后来将剧本交另一个剧团演出，但这位年轻剧作家在创作中所显露出来的才华，开始为人所认识。在看了他的悲剧之后，一位著名的批评家感叹说，现在，他不再为高乃依的年老而担心后继乏人了，他相信拉辛有一天定能取代他的地位。果然，两年后，拉辛的表现疯狂和狂热的爱情的悲剧《安德罗玛克》一上演，就立即引起巨大的轰动，不仅为他赢得了荣誉，还为他奠定了在法国文学史上的地位。在此以后的十年里，他又陆续写出了《布雷塔尼居斯》、《贝蕾妮丝》、《巴雅泽》、《米特里达特》、《伊菲热妮》，和他最成熟的悲剧《费德尔》。到这里，他的文学声誉已经到了顶点，虽然当时他还不过只有35岁。

拉辛的《费德尔》的故事来源于古希腊神话。

雅典国王忒修斯（Theseus，Thesee）和安提俄珀的儿子希波吕托斯（Hippolytus）是一个纯洁而正直的年轻英雄，他从赫拉克勒斯、阿喀琉斯、伊阿宋等英雄的师傅，"马人中的智者"，以医术、音乐、体操、狩猎和预言之术而闻名的喀戎那里学会了狩猎之后，就与月亮和狩猎女神阿尔忒弥斯做伴，终日在密林中追逐野兽。能够与阿尔忒弥斯有非凡的交往，希波吕托斯感到非常自豪，从而拒绝了其他女性，甚至包括阿佛洛狄忒的爱情。阿佛洛狄忒被他的嘲笑所刺伤，心中十分不快，便唆使忒修斯的第二个妻子，也就是希波吕托斯的继母费德尔（Phaedra, Phedre）去爱他。费德尔在希波吕托斯的身上看到了他父亲在形体、风度和内在美德等方面的影子，对他产生了狂热的爱。但希波吕托斯拒绝了她的要求，于是费德尔陷于痛苦的单恋之中，最后自杀而死；但留下遗言，诬陷说希波吕托斯污辱了她。虽然希波吕托斯为自己的无辜提出抗辩，忒修斯却拒不相信，先是将他放逐，后又将海神波塞冬送给他的三个诅咒中的一个降到他的身上。因之，当希波吕托斯赶着马车经过萨兰尼克海湾（Saronic Gulf）时，海神就从波浪中放出一头凶猛的公牛。希波吕托斯的马看到这头公牛，受到了惊吓，把希波吕托斯从车上摔下拖死。故事后来还说到希波吕托斯死后，阿尔忒弥斯很是伤心。出于钟爱，她说服了医神阿斯克勒庇俄斯，将这位美貌的青年猎手救活了过来,等等。

费德尔和希波吕托斯的故事,古希腊的欧里庇得斯曾经采用过,写出了悲剧《希波吕托斯》;古罗马的悲剧作家小塞内加也采用过,写出了《费德尔》,不过都不如拉辛的著名。虽然拉辛的悲剧《费德尔》故事也来源于希腊神话,甚至可以被认为是根据欧里庇得斯的《希波吕托斯》而写的,但是从题材的取舍、人物性格的刻画上,尤其人物心理的分析上可以看出,拉辛的《费德尔》明显地超出了欧里庇得斯的《希波吕托斯》,显示了拉辛突出的创造才能。

欧里庇得斯的《希波吕托斯》和拉辛的《费德尔》一样,都表现了强烈的情欲,结局也差不多。但是原因和纠葛却很不一样。在欧里庇得斯的悲剧中,希波吕托斯发誓终生不近女色,这触怒了爱神阿佛洛狄忒。为了惩罚他对她权力的漠视,阿佛洛狄忒设法使费德尔爱上了他。拉辛在剧作中完全删去了作为女神的阿佛洛狄忒的作用,只描写现实生活中可能发生的事。剧中唯一一处触及超自然因素的是在处理希波吕托斯的死时,在结尾处写到海神主使的事故,但仍竭力淡化神力的作用:只说有一只凶猛的野牛"在汹涌的波涛间出现",吓住了希波吕托斯的战马,使"马匹恐怖地在岩石间狂奔，/车轴格格地发响，接着就断裂。/坚毅的依包利特（希波吕托斯）看见战车爆成屑片，/他跌落下来……被骏马拖曳着。/……变成一团模糊的血肉"。写得如同常人所常见的事故。另外，拉辛取消了欧里庇得斯剧中的合唱队和角色的独白，而以心腹（费德尔的乳母厄诺娜和依包利特的太傅德拉曼尔等）的台词来代替其所具有的作用，使感情和意图得以披露，促使冲突的发生和发展，却又合乎肖真的要求。

为了显示剧中发生的这些事件的真实性和普遍性，拉辛还特地不写任何舞台指导和行动指导；不写故事发生的时代和地点，不写人物的年龄和外表，更没有写人物的行动指导。他这样做，是为了表明剧中的事件是可以发生于任何时代、任何地点和任何人的身上，以符合新古典主义要求剧本具有的"通性"的原则。只是这样一来，有形的行动少了，对人物内心的行动就有更高的要求，剧本必须通过揭示这内心的活动来展开冲突，达到悲剧的结局。要做到这样，当然难度更大，只有大手笔才能驾驭，但是拉辛好像轻而易举地就做到了。

雅典王忒赛（忒修斯）的妻子、王后费德尔违反自己的意志，爱上了丈夫前妻的儿子依包利特，遭到了拒绝，感到羞愧难当。她也知道这种爱是不应当的，但是情感压倒了理智，使她没有能力反抗这乱伦的爱。后来她发现依包利特爱着别人，而不爱她，更使她由妒忌产生出强烈的恨，决心要害死他。但是最后，当她意识到自己卑下时，也就服毒自杀而死。拉辛描写这些冲突，主要是通过心理刻画来表现的，而且把费德尔的心理变化过程，写得层次分明、清晰可见。的确，拉辛的这部悲剧，就是以心理分析而见强的。

悲剧开始是通过费德尔与厄诺娜的对话，透露出她长期暗恋依包利特的痛苦。费德尔虽然表面上"装成一个暴虐的后母"，来掩盖她"扔不下亲爱的依包利特"的真实心理。她始终"摆脱不掉爱情的纠葛和折磨"，三天三夜不寝不食，神志昏迷，浑身软弱无力，"经受着爱情的狂风暴雨"。这种"火热的无可救药的"乱伦的爱情不但使她感到羞愧难当，它引发的内心的耻辱和恐怖的犯罪感，甚至使她情愿死去，"用死来保全自己的名声，/来窒息这可耻的邪恶感情。"

但是，厄诺娜给她带来不幸的好消息：她的丈夫忒赛已经去世。厄诺娜规劝她说，果然是她和忒赛原来的关系"给您的情焰带来恐惧",但现在他的死解除了他们两人的结缡,"您的欲火现在也变得极为普通",因此这就不再是什么过失了。厄诺娜的劝说阻止了费德尔自杀的念头,使她不必为自己的爱感到羞愧:"好吧!我听从您的衷心劝告,/活下去,要是生命还可再来一遭。/在这不幸之际,他儿子的爱情/能激起我尚存一息的心声。"

在排除了这一顾虑之后,于是,拉辛让费德尔向依包利特吐露了自己的隐情:"以前,您看到我迫害您不遗余力,/可是却不懂得我心灵深处的真意。"她向依包利特表白:忒赛已经逝世,但是这个有如传说中的天神那样气宇轩昂、神态高贵的国王又好像并没有死,因为依包利特"您使我看到了他的形象,/他的音容笑貌好像一直在我面前一样。/我看见他,跟他讲话,我的心啊……早已迷恋,/王子啊!我的激情就像无法扑灭的熊熊烈焰。"费德尔的这种表白使依包利特感到吃惊又羞愧,他无法想象、也不敢相信会有这样的事。因此,不管费德尔如何一次次哀求"我刚才对您吐出真情,/这可耻的隐情,您可相信它是出自肺腑",依包利特还是鄙夷地拒绝了。

"我讲了别人永远不该听到的话","我的耻辱已经在他面前暴露"。费德尔对自己的轻率感到羞愧。加上有消息传来，说她的国王丈夫并没有死，而且正与依包利特一起在回王宫的路上。这就是说，她要在迎接丈夫的时候，面对这个"洞悉我的无耻情欲的人"。"难道他会把我的情火对他瞒住？/难道他会忍住对我的深沉厌恶？/即使他沉默，我仍然问心有愧。"使她重新陷入绝望的深渊。"让我死吧！死能免去多大的恐怖"，这就是她的打算。

又是厄诺娜再一次拯救了她的女主人。她怂恿费德尔："您怕他，那么您就先来把他控告。/把他能加在您头上的罪名反加于他"；"为了挽救您那毁坏的名誉，/我们必须牺牲一切，甚至是道德"。而且在费德尔"心烦意乱"不知如何自处之时，厄诺娜就直接来到忒赛面前，谎称依包利特向费德尔求爱，他的"罪恶的欲火"使费德尔厌倦，以致她"为可怜的父亲着想"，甚至想"一死了之"……

轻信的忒赛大怒，诅咒依包利特，呼唤神祇"替一个可怜的父亲报仇"，并不信依包利特的解释，下令将他永远放逐。

当费德尔得知依包利特被赶走的消息时，理性曾一度催促她"要竭尽全力去挽救他的儿子"，去对丈夫"把事情和盘托出"。但这时她无意中听说了依包利特真心爱着另一个女人。眼看着"他们无忧无虑沉溺在热恋里。/洁净清明的艳阳天统统属于他们！/而我可怜地被遗弃在天地之间"，一种"忍受莫大侮辱"之感使她这一善良的动机立即变成为嫉妒和仇恨，她就不愿再向忒赛说明实情了。直到得知依包利特的死讯，她的理性又重新占据上风。费德尔在悲痛、懊悔和自卑的折磨下服毒。临死之前，她把实情告诉了忒赛："是我无耻淫乱的眼光，/瞧着这正直善良的儿郎。/上天使我怀抱不洁的欲念，/可恶的厄诺娜完成了这一罪孽。"

从上述剧情可以看出，《费德尔》里的人物关系复杂，外表的行动却十分简单。导致悲剧发生和发展的因素也都不是外来的原因，特别是主人翁费德尔，不论是对依包利特，或是甚至对忒赛和厄诺娜的所有态度的变化，都不是由于某些偶然性的事件起的作用，而全是人物内在的情感——她对依包利特的难以抑制的激情。是这无理性的激情使她不可避免地招致了悲惨的结局，也无可挽回地直接影响到其他人物的悲惨下场。

《费德尔》上演时，曾受到有些贵族和保守人士的攻击，说它有伤风化。最后虽然因国王的出面干预而告平息，但挫伤了拉辛的热情,使他一度中断了戏剧创作。但历史是公正的。一部由当代法国学者集体编写的《法国文学史》中明确肯定"唯有拉辛的作品真正代表了法兰西的悲剧"。今天《费德尔》已经被公认为是悲剧史上最伟大的杰作之一了。

(《费德尔》,华辰译,见《拉辛戏剧选》,上海译文出版社,1985年出版)

诙谐幽默　妙趣横生

谈契诃夫的《求婚》

陈瘦竹

推荐词

男大当婚,女大当嫁,只要双方家庭和本人都愿意,这是社会生活中的一件平常的事。像这类平常而自然的生活现象,在一般情况下,并不是文艺作品的好题材,也难于显示深刻的社会意义。契诃夫的《求婚》写得诙谐幽默,妙趣横生,而且把地主的性格、心理揭露得痛快淋漓、入木三分。

伟大的俄国现实主义作家契诃夫（1860—1904），既是小说家又是剧作家。他十五六岁就在学校里参加戏剧演出，十七八岁就开始戏剧创作。在他的早期剧作中，1888年所作的《蠢货》和《求婚》，是世界著名的独幕剧。早在20世纪30年代，这两篇喜剧已有中译本和改编本，在我国舞台上经常演出，受到广大观众的热烈欢迎。

男大当婚，女大当嫁，只要双方家庭和本人都愿意，这是社会生活中的一件平常的事。有个男子35岁，有个女子25岁，都已到了婚嫁年龄，而且两家又是邻居，本人并无恶感，男方求婚，女方应允，这件喜事自然容易成功。像这类平常而自然的生活现象，在一般情况下，并不是文艺作品的好题材，因为难于显示深刻的社会意义。但契诃夫在《求婚》中，却把19世纪末期的俄国地主洛莫夫和地主女儿娜妲丽亚之间的一出求婚丑剧，不仅写得诙谐幽默，妙趣横生，而且把地主的性格、心理揭露得痛快淋漓、入木三分。

一天早上,洛莫夫穿着燕尾服,戴着白手套,来到丘布珂夫家里,向他女儿娜妲丽亚求婚。丘布珂夫非常高兴,当即表示应允,马上去叫女儿出来,并且保证她一定会同意。契诃夫在戏的第一个场面中所写的是地主家庭男女双方的婚嫁,并非一段恋爱故事。洛莫夫虽然郑重其事前来求婚,但是他和娜妲丽亚并无爱情,只因人到中年,而且身体有病,所以急着要娶一个"老婆"。这种情况,未免有些滑稽。而丘布珂夫听到有人向他女儿求婚,显得受宠若惊,甚至"流下泪来",似乎有失常态。娜妲丽亚已非妙龄少女,同样并不追求爱情,只要有人求婚,当然不会拒绝。于是,婚嫁这一生活中的常事,在契诃夫的笔端便蕴含了滑稽可笑的喜剧因素。契诃夫所以能够把这个题材写成带有讽刺意味的通俗喜剧,关键在于抓住男女双方的地主阶级的性格特征。

地主阶级,贪婪凶暴,产业就是性命,处处都要炫耀财富,既要逐利,又要争名,正是由于这种地主阶级特性,才会出现关于洛莫夫和娜妲丽亚的这幕喜剧。

娜妲丽亚第一次上场时,见到洛莫夫,就说:"哦,原来是您啊,可是我爸爸却说,你去吧,那里有一个商人来买货来了。"可见,丘布珂夫下场后没有向他女儿说明洛莫夫是为求婚而来,这在情节上是个关键。假如娜妲丽亚知道洛莫夫的来意,那就可能竭力避免争论,双方既然没有矛盾,那就不会写成戏剧。丘布珂夫是个地主,并不重视爱情,认为洛莫夫来求婚等于"商人来买货",这也合乎他的性格。如果脱离人物性格而捏造情节,这就缺乏艺术力量。

娜妲丽亚像平常一样接待她的邻居,随便谈着家常。而洛莫夫和她过去并没有特别的情感,现在突然前来求婚,自然难于启口。等到她发现他穿燕尾服和戴白手套而感到惊奇时,他才谈到本题。但他并未开门见山,却从两家的世交说起。在这个中年地主看来,既然他和娜妲丽亚并无深情厚谊,那么,先从世交讲起,由远及近,然后当面向她求婚,就显得很自然。为了证实两家的交谊,他又补充一句:"您大概记得我的沃乐微草地跟您的桦树林紧挨着。"谁知"我的沃乐微草地"一句话,却引起了轩然大波。求婚碰到这样一种波折,真是出人意料,但是正因有此波折,才会出现讽刺性的喜剧。但就情理而言,这段波折又是势所必然。

洛莫夫是个地主,当然并不精通文学艺术,也没有广泛的社交,所以识见短浅,言语无味。即使在他想要讨好别人的时候，只能谈世交，而且以田产为证明，因为田产正是地主的标志。如果娜妲丽亚不是出身地主家庭，可能对于洛莫夫所提到的草地并不在意，更不至于引起争论，然而她是地主女儿，同样非常重视田产，甚至可以说是寸土必争，因此喜剧性的冲突就不可避免。她立刻对他说："对不起，我要打断您一句，您说，'我的沃乐微草地……'，难道那是您的吗？"而当在土地的所有权上发生争执时，求婚者洛莫夫似乎忘记了求婚的使命，他坚决说，那片草地"是我的"，而她却反对，认为那"是我们的，不是您的"！两人各不相让，于是争吵起来。

求婚而至争吵，这已经很滑稽可笑，而争吵的本身又极可笑。那片草地并不大，只有五俄亩。娜妲丽亚说，"我们占有这土地差不多已经三百多年了"。而洛莫夫却说草地产权本来属于他家，后来"我的伯母的祖母，无期限而且无代价地把这草地交给您父亲的祖父的农人用，因为他们替她烧砖"。两人翻开陈年老账，谈着祖宗四代的事，尽管争得不可开交，其实不免无理取闹。

丘布珂夫早已知道洛莫夫为求婚而来，并且曾经表示同意，现在上场发现两人正在为产业争吵，照例应该设法和解，玉成这门亲事。但他是个地主，本性难移，便把婚事搁置一边，立即参加争吵、火上加油。欲结秦晋之好的男女双方展开了猛烈的舌剑唇枪之战，彼此口出恶言，且对家族进行人身攻击。丘布珂夫父女围攻洛莫夫，气得他抽筋腿麻发起心脏病来，而且终于被赶出门去。

笑来自喜剧性的矛盾。洛莫夫和丘布珂夫父女的矛盾的进一步发展，当然使人感到更加可笑。但矛盾是多种多样的，洛莫夫在生理上就有矛盾。洛莫夫他很"强壮肥胖"，可是自称有心脏病，火性很大，容易激动，因此吵到后来，居然发病，大声叫嚷"我怕要死了"，作家写人，重在描绘人的灵魂，单写形体特征，并不能产生强大的艺术力量。契诃夫抓住庸人自扰这种滑稽情景，表现"强壮肥胖"的洛莫夫因吵架而发病，这种滑稽可笑表面上是由生理特征所引起，实际上也突出了这个中年地主骄横而脆弱的性格特征。

洛莫夫下场后，丘布珂夫父女两人继续痛骂这个"邻人"。父亲甚至说，像洛莫夫这样一个"恶棍"和"怪物"，居然"还敢来求婚"！这一句话，如同晴天霹雳震得娜妲丽亚"神经错乱"，几乎昏倒，呻吟着说："把他弄回来"，又说"我要死了"！父亲看到这种神情，非常气愤，大声嚷着："当一个没出嫁的姑娘的老子真烦死人呀！我真要自杀了！"于是，矛盾又转化为父女之间的内部矛盾。父女两人互相埋怨，赶走洛莫夫的是对方不是自己。丘布珂夫本来是欢迎洛莫夫前来求婚的，其后因女儿和求婚者争论那片草地而帮着女儿痛骂求婚者，现在又因求婚者而和女儿发生矛盾，这样出尔反尔，真是令人好笑。幸好洛莫夫又在门口出现，父亲干脆不管，走出客厅，让女儿"自己去同他说吧"。

娜妲丽亚知道洛莫夫为求婚而来，而她当然乐于接受，所以见面就向他道歉，并且承认"草地实在是您的"。这幕喜剧到此似乎可以结束，但是不然。她故意提出"您打算去打猎吗？"来转移话题，但当他们从"打猎"谈到"狗"的时候，两人又为自己的"狗"胜于对方的"狗"而争吵起来。洛莫夫气得又发起病来，她却丝毫都不让步。争论草地表现了地主的占有欲，夸耀自己的狗显示了地主的虚荣心。

丘布珂夫又上场来参加争吵，各不相让，互相谩骂，甚至进行人身攻击。这和关于草地的争吵似乎完全一样，但就性格描写来说，却是使人觉得更加滑稽可笑。洛莫夫又气得发病，甚至昏倒过去。娜妲丽亚看到"他死了"，几乎神经错乱。丘布珂夫惊慌失措,恨不得要"自杀",幸亏洛莫夫又苏醒过来,丘布珂夫急忙将求婚者和他女儿的手"拉在一起"。一对未婚夫妇在接吻之后,却还在争吵自己家的狗比对方的"好"。丘布珂夫唯恐再吵得不可收拾,连忙喊着拿香槟酒来庆祝这件喜事。至于后来如何,那是另外一幕戏了。

《求婚》描写的是将近一百年前俄国地主家庭的生活,我们今天读来还很亲切。契诃夫没有描写俄国地主怎样剥削农民,怎样勾结官府,怎样争权夺利,却从"求婚"这一普通的生活现象中揭露了地主的性格特征和心灵的空虚,使人以讽刺的笑来嘲弄他们的丑态。契诃夫十分重视精炼简洁的艺术,曾说:"写作的艺术就是精简的艺术。"他写《求婚》,着笔不多,却能以小见大,发人深省,这种方法值得我们学习。

《求婚》在当时是所谓"笑话式的通俗喜剧"。这种喜剧,一般说来,气氛欢乐,富于机智,像契诃夫所说,"能够使人由衷地哈哈大笑"。在《求婚》中,契诃夫深刻地挖掘了人物内心中的思想情感,突出地显示了主观愿望与客观实际之间的尖锐矛盾,例如洛莫夫为求婚而来,结果却为草地而争论起来,娜妲丽亚本想接受求婚,结果却又为狗而大吵大闹。这种出人意料的矛盾,不是由于偶然,而是人物性格的必然表现。契诃夫的杰出的喜剧才能,首先在于发现地主的性格特征,从而构思一种瞬息万变以致事与愿违的情境,戏剧冲突有起伏、有反复,使人感到非常滑稽可笑。我们在忍俊不禁的大笑声中,批判了地主的恶德与丑态。

《求婚》只有三个人物,故事极为简单。剧中矛盾和冲突忽然爆发,又令人感到十分自然。因为,从求婚变为争吵的戏剧性的变化,乃是剧中人物性格发展的必然结果。我们应该学习契诃夫的这种写性格喜剧的创作经验,使广大人民"能够由衷地哈哈大笑",在娱乐中来讽刺丑恶的现象和歌颂美好的事物。

伟大的天才　渺小的悲剧

介绍《莫扎特之死》

方　平

推荐词

《莫扎特之死》是一面灵魂的镜子，把历史上的以至今天的那些大大小小的妒贤嫉能者阴暗空虚的内心世界，用一束舞台的强光，给触目惊心地揭露出来。让人们看到，他们是多么渺小、可耻，却又像人类的毒菌那样，多么可怕！

在欧洲音乐史上，莫扎特（1756—1791）是一位罕见的天才。他出生在奥地利的一个音乐家庭里，四岁开始学习钢琴，五岁写出了"小步舞曲"，六岁时，作为神童，开始了演奏生涯。八岁时，他的四支钢琴、小提琴奏鸣曲在巴黎出版，九岁谱写交响曲，十二岁写出了他的第一部歌剧。音乐的灵感从他笔下喷涌而出，《唐璜》序曲（1787）是在这个歌剧上演前的两个晚上一气呵成的，他最后、也是最优秀的三个交响曲（第三十九、第四十、第四十一交响曲），在1788年夏天用不到七个星期的时间写成。他的作品，清丽、淳朴、明朗，像晶莹的清泉，像明媚的阳光，像青春的笑声，代表了维也纳古典乐派的最高成就。他的音乐才华可说光彩夺目、不容逼视。

这样一位百世不遇的音乐天才，他的遭遇却是十分悲惨。当时专业音乐家的地位十分低下，1772年，十六岁的莫扎特结束了长期奔波的献艺生涯，跟随父亲回到奥地利，成为受萨尔兹堡大主教雇佣的一名音乐师，这位享誉欧洲的大音乐家只是受到仆役的待遇，随时会遭受主人的斥责和侮辱。青年音乐家的内心十分痛苦，终于和大主教公开决裂。他向命运挑战，勇敢地提出了辞呈，毅然面对未来的贫困和饥寒的威胁。

1781年莫扎特来到当时的音乐中心维也纳，开始过着自由的创作生活，他的重要作品大多是在此后的十年间写成的。在法国大革命前三年（1786），他为维也纳歌剧院谱写的歌剧《费加罗的婚姻》取得极大的成功。它以喜剧的形式让人们看到，机智善良的普通平民比那些荒淫无耻的贵族老爷来得高明，第三等级将会战胜贵族等级。当时法国剧作家博马舍的原作由于它的民主革命性在维也纳是禁演的；因之奥地利皇室和贵族对于体现在他这歌剧中的启蒙主义思想日益感到不安。自从这一杰作上演以后，莫扎特的经济日益陷于困难。1791年，照彻在他那许多美妙的作品中的天才的光芒，终于因为贫病交迫而被窒灭了。他没有能来得及完成他最后的作品《安魂曲》，便含恨去世。当时家里连一个零钱都没有了。他的妻子正患着重病，为他送葬的朋友半路上遇到一阵雷雨而散了，他的遗体被草草地掩埋在乞丐和妓女的坟地里，连一块墓碑都没有。谁也不知道这位正当三十五岁盛年就离开人间的伟大音乐家究竟被埋葬在哪儿。

在音乐发展史上，莫扎特第一个站起来卫护艺术家的人格和尊严，摆脱了宫廷音乐师的仆从地位。他勇敢地走在历史的前头。但是历史上的先驱往往为之而做出了最悲惨的牺牲。

莫扎特在封建社会里的悲惨遭遇，就是一部催人泪下的社会悲剧；但怨愤凄楚的情调很容易使作品充满了一种感伤的色彩。经历了两次大战的现代人，面临着冷酷无情的现实世界，面对着一系列重大的社会问题，深知只有冷静的思考才能帮助他们去找到问题的答案、从困难中摸索一条出路；而感情是不能代替思考的，眼泪和叹息并不解决问题。对于现代的人们来说，任凭感情泛滥的浪漫主义文学的时代已经过去了。正是在这一点上，我们说，提出"间离效果"的布莱希特戏剧体系，是属于现代欧美文学的一种戏剧体系。

天才音乐家莫扎特的悲惨遭遇激发起英国现代戏剧作家彼得·谢弗尔的创作激情，当他准备把莫扎特最后十年的事迹搬上舞台时，在整个剧本的构思上鲜明地体现了现当代欧美文学的特点：尽可能引导观众去思考，而不是去打动他们的心弦，赚他们的热泪。

这个剧本原名"阿玛杜斯"（Amadeus），取自莫扎特的全名"沃尔夫冈·阿玛杜斯·莫扎特"中的第二个名字，是拉丁文，意谓"上帝的赐予"，剧作家用作剧名，指莫扎特是上帝赐予人间的天才音乐家。在剧本第一幕第二场，临终的萨莱利有这样一段话：

> 优雅的女士们！讲礼貌的先生们！我给你们介绍我最后的作品，不过只能演出一次，剧名叫"莫扎特之死"，或者叫"是我干的吗？"……在我这一生的最后一个夜晚，谨以此献给我的后代子孙！

1984年7月，上海人民艺术剧院公演这个戏时（罗毅之导演），采用了这个便于人们理解的剧名《莫扎特之死》。

其实在这个以"莫扎特"为名的剧里，主人公并不是莫扎特，而是存心置莫扎特于死地的萨莱利。[1]

剧本开头，莫扎特已逝世三十多年了，萨莱利到了风烛

---

[1] 萨莱利（Salieri），1750年出生于意大利伦巴第的一个富有的商人家里，1774年任奥地利皇室的宫廷作曲家，1788年升任宫廷乐队首席指挥，1825年在维也纳逝世。其后两年，贝多芬逝世，又一年，舒伯特逝世，这两位伟大的音乐家都曾受教于他。

残年，独坐在轮椅中，面对着尚未出世的未来的人们的幽灵（其实是面对观众），忏悔自己的罪恶。这个不久于人世的老头儿把自己肮脏的内心世界，当着观众，进行淋漓尽致的自我解剖。他的忏悔的独白贯串了整个剧本。这就是说，整个戏剧情节都是随着萨莱利的追忆四十多年前的旧事而展开的。

萨莱利既是剧中人物，和别人打成一片，参与对话、参与活动，十分活跃，又在戏剧情节进展的过程中，随时跳出来，站到舞台前方，和观众"对话"，针对眼前的情景来一番评价。例如他阴谋得逞，眼看着莫扎特灰心丧气的样子冷冷地向台下说道："对莫扎特来说，这是个非常严重的打击！"（第2幕第2场）更多的时候，是向观众交代自己阴暗的心理活动。

当他从剧中人物一变而为布莱希特戏剧式的评讲员时，戏剧情节有时随即停顿下来，正在活动中的人物一下子失去了动作，产生了电影中的"定格"的特殊效果。这一新颖的艺术手法，使"时间"有了伸缩性，和在回忆中的思维活动保持同步。

这样，正在进行的戏剧情节时时为萨莱利的独白、旁白所中断，戏剧情节和观众中间始终有这么一个人和他投下的阴影阻隔着。"莫扎特之死"这一条故事线索有时候仿佛退处为戏剧的背景，天才音乐家的精神痛苦没有得到充分表白的机会。运用这些"间离"的手法，剧作家尽可能把打动观众心弦的感伤情绪冲淡了。

然而剧作家并不希望他的观众仅仅做一个旁观者，他要把观众带到萨莱利的内心世界去。这又显示出20世纪现代欧美文学的一个特征：透过外部的事态，深入到人物的内心世界。当代作家更感兴趣的，并不在于外界的事态怎样进行，而是人物的内心怎样感受。他们的创作重心不再像古典作家那样在于交代，而是在于分析，在于开拓过去文学中所没有涉猎的下意识层。

可喜的是，虽然谢弗尔善于运用新颖、独特的艺术手法，去加强他所需要的艺术效果，却并不故意标新立异，在那迷惘恍惚、不受理性支配的意识流中，迷失创作的目标。当剧作家无情地解剖萨莱利的内心世界时，那暴露在观众眼前的思想活动、感情波动，都是有严密的逻辑思维做依据的，都是客观世界在他内心所引起的强烈反应。这样，内心世界的揭示，也就是在更深的层次上反映了现实生活中的尖锐矛盾。

萨莱利的心理活动很复杂,当他第一次听到莫扎特的作品时,他有意贬低那首《小夜曲》,说它"滑稽可笑",低音部的声音像"生了锈的破风箱"。但是再听下去,他沉不住气了,没法一笑置之了,他从那些甜美、欢乐的乐句中听出了一位天才音乐家的灵感,于是吐出了这样一段独白:

> 高音管乐器如泣如诉的颤音,仿佛抛出乐谱线缠住了我,这痛苦的长线绕遍我全身。啊,痛苦!我从未尝过这样的痛苦!
>
> ……破风箱还在不断地震响着,而痛苦却深深地埋进我那震颤着的脑海之中!(第1幕5场)

然而他内心深处还要挣扎,怎么也不能承认有一个音乐天才出现在他眼皮底下了——那首《小夜曲》不过是他意外的收获,偶然碰上运气罢了,每个作曲家都有走运的时候……因此他这样自我欺骗道:

> 莫非因为我思想上没有准备:那样一个猥亵的小把

戏竟然能作曲，所以我才感到吃惊！（第1幕第6场）

谁知莫扎特和他在宫廷正式见面时，就露了一手，把他特地为二人见面而写的一首平庸呆板的欢迎进行曲，点铁成金，在即兴演奏中毫不费力地改编成《费加罗》中的一首著名的进行曲。这一段小小的插曲让观众看到了天才和庸才间的巨大差别。

庸才并不甘心，他还在那儿梦想写出一部伟大的歌剧和天才较量。直到他私下偷读了莫扎特A大调第29交响曲的手稿，这才完全认输了。在那初稿上看不到一点修改的痕迹，莫扎特落笔成章、倾泻而出，显然在他头脑中构思完全成熟了。"改换一个音符，整个乐曲就会逊色，移动一个乐句，整个结构就会松散。"他终于明白过来："事情完全清楚了，那支小夜曲并非偶然碰巧写出来的。"

这真理一旦显示在他眼前，他就像雷轰头顶似的，瘫痪在地上，失去了知觉。当他从昏昏沉沉中苏醒过来的时候，他内心发出了绝望的呼声：

> 明白啦！我知道我完啦，现在我第一次感觉到自己空虚，就像亚当第一次感觉到自己赤身裸体一样。……

我洞察到自己永远是个平庸之辈。（第1幕第21场）

当萨莱利这样把自己的内心世界一层层向观众剥开时，我们可以看到，这里有两个萨莱利：第一个是庸才萨莱利，第二个是市侩萨莱利。

说他"庸才"，并没有一笔抹杀的意思。萨莱利毕竟还是有一些才具的，至少，在维也纳宫廷的圈子里，他是唯一的一个洞察莫扎特是一位伟大的音乐家，他的充满着灵感的音乐将永垂不朽的人。萨莱利的判断没有错误，他的预言成为历史事实。他又认识到，天才和庸才之间，横隔着一个不可超越的界限："他从平凡中创造了传奇，而我从传奇中产生的只是平庸。"（第2幕9场）

既然这两个人明摆着不是竞争的对手，庸才为什么又燃烧起这样炽烈的妒忌的火焰，蓄意打击天才，谋害天才，非把天才置于死地不可呢？这是因为在庸才萨莱利的后面还赫然存在一个市侩萨莱利。

萨莱利出生在意大利伦巴第的商人的家庭里，伦巴第人向来以精明、善于经商出名。萨莱利从小沾染了市侩气息，他心目中的上帝就是一个讨价还价、寸步不让的生意人。他十六岁那年立志做一个音乐家,在他离开家乡,到维也纳去学习音乐的前夕,他跪在他那个做买卖的上帝(一尊石膏像)面前,就像做一笔交易似的,和上帝订立了一份契约:上帝帮助他成为一个音乐家,他将终身做上帝的奴仆,赞美上帝。

一帆风顺,他果然成为奥地利宫廷里走运的音乐家。然而市侩萨莱利认为,他和他那个做买卖的上帝订立的契约,是一份音乐专利合同,就像资本主义国家的托拉斯垄断某一行业似的,音乐这一行理该归他垄断。除了他萨莱利外,音乐界不许冒出一个人才来。这就非常可怕了!市侩音乐家不可能懂得,艺术的心血结晶是奉献给人类全体的。

因此当他第一次听到一位天才音乐家的作品时,就像他的特权遭到侵犯似的,他痛苦地、愤怒地、不能理解地向他那个精明的上帝呼唤道:"怎么啦?!这是怎么啦?……您没有对我履行诺言!"(第1幕5场)

随着莫扎特越来越在他眼前显示出天才的光芒,市侩萨莱利对于他心目中的上帝的仇恨也越来越加深。他呼喊道:"你选了他(莫扎特)做你独一无二的代言人……从今起咱们是敌人了,你和我!"他下定决心和上帝展开一场搏斗。

他对上帝的刻骨的仇恨（"你是我世世代代的仇人！"）其实就是市侩对于天才的疯狂的妒忌的一种自我欺骗的表现。市侩亦需要自我欺骗，需要借一个高尚的口号来掩盖他那卑劣的动机。他狂呼要和上帝进行搏斗，正是为了好亮出自己的杀机："在这场搏斗中，莫扎特那个家伙不得不毁灭！"（第1幕12场）

有时候庸才萨莱利也会假惺惺地问市侩萨莱利道："我就不能停止这场战争吗？就不能对他表示一丝同情吗？"这时，市侩萨莱利用冷冰冰的眼光看着陷于极度痛苦、跪倒在地上的莫扎特，心里盘算着下手迫害他的办法："唯一的办法，迫使他贫穷，用饥饿来驱逐上帝！"（第2幕9场）

庸俗的萨莱利生前被名望所包围，为荣华富贵所淹没，但是他留下的却只是一堆毫无价值的作品。天才的莫扎特贫病交迫，过早地离开了人间，但是如今他的故乡萨尔兹堡年年举行莫扎特音乐节，纪念他为人类文化做出了杰出的贡献。萨莱利凭着他的庸才，在临终前再一次做出了悲剧性的判断：

莫扎特的音乐响彻全世界，而我的作品则彻底消

失，根本没人演奏！（第2幕17场）

莫扎特之死，固然是千古遗恨；而庸才扼杀天才，对于庸才同样是一个悲剧：他妄想垄断音乐，施尽了卑鄙可耻的手段，结果还是被音乐所彻底抛弃。显赫只是一时，从此在音乐的世界里永远销声匿迹。

历史是无情的，要不是为了悼念莫扎特的悲惨的命运，人们早就忘了有一个庸才萨莱利，曾经在伟大的天才旁边，演出了自己的一场渺小的、可耻的悲剧！

有两点需要解释一下：有的剧评家认为"莫扎特并非是无过错无过失的"，其实出现在戏剧中的莫扎特是萨莱利回忆中的莫扎特，莫扎特的一言一行都有他在冷眼旁观。市侩萨莱利老奸巨猾，玩弄手腕，因此从他带着敌意的眼光看去，莫扎特只能是个轻浮的、狂妄的、乳臭未干的小子。这自然是被歪曲、经过任意夸张的形象。莫扎特勤奋创作，自有伟大音乐家的风度。他的遗孀怀着敬重的心情这样回忆道：

> 世上再没有第二个人出言吐语像他这样温文了！在充满着幸福的十年家庭生活中，我从没听到他说过一句粗鲁的话，或是狂妄自大的话。他纯洁的一生完全反映

在他纯洁的音乐中。（第1幕16场）

其次，关于莫扎特之死，有种种传说流传下来，有的说他是病故的，也有人怀疑莫扎特是被人谋害而死的；普希金在他的诗剧《莫扎特与萨莱利》中就说前者为后者用毒药谋杀。谢弗尔写这个戏剧，虽然查考了当时很多的历史情况，许多细节都有所依据，却只是利用历史素材进行艺术创作，免不了有虚构的成分。我们不必把这一剧作，看作对于音乐史上一个悬案的回答。《莫扎特之死》是一面灵魂的镜子，把历史上的以至今天的那些大大小小的妒贤嫉能者阴暗空虚的内心世界，用一束舞台的强光，给触目惊心地揭露出来。让人们看到，他们是多么渺小、可耻，却又像人类的毒菌那样，多么可怕！

最后简单地介绍一下剧作家。彼得·谢弗尔（Peter Shaffer），1926年生于英国利物浦的犹太人家，他童年时母亲常为他朗读莎士比亚的戏剧。第二次世界大战期间，他作为应征入伍的士兵，在煤矿工作；后来他靠奖学金在剑桥大学学习历史。1944—1947年，在纽约图书馆工作。他第一个上演的剧本是《五指练习》（伦敦，1958），受到普遍好评，第二年在纽约演出,获戏剧评论界奖。在1979年他创作《莫扎特之死》之前,已写了七个剧本,其中有五个摄制成电影,有六个在国外演出。他写作勤奋,对自己要求很高。1979年《莫扎特之死》在伦敦国家剧院演出,是该院成立以来最受欢迎的一个剧本,上演一年以后,剧院门前还是每天早晨就有观众排着长队,希望能买到一张戏票。1980年在纽约百老汇公演,受到高度评价。1985年3月,在洛杉矶音乐中心举行的奥斯卡金像奖大会上,摄制成电影的《莫扎特之死》一举夺得了八项金像奖,其中包括最佳影片奖,最佳剧本改编奖(彼得·谢弗尔和导演福尔曼改编)。

无边欲海中的追求与幻灭

谈奥尼尔《榆树下的欲望》

陈瘦竹

推荐词

在《榆树下的欲望》中，悲剧性的基础就是"欲望"。奥尼尔在剧中所写的有两种欲望，首先是财欲，其次是情欲，其后两种欲望互相交错，于是演成悲剧。一个人在物质和精神上都有追求，甚至都想占有，但是放纵欲望，必然损害别人并最终毁灭自己。

尤金·奥尼尔（1888—1953）是现代美国戏剧奠基人，又是20世纪欧美最卓越的剧作家之一。他于1936年获诺贝尔文学奖，他的剧作有深远的国际影响。我国著名戏剧家洪深的《赵阎王》，曾经受到奥尼尔的《琼斯皇》（曾载《名作欣赏》1985年第3期）的启示。在奥尼尔的许多悲剧中，《榆树下的欲望》是很有特色的一部。刘绍铭先生在《曹禺论》（《小说与戏剧》，台北洪范书店，1977年）中曾将此剧和曹禺的《雷雨》进行比较研究，1986年夏季沈阳市话剧团多次演出此剧，因此在纪念奥尼尔一百周年诞辰时，研究《榆树下的欲望》以及有关评论，当然很有意义。

尤金·奥尼尔是美国戏剧史上最杰出的剧作家，博采众长，接受希腊悲剧、象征主义和表现主义影响，但在基本上还是一个现实主义剧作家，他的《榆树下的欲望》就是一部优秀的现实主义悲剧。他熟悉美国中下层人物的生活，同情他们的苦难，他在剧作中表现他们的追求和幻灭，揭示人物强烈的感情波动和隐微的内心奥秘。在三幕剧《榆树下的欲望》中，他描写19世纪50年代初期新英格兰田庄主一家人的故事。田庄主伊弗雷姆·凯勃特是一个清教徒，笃信上帝，认为艰苦创业才是上帝的旨意，所以终日辛劳，在乱石堆里开辟出一座相当富饶的田庄。他的第一个妻子生下两个男孩，第二个续弦妻子又给他生下第三个儿子伊本，十年前的他的第二个妻子又因过分劳累而死，现在正当他七十五岁时又娶第三个妻子即三十五岁的寡妇爱碧。这个老汉身体强健，干活胜过青年，而又粗暴凶狠，强迫三个儿子整天为他干活。因此三个儿子对于专制家长又怕又恨，矛盾极为尖锐。在第一幕中凯勃特带着新娘爱碧回到田庄上来，大的两个儿子早已决定离家到西部去找金子，临走时还嘲弄咒骂父亲，以发泄他们的怨愤。就全剧而言，可以说只有三个人物：凯勃特、伊本和爱碧。因此情节单纯，冲突集中而又强烈。

凯勃特带领妻子和儿子在极艰苦的条件下创建田庄，表现出劳动者的特色，但是在他身上又有个体经济的狭隘性和原始性。于是引出各种矛盾。他生活在穷乡僻壤中，自给自足，除去田庄和牲畜外，世界上似乎再没有更宝贵的东西。

他目光短浅，对于田庄有强烈的占有欲，于是变得自私残酷，将妻子和儿子当作奴隶。他生活在这种原始和狭隘的环境中，凯勃特有时难免感到孤独寂寞，只好到饲养场去与母牛为伍寻找安慰和温暖，但是他的思想和行动，却构成悲剧的主要根源。

在《榆树下的欲望》中，悲剧性的基础就是"欲望"。奥尼尔在剧中所写的有两种欲望，首先是财欲，其次是情欲，其后两种欲望互相交错，于是演成悲剧。一个人在物质和精神上都有追求，甚至都想占有，但是放纵欲望，必然损害别人并最终毁灭自己。所谓财欲是指对财产的个人占有欲，在剧中是指凯勃特对田庄的个人占有欲。他这种财欲是小农经济的产物，不过在他身上表现得特别顽强。他的田庄本来属于第二个妻子即伊本的母亲，但他一向据为己有，不承认伊本有所有权，因此父子间在财权问题上处于敌对地位。爱碧在第一个丈夫和儿子死后，孑然一身，她的欲望是要有一个家，在嫁给凯勃特后，当然也想占有田庄。因此，伊本最初同样恨她。但她一见伊本之后，立刻引起情欲，多次勾引，终于发生乱伦关系。伊本尚未娶妻，常和一个妓女来往，看到爱碧貌美，同样发生情欲。单就财欲而言，本来是凯勃特和爱碧对伊本的矛盾，现在加上情欲，便又变成伊本和爱碧对凯勃特的冲突。凯勃特开始并不知这段隐情，他从财欲出发，要求爱碧给他生个儿子，以便继承田庄从而赶走伊本。一年后爱碧果然生一男孩，凯勃特开会庆祝，并且告诉伊本，爱碧是为继承田庄而生孩子，这又引起伊本对爱碧的仇恨。财欲和情欲又相纠缠，趋向悲剧结局。

爱碧和伊本最初只是满足性欲本能，以后逐步发生爱情。性欲只是本能冲动，爱情出于心灵需要，富于牺牲精神。爱碧为要证明她对伊本的爱，就将成为障碍的婴儿闷死。伊本急忙去找警长，控告她的谋杀罪。但当警长来逮捕爱碧时，伊本因为真心爱她，自己承认参与谋杀，和她一起赴难，生死与共。奥尼尔描写警察带走他们两人时，有以下的对话：

爱　碧　等等。（转向伊本）我爱你，伊本。
伊　本　我爱你，爱碧。（两人接吻。……伊本握着爱
　　　　碧的手，两人并排走出门去。……伊本立定。
　　　　指着旭日映红的天空）太阳升起来了，真美，
　　　　是吗？

爱　碧　真美。（两人伫立片刻，入迷地望着天空，虔诚地）

爱碧和伊本既犯谋杀罪，必将被判处死刑，奥尼尔却赞赏他们的真挚爱情和牺牲精神，并以红日东升光芒万丈的壮丽景色来衬托他们为爱情而不惜牺牲的豪放心胸。凯勃特听到爱碧吐露隐情之后，顿时感觉孤独而衰老，"果子熟得快从树上掉下来了"。他已没有力气干活，曾经想要焚烧田庄放走牲畜，到西部去找金子，忽又转念"上帝是严厉而孤独的"，最后还要一个人干下去。剧本最后一句台词是警长说的："多好的田庄啊，没有说的。但愿它是我的！"这座田庄虽然并没有被烧毁，看起来还很美，但在欲望的支配下，人事全非。灿烂的朝阳虽然普照大地，然而"榆树下"却有悲剧的阴影。

剧名"榆树下的欲望"中，"榆树"显然带有象征意义。奥尼尔在舞台说明中，这样描写榆树："农舍两侧，各有一颗极大的榆树。那弯曲伸展的树枝扭盖着屋顶，既像在捍卫它，又像在压抑它。这两棵树的外表使人感到一种恶意的母性心理，一种压倒一切而且怀有妒意的全神贯注态度。

在和屋里的男人保持亲密的接触过程中,这两棵榆树逐渐使人惊讶地变得具有人性。它们郁闷地对着农舍沉思默想。它们像两个精疲力竭的女人,将它们下垂的乳房、双手和头发靠在屋顶上,每当下雨的时候,它们的眼泪扑扑簌簌单调地往下掉,细流顺着木瓦洒落下来。"凯勃特在庆祝"儿子"诞生的舞会后,忽然感到孤独,曾说:"就是音乐也无法将它赶走——总有一样什么东西在那儿。你能感觉到它从榆树上掉下来,爬上屋顶,从烟囱里钻下来,又来到墙角,屋子里简直没有安宁,跟老乡们在一起也不得清静,好像有个什么东西老跟着我。"看来,榆树跟剧中人有种特殊关系,那么,榆树象征什么呢?

研究奥尼尔剧作的专著和论文很多,80年代美国诺曼·柏林教授在其《奥秘:论悲剧》[1]中曾有所论述。他将奥尼尔的《榆树下的欲望》和欧里庇得斯的《希波吕托斯》以及拉辛的《费德尔》相提并论,归入"热情"一章。他在开头就说:"希波吕托斯的故事、安提戈涅的故事,一再被欧里庇得斯、拉辛和奥尼尔叙述和重新叙述——这三位剧作家

---

[1] Normand Berlin: *The Secret Cause-A Discussion of Tragedy* (University of Massachusetts Press, 1981)

的时代、地区和气质各不相同——以同一基本故事为中心，各为其时代创作悲剧，各自提供其悲剧见解的重要例证。"他接着说："希波吕托斯故事，具有人类生活中一种原型事例的令人难忘的回响。希波吕托斯这个青年拒绝继母费德拉对他热情追求，她就反咬一口，说他想要玷污她作为报复。青年的父亲忒修斯王听信王后的谎言，诅咒儿子；希波吕托斯驾着马车愤而离开故国，海上忽然冒出一条凶猛的公牛，马受惊狂奔，车子撞在岩石上，希波吕托斯因而丧生。"（P.33）他认为这三部悲剧一脉相承，甚至说道："奥尼尔总是力求广度和深度，他在《榆树下的欲望》中，由于运用欧里庇得斯所处理的希波吕托斯和费德拉的故事而加大了广度，又由于奥尼尔阅读拉辛的《费德尔》而加大了深度。"（P.53）

在我看来，柏林教授这种类比并不确切。奥尼尔喜爱希腊悲剧，并在某些方面继承希腊悲剧观念，在创作中受到影响，这是事实。他在1931年创作的三部曲《悲悼》，脱胎于埃斯库罗斯的三部剧《俄瑞斯忒亚》，以希腊悲剧的形式，来表现美国的生活。但就《榆树下的欲望》而言，无论内容和形式完全不同。在《希波吕托斯》和《费德尔》中，两位悲剧家只是描写继母单恋前妻之子，因为遭到拒绝恼羞成怒，故意陷害而成悲剧。在以上两剧中都无乱伦关系。在《榆树下的欲望》中，爱碧出于本能冲动而勾引前妻之子，于是发生乱伦关系，至于悲剧结局只是由于自我毁灭，其中并无阴谋陷害。因此，我们很难在这三部悲剧中找到什么必然联系。其次，更重要的，正如上文所说，奥尼尔这部悲剧所揭露的是两种欲望：财欲和情欲，虽然都属于个人主义占有欲，但是性质不同。这两种欲望虽在剧情发展过程中互相交叉，但是财欲却是根本。《榆树下的欲望》描写的不只是乱伦故事，假如田庄主凯勃特没有那样强烈的财欲以及因此而表现出的凶狠专横，单是爱碧和伊本的情欲不会演成悲剧。柏林教授所以要强调希波吕托斯这条故事线索，原因在于要阐明他自己的悲剧观念，或者换句话说，就是根据他的悲剧见解来解释《榆树下的欲望》。

柏林教授认为人生变幻不定神秘莫测，因此神秘就是悲剧的根源。悲剧的原因是个无法解释的奥秘，所以他用"奥秘"作为他的悲剧理论的书名。他说："如果一般戏剧是用镜子来照人生，那么悲剧则是反映人生的神秘。"（P.174）欧里庇得斯根据希腊神话传说创作悲剧，当然就有神秘莫测的命运因素。在《希波吕托斯》的"开场"中，爱神阿佛洛狄忒因为青年王子说她是"神们中最坏的女神"，因而怀恨在心，决心报复。由于她的"计谋"，费德拉爱上这个前妻之子；"那个是我的敌人的青年人，他的父亲将用了诅咒杀死他"。根据这段情节，希波吕托斯的悲剧乃是命中注定，一种神秘力量在操纵着剧中人的命运。柏林教授正是从这一角度来分析奥尼尔这部悲剧。

关于舞台说明中两棵榆树的象征意义，柏林教授曾作详细说明。鲍加德在《尤金·奥尼尔的剧作》中谈到这段舞台说明时，指出："将榆树和伊本的亡母以及和筋疲力尽的生命力联系起来，这种小说家的辞藻除出版物本身外并不包含什么意义。"柏林教授并不同意这种观点，认为："奥尼尔所描写的两棵榆树支配全剧，正如组织欧里庇得斯的《希波吕托斯》动作的阿佛洛狄忒和阿忒弥斯两座神像一样清晰可见。奥尼尔强调两棵榆树的重要意义，不仅通过舞台说明而且通过剧名——不管剧中发生什么事情，从各种欲望引出什么事情，无不在榆树下，就物质来说，榆树鲜明而有力地代表母亲，一切在她的支配之下。这个母亲，她是女主角，她是过去的要求，她是复仇精神，她是情人。就人体形态而言，这个母亲是伊弗雷姆·凯勃特第二个妻子——温柔善良，为丈夫劳累而死——又是爱碧——她取代伊本的母亲在家中的地位以及他对母亲的爱——最后又是敏妮——伊弗雷姆和伊本父子两人都去嫖过的妓女；就兽类形体而言，这个母亲就是伊弗雷姆经常去看望的母牛；就生动的自然形体而言，这个母亲就是榆树，神秘地扎根在土里，母性般地现出保护和压制的神情，造成阴影和隐蔽的角落，使得动作富于活力。"（P. 55）

奥尼尔在舞台说明中所描写的榆树，显然带有象征意义，既是象征，难免带有神秘色彩。但是两棵榆树只是戏剧动作的背景，绝不是支配戏剧动作的力量。柏林教授不仅将两棵榆树当作伊弗雷姆的第二个妻子即伊本的母亲，而且推而广之，认为那个"母亲"就是爱碧，甚至是妓女敏妮以及母牛，似乎有些穿凿附会。悲剧的根源首先在于小生产者伊弗雷姆的财欲，因而强迫第二个妻子劳动致死，并且掠夺田庄，于是造成他和儿子伊本之间的尖锐矛盾。伊本所以仇恨父亲，一方面是出于他对母亲的感情，更重要的是要夺回财产。柏林教授还认为伊本为母报仇等于哈姆雷特为父报仇，这根本不是一回事，因为哈姆雷特是要"重整乾坤"，始终未曾想要夺回王位。因此，柏林教授过分强调"母亲"已不妥当，还要联系爱碧、妓女甚至母牛（因为《希波吕托斯》中提到公牛，所以又联想到母牛），似乎更加令人难解。

柏林教授非常重视伊本的母亲，认为她虽已死去，但是通过伊本而仍活在人世；她代表过去，过去形成现在，而又创造未来。柏林教授强调悲剧人物没有"自由意志"，一切都有命定。在人生的背后，有一种力量支配着人生。他指出在《榆树下的欲望》中，"最明显而恶意的外部力量是母亲，弗洛伊德格式同样清晰可见，这种格式很自然地从戏剧动作和人物中产生出来。奥尼尔忠实于弗洛伊德的巨大真理，这涉及儿子反抗母亲、爱恋母亲以及轻视自我牺牲而迷醉于酒神式的热情，而在奥尼尔的全部剧作中，最重要的是过去可怕地掌握住现在……在《榆树下的欲望》中，过去决定并支配整个悲剧动作。……弗洛伊德的定命论——过去的黑暗力量，人类灵魂的黑暗角落，一种神秘——对于现代观众，就像岱尔菲的神示对于希腊观众一样，就是必然性的强有力的证明。"（P.62）

我们如果说凯勃特父子之间的矛盾来源于过去（伊弗雷姆虐待第二个妻子并夺取她的田庄，以及他又虐待伊本并拒绝给他田庄),那么关于爱碧的故事和过去有什么关系呢?如果伊弗雷姆不娶爱碧回来,戏剧动作又将怎样发展呢?爱碧和伊本的乱伦关系,纯粹出于两人的情欲冲动,这和伊弗雷姆夺取田庄毫不相干,只有当爱碧和伊本苟合之后才想到一起对付这个老农民。现在柏林教授以弗洛伊德所提倡的俄狄浦斯情绪加以解释,其实并不完全符合这部悲剧的意义。如果将奥尼尔这段舞台说明和上文所引伊弗雷姆的独白联系起来考虑,认为那两棵榆树作为财欲和情欲的象征,显然更有深刻意义。

奥尼尔曾经受到弗洛伊德主义的影响,在他以后写的《悲悼》中尤为明显。但是奥尼尔并不是弗洛伊德的俘虏。格勒布在《奥尼尔传》[1]中,曾引用奥尼尔关于弗洛伊德主义的自白。奥尼尔说:"我非常尊重弗洛伊德的著作,但我不是一个因此而着魔的人!在《榆树下的欲望》中不管有什么弗洛伊德主义,那一定是'通过我的无意识'闯进来的。"(P.577)由此可见,奥尼尔并非按照弗洛伊德的人生观和艺术观进行创作。当然,在《榆树下的欲望》中确有一些弗

---

[1] Arthur and Barbara Gelb: *O, Niell* (Harpet and Row, New York, 1962)

洛伊德主义色彩。该剧于1924年11月初在纽约格林尼治村剧院连演两月后，到次年进入百老汇，于二月底引起一场争论，有人赞美，有人提出应该加以"净化"。这场争论出现于美国，波及英国。据格勒布的记载，一个剧团在洛杉矶演出该剧时，市长以"演淫秽戏"的罪名，下令逮捕全体演员加以审讯。波士顿市长禁止演出该剧，英国掌礼大臣亦下令禁演，尽管奥尼尔愿意稍作修改，还是无法与伦敦的观众见面。这些禁令虽然并不公正，但剧中的弗洛伊德主义色彩可能成为美英当局反对该剧演出的口实。弗洛伊德所谓俄狄浦斯情结缺乏充分科学根据，假如奥尼尔在"无意识"中引入该剧，这不能作为他的杰出成绩，大加赞扬。而柏林教授却以此为该剧的根本，使人感到奥尼尔是笃信弗洛伊德主义而且"因此着魔的人"，这虽然似乎可以作为他自己悲剧观念的证明，但是奥尼尔作为现实主义剧作家在剧中所表现的深刻社会内容已被排除干净。

在《榆树下的欲望》演出后，各报发表不同评论。剧作家霍华德致函《纽约时报》，对该剧做出极中肯的评论。他说："《榆树下的欲望》是一部真正的悲剧，有力、纯粹和高尚，只有真正悲剧才能具备。……凡是我所看到的关于

《榆树下的欲望》的评论，无一不适合于《麦克白》。至少在目前而论，凡是我所看到的对于《麦克白》的赞扬，无一不适合于《榆树下的欲望》。"（P.571—572）

霍华德将《榆树下的欲望》和《麦克白》相提并论，这使我想起两部悲剧所表现的都是欲望。莎士比亚写的是封建社会中权欲的悲剧，奥尼尔写的是资本主义社会中财欲和情欲的悲剧。在剥削阶级社会中，个人主义恶性膨胀，权欲熏心，可以弑君篡位。财欲和情欲这些原始冲动，可以撕破伦理道德的面纱，使得因超越自然而发展的高贵人性逐步丧失，这是何等触目惊心的悲剧。在深刻揭示人性变化及其后果上，《榆树下的欲望》可以和《麦克白》相提并论。这种悲剧的根源不在于神秘命运和永恒的人性，而是在于现实的社会生活中。奥尼尔是美国最伟大的剧作家，在名剧《榆树下的欲望》中，大胆而强烈地展示人物内心活动——本能、感情、追求和幻灭。剧中人物不是叱咤风云的英雄，不是俯首帖耳的奴隶，既是强者又是弱者，既可同情又可责难，然就总体而言，伊弗雷姆·凯勃特是悲剧的主要根源。这种悲剧并不给人鼓舞，却是可以了解人生。欲海无边，谨防沉溺；自我牺牲精神，常给黑暗世界一点亮光。

"少数派往往是正确的"

易卜生写《人民公敌》

余凤高

推荐词

《人民公敌》"是易卜生对《群鬼》的发表所引起的敌视与谩骂所做的愤怒的回答"。

家庭悲剧《群鬼》于1881年写成，演出后的反应是出于剧作家亨利克·易卜生（HenrikIbsen，1828—1906）意料之外的。一时间，诅咒和谩骂充塞于报刊，说什么这是一部"实在讨厌"、"腐朽透顶"、"最令人恶心的戏剧"，写的是"变态的、不健康的、不卫生的、令人作呕的故事"；说什么作者是"一个疯狂、古怪的人"，剧中人物也都是一些"不像女人的女人，失去妇女特性的妇女"，或者"女子气的男子和男人气的女人"，说什么"百分之九十七的《群鬼》观众都是些淫荡之辈"，等等，甚至污蔑此剧是"用毒药毒化现代戏剧舞台"，"英国戏剧舞台上从未受到过像这样又脏又臭的杂剧的污染"……萧伯纳等作家很感不平，公正而带一点幽默地说：如果将这些谩骂都摘引下来，真可以作为编一部《咒语大全》的核心部分。

自然，绝不会因为出现这些谩骂和诅咒而影响或削减易卜生的战斗精神的。早在1872年,这位社会剧作家就曾在一封通信中写过这样的两句话:"少数派往往是正确的","世界上最有力量的人正是最孤立的人"。此刻,他的脑子里又出现了这样的思想,并且回忆了几位与自己一样高尚人士的遭遇。

特普里茨是波希米亚西北的一个捷克小镇,离德累斯顿仅仅只有45公里。自从发现这里有温泉之后,几个世纪以来,此地一直由一个女修道院管理,并在用水方面已经取得了相当的经验。到了19世纪,取用温泉疗养地的矿泉来作为治疗疾病的目的,在欧洲正达到全盛时期,因此,此地便成为一处舒适、清静、幽雅的诱人之地。

30年代初,这里克拉莱—奥尔德林根家族的一位年轻女伯爵嫁给了波兰拉达齐维尔皇族的一位后裔。这样一来,皇族和他的各支系人员以及朋友、仆人就经常要来特普里茨,他们还请了一位叫爱德华·梅斯纳的医生作他们宅邸的家庭医生。

爱德华·梅斯纳(Edward Meisner)1785年生于德累斯顿,后来在布拉格成长。1808年初,以卓越的成绩毕业于布拉格医学院,此后直到1802年,均于德国、法国、意大利和奥地利攻读研究生，希望毕业以后能去波兰东部和乌克兰的农村行医。他的动机是多重而复杂的，其中包括对冒险的渴望和对穷人的怜悯。为提高自己的医学水平，四年后，这位喜欢徒步旅行的人，又遍访伦敦、爱丁堡、巴黎、米兰等地，最后在特普里茨落脚，并接受这里的聘任定居了下来。

19世纪30年代初，正好欧洲霍乱大流行。开始时，特普里茨似乎逃脱了这一场灾难，以致一些宣传广告大肆吹嘘，说特普里茨温泉"明净的空气"对霍乱能够产生"免疫"作用。但是到了1832年初，这里也零星出现了几个病例，只是为了避免影响温泉的营业，事实都被掩盖起来了。

7月初的一个晚上，爱德华·梅斯纳被请到一个地处街道狭窄、住宅拥挤的犹太区的人家诊疗。一切症状表明，病人明显是染上了亚洲霍乱，并且第二天就死了。出于医生的职责，梅斯纳向当局报告了这个病例，并要求对死者的住房进行消毒隔离，禁止人们通行。但是沃尔夫兰市长不肯这样做，原因可想而知，是怕这么一来，会给温泉的营业带来不好的影响。沃尔夫兰是个伪君子，当然不会这样明说，他只是强调，说消毒隔离会"致使居民心情不安"；当梅斯纳不肯让步时，他甚至威胁他，要他改变对病人罹患霍乱的正确诊断。

在这次会面不欢而散之后不久，梅斯纳医生接到拉达齐维尔家的一份赴宴请柬。餐桌上，谈话一次次总是不知不觉地转到当地的霍乱险情上，特别是伯爵夫人，定要梅斯纳医生向她保证，传染病不会有什么危险。梅斯纳回答说，与城市中犹太居民区那种不卫生的生活条件相比，克拉莱—奥尔德林根家所处的环境，以及宽敞的宅邸，受染的危险性自然要比较小一些，但他不能"保证"他们绝不会染上传染病。于是，第二天清晨，这家人就全部离开了特普里茨。更糟的是，看他们一走，许多人都学了样，也陆陆续续地离开特普里茨。于是，特普里茨作为疗养胜地的前景就暗淡了；爱德华·梅斯纳医生在某些人的心中，也就成为一个最令他们憎恶的人了。市长显然没有将自己与他的那次争论保守秘密。但梅斯纳医生始终都埋头于他的医生工作上，还一直为霍乱的爆发以及它对居民的危害而忧虑，甚至根本不知道有关他的那些流言蜚语，更没想到事情会有恶性的发展。

一天夜里，在他家的外面，聚集了一大群人，先是大喊大叫，后来又扔石块、砸窗户，威胁说要闯进大门里来。梅斯纳一家对发生这样的敌对事件根本没有思想准备，以致一夜都未曾入睡。第二天，梅斯纳向市政当局报告了昨晚的情况。市长表现出似乎既惊异又憎恶、还很表同情的样子。这天晚上，前一晚的场面又重演了一次，而且来的民众比上次更多，他们还备了木棍、斧头、草耙甚至旧的军用步枪。梅斯纳家剩下的几扇玻璃也被砸破，墙壁也被毁坏了。他们不得不在家里架起一道防栅来保护自己。快到半夜时，市长以调解人身份出现了。他转达说，除非梅斯纳医生答应离开本地，不然，门外的人们是不会走的。沃尔夫兰虽然披着"和事佬"的外衣，看得出来，他完全是在支持那些捣乱者的无理要求。或者离开，要不，只会继续遭受袭击，在这种情况下，梅斯纳只有不利的选择。因此，他接受了最后通牒，特别是在他的房子也被一场夏天的雷雨毁坏、再也抵御不了天气和外来侵犯之后。当市长向人群转告了医生被迫的决定后，人群才满怀胜利地散走了。在这个紧急关头，只有一个人能以合宜的人道态度对待爱德华和他的一家人，他就是陆军疗养所的指挥官冯·茨威格少校，他为梅斯纳全家提供庇护，直到他们安全离去；他还请附近的驻军派遣部队保护梅斯纳家的财产免遭抢劫。两天后，梅斯纳一家将家具物件装上一辆马拉车，天刚拂晓，便离开了特普里茨。后来，爱德华·梅斯纳在波希米亚的卡尔斯巴德矿泉开业，最后在85岁高龄之时死于肾衰竭，获得"布拉格同行中地位最高者"的荣誉。

那是1875—1878年，易卜生侨居在德国的慕尼黑期间，认识了一位叫阿尔弗莱德·梅斯纳的诗人，他就是爱德华·梅斯纳1822年在特普里茨时的独生子。他像父亲一样，学过医学，但未曾开业过，虽比易卜生大6岁，两人相处得很好，易卜生却叫他"小梅斯纳"。在一次交谈中，阿尔弗莱德向朋友叙述了父亲的一切经历，使易卜生感动不已。一个具有高度道德原则的能干之人，结果却落得如此的下场，甚至身名狼藉，易卜生觉得，这类事有它的普遍性。他联想起另外几个人的遭遇。

由于宗教方面的原因，在西方，很长时间以来，节育、堕胎一直都是被禁止的。美国于1873年通过、1876年稍作修改的《康斯托克法》就把"旨在预防受孕或引起流产或者如何淫秽或不道德用途"的出版物连在一起予以禁止。因此，美国医生查尔斯·诺顿（Charles Knowton）向夫妇们介绍节育方法的读物《哲学的果实：或青年夫妇的密友》，作为美国这类书的第一本，于1832年出版后，立即受到指控，并遭罚款和监禁。1876年,英国布里斯托尔的一家出版商因出版此书甚至被判刑。英国的无神论思想家查尔斯·布雷德洛(Charles Bradlaugh)和他的朋友安妮·贝赞特一起,第二年,即1833年在伦敦重新刊印此书,大肆发行,同样遭到传统势力的反对。他原来是下议院议员,但主要就因这个原因而进不了众议院,直到时代和科学有了长足的进步,1877年,"英国女王诉C.布雷德洛和A.贝赞特"案,被告获胜后多年,也就是1886年,才得以成为众议院议员。

挪威化学家哈拉尔·骚娄(Harald Thaulow)差不多十年里,一直抨击首都克里斯蒂安尼亚(即今日的奥斯陆)的蒸气厨房忽视穷人的利益。在易卜生1874年从国外回到挪威期间,骚娄还曾就这件事发表一次演说,给易卜生留下了很深的印象。1881年春,易卜生与他的朋友洛伦兹·狄特里希森一起再次重访故土时,从2月24日的报纸上读到一则报道,说骚娄在2月23日去世的前一天,还计划在蒸气厨房的年会上宣读一篇事先准备好的发言,但大会主席制止他上台,听众也在骚乱中强迫他离开会场。易卜生读了这些,很有感触,一些在他心中酝酿多年的想法很快就凝聚并爆发出灵感的闪光,使他产生了创作《人民公敌》的冲动。1872年的那两句话——

"少数派往往是正确的","世界上最有力量的人正是最孤立的人",就成了中心台词。

在3月22日给出版商黑格尔的信中,社会剧作家写道:

> 我正在写一本书……这部作品太使我感兴趣了,而且我确信公众也会很感兴趣地接受它。不过我此刻不能告诉你这部作品的主题,或许以后可以。

差不多一年以后,易卜生又向黑格尔谈到:

> (他)完全忙于一部新作品的准备工作。这会是一个温和的剧本,每个阁员、大批商人和他们的夫人都会愿意去读它,各剧院也用不着害怕它……

这些,所说的都是《人民公敌》的创作。

一般,易卜生创作一个剧本,需要18个月的构思,然后再落笔写出来。这次,到6月21日,即不到通常的一半的时间,他就告诉黑格尔说:

> 昨天我完成了我的新剧作。它取名为"人民公敌",是一个五幕剧。我有点不能确定,是叫它喜剧还

是就叫它正剧；它有不少喜剧人物，但是也有一个严肃的主题。

对照《人民公敌》，可以明显地看出，剧中的温泉浴场医官汤莫斯·斯多克芒，即是以爱德华·梅斯纳为原型的。但是剧作家对这位主人翁形象的塑造，除了强调他的斗争性之外，与梅斯纳相比，结局是大不一样的。易卜生描写斯多克芒曾一度像梅斯纳那样，企图避开斗争的旋涡，自愿流亡国外去，但最后仍然决定，绝不向恶势力低头，不但要在原地待下去，而且坚决表示："战场就在这儿"，是与梅斯纳的逃离完全不同的，表现出斯多克芒直到最后，都是一个乐观主义者。

剧本中的市长和霍斯特船长就是现实中的沃尔夫兰市长和茨威格少校，也是显而易见的。易卜生把市长改为是主人翁的兄弟，安排霍斯特也被解聘，都是为了加强戏剧的冲突，突出剧本中社会问题的严肃主题，据此，观众可以感到，受污染的不仅是温泉里的水，还有人们的精神生活、人的灵魂也被污染了。"洗刷整个社会！"便是易卜生这位生活剧作家在《人民公敌》中所提出的一个重大的社会问题。

《人民公敌》于1882年11月28日出版,第一版印了一万册,这在当时是一个很高的数字。易卜生在斯多克芒医生身上所表现出的关于多数派和少数派的看法,曾经在批评界甚至社会上引起激烈的争论。但剧作家有他自己的看法。当这个剧作出版之后几个月,剧作家的朋友、丹麦大批评家格奥尔格·勃兰兑斯写信给他,对他肯定主人翁的孤立主义,宣称坚实的多数派从来都是错误的,还认为世界上最有力量的人正是最孤立的人,进行了指责。易卜生不以为然,并在6月12日给勃兰兑斯写了回信。在信中,易卜生坚持说:

> 你说我们必须扩大我们的舆论,当然是对的。但我坚决相信,一个智力先锋,决不能让多数派聚集在他周围,十年里,多数派或许可以到达人民主持会议时斯多克芒医生站立的地点;但是在十年里,医生也不是站着不动的:他至少在这十年里仍旧在其他人的前面。多数派、民众、群氓都永远不会赶上他;他不可能在他们后面把他们聚合起来。我本人就感到过这种往前推的坚定不懈的强迫性力量。民众今天还站在我写作早期著作时站的地方。但是我却不再站在这地方了,我是在远在他

们之前的什么地方，或者说我希望这样。

易卜生实在是因为梅斯纳医生这样一些知识先锋，竟受到那批浸透了市侩意识的庸俗市民的排斥和打击感到深恶痛绝，才产生这种激进的看法。完全可以同意易卜生的传记作者哈罗德·克勒曼的说法：《人民公敌》"是易卜生对《群鬼》的发表所引起的敌视与谩骂所做的愤怒的回答"。

幻想比"真理"更为重要

读易卜生《野鸭》

曾宪文

作者介绍

曾宪文，四川达县师范专科学校教师。

推荐词

《野鸭》向我们展示了一出不同寻常的悲剧。它不是偶然事件引发的悲剧，亦不是性格或命运悲剧，而是关于平常人生活终极意义上的悲剧。

易卜生（1828—1906）是挪威文学和"社会问题剧"的创造者，欧洲现代戏剧的创始人。他是继莎士比亚、莫里哀之后的第三个戏剧高峰，有"现代戏剧之父"的美誉。《玩偶之家》是其公认的代表作，该剧提出了妇女问题。然而，在他晚期创作的另一个重要的剧本《野鸭》，以其深刻的哲理和注重对人物内心世界的表现，标志着他创作思想的转变。在创作《野鸭》以前，易卜生塑造了不少追求理想的人物，像《布朗德》中的布朗德、《人民公敌》中的斯多克芒医生、《玩偶之家》中的娜拉等。虽然他们都遭遇到重重困难，理想很难实现，但易卜生无疑对他们的行为、他们的精神是赞赏的，有催人警醒的作用。然而，在《野鸭》中，易卜生不再那么乐观，剧中把"真理"的宣传者——格瑞格斯，置于被嘲讽的地位，从而展现了平常人的真实生活状态，以此对所谓生活的理想提出怀疑。

剧情在两个家庭间展开。一个家包括工商业资本家老威利和他的儿子格瑞格斯；另一个家包括照相馆老板雅尔马、他的父亲老艾克达尔中尉、妻子基纳和女儿海特维格。另外还有次要人物瑞凌医生、传教士莫尔维克等。

《野鸭》向我们展示了一出不同寻常的悲剧。它不是偶然事件引发的悲剧，亦不是性格或命运悲剧，而是关于平常人生活终极意义上的悲剧；因为它表现了幻想对于平常人生活的意义，甚至蒙昧是一个穷苦人的快乐之源。它的戏剧冲突并不激烈，却在缓缓的叙述中表现出平常人的不幸以及生活与理想的矛盾，仿佛一个饱经风霜的老人回眸一瞥似的苍凉。

剧中几乎所有的人物都染上了悲剧色彩。他们为了在自己的平凡生活中保持快活的心情，竭力把自己笼罩在生活的幻想之下，以对抗生活的残酷。雅尔马，在老威利的资助下开了一家照相馆，勉强能维系一个寒碜的家庭。为了在艰难的处境中投下一点微茫的希望，他终日搞着那没有结果的发明创造，并把对发明成功的憧憬作为全家的精神支柱。老艾克达尔，为了忘掉曾经因破坏森林法入狱身败名裂的往事，于是用大量旧圣诞树把阁楼布置成一种玩具式的森林，养了些鸡、鸭、兔子，整天扛着枪在里面"打猎"，亦是在"虚构"的幻想中追寻过去的美好时光，才不至于精神颓废。莫尔维克，一个名声不好的传教士，本是个绝望的酒鬼，却在瑞凌医生加冕的"天才"称号的支持下苟活下去。

可见，对于平常人来说，幻想比"真理"更为重要，他们需要在生活的幻想中对抗现实的残酷。如果你揭穿了他们的幻想，让他们暴露在生活的真实之下，那么你也就剥夺了他们的幸福，然而格瑞格斯就是要这样做的人。他每时每刻都在寻找"真理"，认为毫无隐瞒的、透明的生活才是理想的生活。于是，他向雅尔马指出，他的家庭有如自己家里养的折断翅膀的野鸭，在一块道德的沼泽地上苟延残喘；因为基纳曾经是老威利的情妇，而海特维格，则是二人私通留下的女儿；并希望雅尔马和基纳能坦率交心，过不杂任何欺骗的高尚生活。可这样一来，曾经在雅尔马心中像天使般的妻子基纳，像精灵般的女儿海特维格，都变得丑恶起来了。雅尔马一下子失去了生活的幻想，暴露在残酷的生活的真实之下——自己作为一个堂堂男子，不仅娶了老威利的情妇，养了他的女儿，而且为生活所迫还得接受老威利的施舍。于是他渴望逃离，可逃离却难以实现。他既无法安顿好自己那有怪癖的父亲，又不能找到什么工作；刚出走一晚上就饥肠辘辘，狼狈不堪，只好回来，直面残酷的现实。海特维格作为这种罪恶结合产生的孩子，在知道真相后自杀了。她本是那样道德高尚、惹人喜爱，确如精灵一般，她的死可以说是对"理想"的沉痛一击。

通过格瑞格斯这一个"真理"的宣传者所造成的悲剧，易卜生似乎第一次向自己发问："向读者那样的平常人宣讲真理是否确系他的责任，他们为生活所必须做的是否并非那么虚假。"

当雅尔马沉浸在生活的幻想之中时，他的快活的心情难道不使我们感动吗？雅尔马说："咱们的屋子虽然矮小简陋，可到底是个家。我跟你说老实话，这是我的安乐窝。"然而，当雅尔马被格瑞格斯打破生活的幻想时，他仍然得直面残酷的现实，他痛苦的心情难道不也使我们感伤吗？对于一个平常人而言，让他沉浸在生活的幻想中或许更好。这就是易卜生向我们展示的平常人实际生活与所谓"理想"的矛盾。他向我们呼吁：不要剥夺一个平常人生活的幻想。即使对于娜拉这样的妇女，如果不是她自己要求走出家门，我们能嘲笑她的"小鸟儿"地位并强行把她推出家门吗？就是对格瑞格斯本人这个"真理"的追求者而言，他认为自己向别人宣扬"真理"是一项崇高的事业又何尝不是幻想呢？他离开父亲过独立生活本来处境十分艰难，但在这幻想的支持下，竟能于穷困潦倒之中显得豪情万丈。然而，当他看到自己亲手"导演"的一场悲剧后，不得不承认自己的命运是"做饭桌上的第十三个客人"。

剧中老威利在即将双目失明之时，决定和其女管家索比太太结婚，而他们都知道对方曾经有过的丑事。剧作家赋予他们以坦诚的胸怀，能够相互体谅，算是为平凡人们的生活投下一点儿亮色了。

瑞凌医生始终处于一个冷静的观察家的位置，虽有些悲观，仍然像是剧作家的代言人。他说："只要我们有法子甩掉那批成天向我们穷人催索'理想的要求'的讨债鬼，日子还是很可以过下去。"

对于穷人而言，对付残酷现实的竟是生活的幻想，而不是理想的追求。这确实是一场探讨平常人生活终极意义的悲剧。

最后，雅尔马问基纳："往后的日子你还过得下去吗？"基纳回答："咱们俩一定得互相帮着过下去。"此时，相依为命才是穷人的真理。

面对这些，我们只有悲哀，而无法呐喊。